当代文艺形态的媒介与文化研究

主编◎张鸿声

中国传媒大学出版社
·北京·

目　录

\>>>CONTENTS

第一章　全媒体时代电影、电视剧艺术形态研究

第一节　“文化工业”批判理论的结构复杂性

20 世纪 90 年代以来,“文化工业”现象在当代中国越来越普遍。国内几乎所有批判“文化工业”的论著,都在借鉴“西方马克思主义”学术劲旅法兰克福学派的“文化工业”批判理论,尤其是阿多尔诺的《文化工业:作为大众欺骗的启蒙》与《电视与大众文化模式》等文章。法兰克福学派的“文化工业”批判理论一度成为中国文化批评界观察、分析中国大众文化现象的主要知识参照系。而随着“文化工业”在今日中国的迅猛发展,国内的学者已经越来越不满足于法兰克福学派批判理论中的精英主义与文化悲观主义情愫。他们认为首先要对这一“外国制造”的理论框架在中国的适用性与有效性进行质疑与反省,其次要介绍约翰·费斯克的著作《理解大众文化》等西方传媒和文化研究领域的最新研究成果,以期“为国内大众文化研究提供新的问题意识与审视角度”“重新审视大众文化的特性,挖掘其进步的政治潜能”①。而事实上,以费斯克为代表的“文化研究”所提倡的大众文化理论本身在西方就被有些理论家诟病为“将某些大众文化行为过度浪漫化”,所以,

① 陶东风.超越精英主义与悲观主义——论费斯克的大众文化理论[J].学术交流,1998(6):92.

这一同样“外国制造”的理论框架在中国的适用性与有效性也值得被质疑。

关于“文化工业”的讨论在国内已经持续了相当一段时间，但笔者认为，无论是对待“文化工业”的“精英主义”“悲观主义”，还是“乐观主义”，都应该持一种复杂思维论的态度。我们首先要对“文化工业”批判理论的结构复杂性进行认真的解读，因为任何一种批判理论的真理性都在于该学派在内部和外部建构起的理论结构的复杂性关系。我们不能把任何一个学派的理论从其产生的具体社会历史和文化语境中抽离出来，而将之仅仅归结为“几个基本的理论预设和结论”。事实上，中外“文化工业”的历史和现状都是极为复杂的，只有持一种复杂思维论的科学态度，我们才能够对纷繁的“文化工业”现象进行“具体问题具体分析”以及辩证综合分析。本文仅以电影工业、电视大众文化为讨论重点，来解读法兰克福学派的“文化工业”批判理论，以及这一批判理论结构的复杂性。

一、精英主义与文化悲观主义

法兰克福学派主要是受到两次世界大战之间的时代背景以及 20 世纪初期大众文化迅猛发展的深刻影响而得以形成的。事实上，这种大众文化无论是报纸、电影、畅销书，还是爵士音乐，大多数是来自美国或者完全是美国风格的。[①] 法兰克福学派的主要成员有霍克海默、阿多尔诺（有人译为阿道尔诺）、本雅明、马尔库塞和弗洛姆等，其中大多是德国的犹太知识分子。他们也感受到了大众文化的威胁，并以欧洲的思辩哲学传统作为主要价值尺度著书立说。其中，霍克海默、阿多尔诺的论著被认为代表了法兰克福学派的主流，而且在后来的“文化工业”批判理论中产生了巨大影响。1941 年，霍克海默和阿多尔诺在美国合著《启蒙的辩证法》一书。该书认为，启蒙精神的实质就是人类对自然的控制，但随着人类对外部自然控制的实现及日益

---

① 在法兰克福学派的批判理论中，“大众文化”几乎是“文化工业”的一个代名词。“文化工业”就是一种“市场导向的大众文化”，是资本主义经济垄断的必然产物，并充当大众意识形态的控制手段。参见 ALEXSANDER，SEIDMAN. Culture and society：contemporary debates［M］. Cambridge：Cambridge University Press，1990：275-276.

加深,这种启蒙精神也同时控制了理性主体自身的内在自然,即“人们内心深处的反应,对他们自己来说都感到已经完全物化了”①。在后工业资本主义社会里,人们的物质生活和精神生活大都被同化到现存制度中去了,社会通过按照技术的工具理性和消费主义原则构成的“文化工业”来实现对个人的操纵和控制。在《启蒙的辩证法》的“文化工业:作为大众欺骗的启蒙”一章中,霍克海默、阿多尔诺对为他们提供避难所的美国社会20世纪二三十年代的大众文化进行了入木三分的严厉谴责,甚至阿氏在晚年发表的论文《文化工业的再思考》中仍然延续了这一思路。阿氏和霍氏认为,“文化工业”是一种依靠现代技术手段大规模地复制、传播大众文化产品的工业体系,主要凭借大众传播媒介如电影、电视、广播和其他纸传媒,操纵着非自发的物化的虚假文化,直至成为资本主义社会的垄断产物,并充当控制和束缚大众意识形态的手段。因而,在阿氏和霍氏看来,“文化工业”通过娱乐方式对大众进行欺骗和奴役,是反启蒙的。阿多尔诺甚至断言,“文化工业”作为资本主义意识形态和商品生产的融合,将会使艺术进入黑格尔预言的“艺术终结”的时代。

美国在20世纪二三十年代就已经成为大众文化的主要盛产之地。特别是30年代,新闻影片、广播节目以及好莱坞电影对知识界及一般的社会公众生活,都产生了巨大的影响。在日常生活中,人们的行为举止多以银幕明星为模仿的对象,美国总统也利用无线电广播的宣传威力使得政府的亲和力仿佛已经来到了每个美国家庭,从而赢得了公民对政府的支持。新闻纪录片和叙事电影对传统的文学领域也产生了无法避免的影响,诗人和小说家不得不承认,如果他们的写作技巧不能适应以电影文化为代表的大众文化新趋势,便无法再如同以往那样生存下去。这就是法兰克福学派成员来到美国时所面对的“文化工业”格局。众所周知,电影工业是在20世纪初期的美国迅速发展起来的,由于符合大众的口味,又从大众中获得了蓬勃发展的力量。尽管美国知识分子在20世纪20年代也曾经发出过“娱乐活动必须受到社会的约束”这样的呼吁,但是不久后,他们在强势的大众文化面前就纷

---

① 霍克海默,阿多尔诺.启蒙的辩证法[M].洪佩郁,蔺月峰,译.重庆:重庆出版社,1990:158.

纷采取了妥协的态度,甚至反过来为大众文化的发展推波助澜,以便在大众文化的盛宴中也分一杯羹。电影工业已经成为美国人的文化身份和骄傲,是现代美国贡献给世界的最主要的文化形式。在美国,由于电影等“文化工业”的生产、流通和消费完全是按“福特制”式商品市场的逻辑来进行的,“因此,‘文化工业’不是一个文化理论而是一个工业理论,一个从过去被称为文化的东西中榨取金钱的、晚期资本主义相互连锁的垄断分支机构的理论”①。

马丁·杰(Martin Jay)认为,五个因素的相互纠结构成了法兰克福学派的文化批判立场:马克思主义、美学现代主义、上层文化保守主义、犹太情感及解构主义。尤尔根·哈贝马斯(Juergen Habermas)认为,阿多尔诺和霍克海默早期对资产阶级文化肯定特征的批判,上升为对大众文化的愤怒,并力图通过对大众文化的批判来证明:随着“文化工业”以及娱乐的兴起,一切艺术的革命力量都受到了影响,艺术也失去了所有的批判内涵和乌托邦意义。阿多尔诺倡导精英艺术,自始至终对“文化工业”表现出不妥协的批判态度:大众文化的兴起是以艺术自律性的丧失为代价的,“文化工业”通过虚幻的抚慰造成公众意识的“物化”,进而削弱公众的批判能力和超越性想象。里奥·洛文塔尔(Leo Lowenthal)也认为,大众文化提供的不过是娱乐与消遣,使人们从无法忍受的现实中逃避出来,使人们的种种革命倾向都化为一个胆怯的头脑,并被诸如幸福、冒险、激情的爱、权力和感伤一类虚假的欲望之梦缓解乃至稀释。“文化工业”提供的这些娱乐消遣作品与现实社会历史进程在总体上是相隔离的,“享乐是一种逃避,但是不像人们所主张的逃避恶劣的现实,而是逃避对现实的恶劣思想进行反抗”②。

的确,某些“文化工业”产品,如大量的商业电影和电视剧用几乎重复的手法、相似的情节和结构使其生产与工厂的批量生产别无二致。这些影视产品把纷繁多样的现实生活转化成统一的、只具有抽象商品属性的货物。这样,在大众文化的“生产和消费”的互动中,便形成了一种恶性循环,“公众所需要的东西与那些控制的力量所施加给公众的东西有一种相互依赖的关

---

① 杰姆逊.晚期马克思主义[M].李永红,译.南京:南京大学出版社,2008:157,116.

② ADORNO T.W,HORKHEIMER M.Dialectic of enlightenment[M].London:Verso,1979:144.

系,这种关系使控制的力量保持下去”[①]。霍克海默甚至认为,在晚期资本主义条件下,大众娱乐方式“在闲暇时间统治人的这种机械性和在工作时间统治人的机械装置是一样的”[②]。因此,法兰克福学派把这种在异化劳动的闲暇时间里为大众提供消遣的文化看作是异化劳动的延伸,这种同样具有异化性质的大众文化与马克思所说的体现人的本质力量的“精神个体性形式”的自由创作有着天壤之别。娱乐电影和电视剧等大众传播媒介通过制造“明星”成为操纵者,而大众文化的受众则狂热地拜倒在这些“偶像”的脚下。艾瑞克·弗洛姆(Erich Fromm)则发展了“施虐—受虐”人格类型理论,表明在发达的资本主义条件下,同占据主导地位的权威样式相比,极权主义的社会结构产生了顺从的和无批判的人格类型。正是在这个意义上,阿多尔诺等法兰克福学派理论家认为,大众娱乐方式作为资产阶级文化在当代的流行形式是一种虚幻和谎言,并成为“满足某种需要的避难所,而这些需要在资产阶级社会的物质生产过程中从来就是遭到禁止的”[③]。所以,文化批判的重要使命就是对这种谎言加以批判。

电视则综合了广播和电影的作用。正如吉尔·德勒兹(Gilles Deleuze)指出的那样,电视比电影具有更为优越的即时性与直接性。虽然电视在第二次世界大战后才进入实际应用,但它汇集了大众文化一切可能的特性,并且使之更加典型,电视的兴起使大众传媒进入了一个崭新的阶段。1954年,阿多尔诺在重访美国时写出《电视与大众文化模式》一文。他借助精神分析学对以电视剧为代表的通俗文化进行批判性剖析。阿多尔诺认为,应该借助大众传播媒介的深层心理学对电视的潜在效果——对不同层次观众的个性的影响进行研究。我们知道,电视节目可以划分成不同类型,如轻喜剧和西部片,等等。到目前为止,这些类型的电视节目已经呈现出明显的公式化倾向,这些公式化程度高的电视节目在一定程度上预先设定了观众的观看模式,而这就在很大程度上决定了特定内容被理解的方式。也就是说,电视利用典型的心理机制,几乎已经制度化地用不断的重复和固定的方式控制

① 杨小滨.否定的美学[M].上海:上海三联书店,1999:50.

② JAY.The dialectical imagination[M].Berkeley:California University of California Press,1973:213-214.

③ HABERMAS.Legitimation crisis[M].Boston:Beacon Press,1975:78.

了观众的心理，致使观众的反应机械化并且削弱了他们的主体想象力。阿多尔诺认为，对电视的深层心理学的研究应该集中于它的多分层结构，因为大众传播媒介不单纯是情节描述的总和或是由情节传递简单的信息。事实上，“暗隐的信息可能比外显信息更重要”。如果不考虑信息的暗隐含义，就无法研究电视节目对观众产生的影响。因此，我们立足于深层心理动机，如本能和权力的欲望这些角度来研究大众传媒外显信息背后暗隐的信息，就显得极为重要。因为电视节目的创作必然是遵循社会需求的，大众传媒只能在整个工业社会的意识形态环境内生成并且身陷这个怪圈里。阿多尔诺认为，电视追求的是一种“伪现实主义”：电视节目中充满了定型化的人物和固定模式，它的深层结构具有一种顽固的极权主义特征。杰姆逊也认为，电视“文化工业”出售的主要商品，如无休止的脱口秀、猜谜节目、比赛、抽奖竞赛等，跟苏联电影眼睛派导演维尔托夫（Dziga Vertov）的纪录片希望唤起对真理的热爱，完全不能相提并论。

本雅明（Walter Benjamin）作为法兰克福学派的主要成员，则对文化工业持一种摇摆不定和自相矛盾的态度。一方面，本雅明叹息，在机械复制时代，艺术品的韵味消逝；另一方面，他又觉察到广播、电影和摄影等现代传媒手段具有促进艺术价值和科学价值相互渗透的倾向。他主张，具有革命倾向的艺术家应该充分利用报纸、无线电、电影和摄影、音乐唱片等新技术手段，改造旧有的艺术生产方式，改造传统的艺术传播方式。本雅明强调技术新发明，并且强调所谓城市现代工业体系的变化对人的心理转变所具有的寓言价值。本雅明对“大众文化的娱乐意味着读者和观众不能思考”的观点进行了驳斥，他相信观众不是完全没有批判性的：正如精神分析把人们引向无意识的冲动领域一样，摄影机把人们引向“无意识的视觉”，为电影观众带来了普遍的“深入认识”。本雅明特别强调电影的社会意义，其理论在法兰克福学派中占有重要的地位，但又显得较为复杂。英国社会学家拉什（Lash）说：“假如说现代的规范理论家是马克斯·韦伯的话，那么后现代的规范理论家则不是鲍德里亚（Jean Baudrillard），而是瓦尔特·本雅明。”①而

---

① LASH .Sociology of postmodernism[M].London：Routledge，1990：11.

杰姆逊则把本雅明与加拿大的大众传播学家麦克卢汉(Mcluhan)相提并论。也就是说,在同一个大众文化讨论团体中,本雅明对“文化工业”的态度比其他人更具思辩色彩。

本雅明对电影的解放作用进行了肯定性的评价,而阿多尔诺却对此表示异议。阿多尔诺认为,电影给观众带来了恶劣的施虐:当观众观看电影时,大脑必须跟随情节急速转动,已经不可能进行自主思考;电影制造的幻象成功地吸引了观众的全部幻觉和思想,这样就使观众的主观创造能力受到抑制。不过,晚年的阿多尔诺在观看了20世纪60年代联邦德国一些激进的青年导演的作品后,改变了对电影的看法。他认为,电影的纪实模式不应该滑落到旧文化工业的模式中,而应该具有干预事物和批判事物的意向。这时,阿多尔诺才意识到文化产业主流中也存在着某种批判性力量:“文化产业的意识形态在操纵大众的尝试中,已变得与它要想控制的社会一样内在地含有对抗性。”①

二、理解大众文化

作为在美国引领潮流的马克思主义文化批评家,杰姆逊在把阿多尔诺视为对马克思主义有着独特贡献的晚期资本主义理论家的同时,也认为阿多尔诺对“文化工业”的批判存在着偏颇。“文化工业”在工业社会中的存在有其必然性和合理性。杰姆逊认为,阿多尔诺没有把“文化工业”看作一个包括特殊领域和社会结构的文化概念,因为“大众文化现在不是被理解为一组商业产品,而是被理解为社会生活的领域……”也就是说,大众文化从战争年代的好莱坞电影一直到后现代主义都在经历巨大变化,已经成为发达工业社会的生活领域,而不能仅仅被理解为一组商业产品。杰姆逊一方面肯定阿多尔诺在晚期资本主义社会历史情境中为马克思主义所作的不可替代的贡献,另一方面认为阿多尔诺的文化立场除了可以还原为“精英主义的”“唯美主义的”立场外,也可以还原为一种“社会官僚专制主义的”立场。

---

① 杰.法兰克福学派的宗师——阿多尔诺[M].胡湘,译.长沙:湖南人民出版社,1988:159.

在杰姆逊看来,这是一种过时的、与后现代超级国家的大众文化民主迥然不同的文化立场。

澳大利亚著名学者约翰·多克(Docker J.)在《后现代主义与大众文化》一书中,对阿多尔诺、霍克海默的“文化工业”批判理论也表示了质疑。他认为,20世纪30年代的好莱坞电影开创了体裁多样化的“伟大时代”。西部片、警匪片、侦探片、喜剧片、音乐片、家庭生活片,这些电影体裁继承了19世纪美国及英国流行的戏剧、杂耍、小说、浪漫抒情歌曲的传统手法。这些电影吸引观众的不是作为“现实的摹本”,而是作为传奇剧形式的体裁。如1939年拍摄的极受欢迎的电影《乱世佳人》以及1940年拍摄的《佐罗的标志》等都是浪漫电影。约翰·多克进而认为,阿多尔诺、霍克海默对美国电影的断言同样是荒谬可笑的,因为阿氏和霍氏的推论缺乏实证依据,是一种未经过考察分析就展开的长篇大论。约翰·多克攻击法兰克福学派的功能主义和机械的社会控制理论。首先是功能主义的:资本主义社会似乎是一个顺利运转的整体,没有分离和分歧,没有冲突和矛盾,没有质疑和挑战,没有倒置和混乱,没有无法说明的和不可理解的事物。其次是机械的,它假定只有单一的大众群体为心理学与精神分析的对象。而事实上,观众群体是由种族、阶级、性别、年龄、宗教、区域、国家等各种因素划分而成的。阿氏和霍氏的“文化工业”批判理论把大众文化的复杂性与多元性大刀阔斧地削减为单一的意识形态意义。①

阿多尔诺等法兰克福学派理论家对电影、电视等“文化工业”的批判,为我们提供了一种对于大众文化体验的理论描述方式,这种方式不能简单归结为纯粹鲁莽地从“精英主义的”“唯美主义的”立场对“低劣文化”的辱骂。他们批判“文化工业”的观点甚至被一些维护大众文化的理论家说成是“一种咄咄逼人的现代主义的臆断”②。他们甚至被嘲笑为偏执的、缺乏幽默的、不苟言笑的“德国式辩证法”。他们把“娱乐”“消遣”,甚至“快乐”这些大众文化体验与艺术中的本真审美体验区别开来,“批判理论对美国的大众文化

① 切特罗姆.传播媒介与美国人的思想:从莫尔斯到麦克卢汉[M].曹静生,黄艾禾,译.北京:中国广播电视出版社,1991:156.

② 多克.后现代主义与大众文化[M].吴松江,张天飞,译.沈阳:辽宁教育出版社,2002:64.

论战产生了很大的影响，但是法兰克福学派的理论家对大众媒介极为悲观的评价是可以被反证的，因为在这方面，他们的论点明显是非辩证的，他们把艺术和大众文化放到对立的位置上”①。一方面，阿多尔诺等人把艺术看作是自律的属于个体灵感的审美乌托邦和文明的最后避难所；另一方面，他们又把大众文化视作来自上层的将统治目的具体化的虚伪的产物。美国传播学家丹尼尔认为，这种对艺术与大众文化泾渭分明的、武断的划界是非辩证的，而且忽略了20世纪美国文化史的一大部分。

法兰克福学派对晚期资本主义“文化工业”的尖锐批判，为的是毫不留情地揭穿以电影、电视等大众传媒为载体的美国流行文化的实质。这种立足于哲学立场的批判必然在偏重于经验实证传统的英语世界引起争议和不满。正如有研究者认为：“他们的某些论断割裂开来看，无论在当时还是现在都显得过激，因此很容易成为后来文化研究的靶子。但是如果从他们写的批判理论出发，把他们对文化工业的论断与他们对西方启蒙理性总体的辩证批判联系起来看，再将他们的批判理论放在历史、社会和个人经历组成的多棱镜之下去审视，他们‘过激的’立场和观点就不难解释和理解了。”②约翰·费斯克就是站在反“精英主义”的立场来看待大众文化的，他认为大众文化并不是“文化工业”制造出来并强加给大众的，大众文化的意义和快感并非文本固有的，而是大众在阅读文本的实践过程中创造出来的。也就是说，以往的“文化工业”批判理论只注意强调自上而下的对大众的操控力量，而费斯克却看到了大众所具有的自下而上的抗拒力量，看到了大众的文化辨识能力(popular discrimination)以及介入文化创造的主动性，看到了大众文化所具有的政治潜能和进步力量。美国学者道格拉斯·凯尔纳(Douglas Kellner)认为，如果把法兰克福学派的“文化工业”批判理论与费斯克的大众文化理论进行对接和互补，可能会有助于我们更全面深入地认识“文化工业”批判理论所具有的理论结构的复杂性。③

---

① 切特罗姆.传播媒介与美国人的思想：从莫尔斯到麦克卢汉[M].曹静生，黄艾禾，译.北京：中国广播电视出版社，1991：156.

② 费斯克.理解大众文化[M].王晓珏，宋伟杰，译.北京：中央编译出版社，2001：12.

③ KELLNER.Rethinking the frankfurt school：alternative legacies of cultural critique[M].New York：State University of New York Press，2002：31-58.

三、复杂思维论的科学态度

今日中国的大众文化形态是历史上最为复杂多元的，我们已经不能再用单一的阐释角度与价值尺度来对目前中国纷繁复杂的“文化工业”现象作出解释与评价了。我们要持一种复杂思维论的科学态度，对法兰克福学派的“文化工业”批判理论进行辩证综合的分析，以便批判地加以借鉴。事实上，自改革开放以来，我国的很多文化现象都处于历史理性与人文精神的二律背反的复杂语境之中。这种社会历史状况以及独特的意识形态特征决定了当今中国的大众文化除了依照商业准则接纳一种类似西方模式的“文化工业”外，还不能忘却今日中国文化独特的人文主体性、启蒙性与社会历史深度。今日中国文化已经迈出市场化和产业化的历史步伐，这是符合历史理性的。但是，由于当下中国的一些传媒机构以及媒体从业者深知媒体与商业的结合必然会产生丰厚的利润，这使许多大众传媒已经变得越来越实用化、商业化甚至低俗化。同时，当今中国所谓“精英知识分子”批判“文化工业”的声音也显得日渐式微。我们不禁要问：社会主义国家公共媒体的社会责任和文化良知还有多少？我们绝不愿意看到社会主义初级阶段的国家公共媒体日益蜕变为杰姆逊所言的“一个从过去被称为文化的东西中榨取金钱的、与晚期资本主义相互连锁的垄断分支机构”。这样看来，法兰克福学派的“文化工业”批判理论仍有重大的意义，因为其在矫正文化价值商业化的同时，仍然坚守文化价值的人文主义、理想主义底线。比如，作为法兰克福学派的思想脉络传承者，德国当代哲学家哈贝马斯在《公共领域的结构转型》等名著中，分析了近现代大众传媒的功能退化现象，即文化消费主义取代了文化的批判意识。在哈贝马斯看来，大众传媒应该成为民主社会的“公共领域”，成为公民参与公共事务的平台；现代传媒应该与国家意志、民主社会和公众形成良性互动，成为公众介入批判社会的公共论坛。同样，今日中国的“文化产业”应该不断地反思如下问题：自己在多大程度上代表了先进文化生产力的发展要求？今日中国的大众文化在多大程度上代表了先进文化的前进方向？大众传媒又在多大程度上为大多数人民的利益、人民的心声代言？

第二节　新媒体时代“影视 VR 化”的当下与未来

一、VR+影视：一种“有意味的形式”

VR，即虚拟现实（Virtual Reality）技术，是一种创建虚拟世界的计算机仿真系统。当下，媒体技术的蓬勃发展推动了媒介形态的更新换代，VR 自身的先天优势使其与新闻、游戏、影视、军事、医疗、航空、工程、教育、社交等行业的衔接成为现实，“VR+”模式正在以沉浸（Immersive）、交互（Interactive）、构想（Imaginative）、智能（Intellective）的“4I”特征显示出弯道超车的可能。

在传播媒介经历“广播媒体时代——数字媒体时代——融媒体时代——智能媒体时代”的变迁之余，电影自诞生之日起，也走过了由胶片到数字，由 2D、3D、4K 到如今 VR 势头初盛的百年发展之路。“VR+”激起了影视行业“VR 化”的浪花，自美国首部 VR 电影《过失杀人》开始，有关 VR 电影的尝试层出不穷：曾执导“速度与激情”系列的华裔美国导演林诣彬，于 2014 年参与创作了 VR 短片 *HELP*；2015 年，有约 12 部好莱坞电影推出了 VR 预告片；在被称为“VR 元年”的 2016 年，罗布 · 麦克莱伦推出全球首部限制级 VR 电影 *ABEVR*，该片因走恐怖血腥路线一度引起热议；次年 3 月，Story Studio 推出 VR 电影 *Dear Angelica*。

纵观以上作品，一方面，新兴的工艺程序、操作技术催使影视内容、形式出行双向的创新，先进的技术设备必然要求与之相符的内容输出作为试金石。就国际范围来看，既不乏知名设备公司（如 Oculus）进行内容输入的尝试，又有微软、谷歌、BAT 等互联网科技公司进行 VR 视频制作。另一方面，“让大众参与到生产中来”是生产商们不得不考虑的一条新思路，此类电影与传统银幕电影最显著的差别是让观众参与创作，由他们敷演出个性化的“一千个哈姆雷特”。

“虚拟现实概念，其本身的语义构成是一个悖论。如果现实是真，虚拟是假,真、假并置则存在天然的逻辑冲突。”①在这种“现实”与“虚拟”、“真”与“假”的二律背反之下,“我们的所见所感,既可能是洞穴墙壁上的火把影像,也可能是透过玻璃的曲面成像”②。

无法否认,VR电影的确是一种形式独特的工业文化逻辑产物。英国文艺批评家克莱夫·贝尔曾提出“有意味的形式”一说,其重视形式胜于内容的基本指向神圣化了所谓艺术作品的“形式”,这与“VR电影”崇尚技术的工业文化逻辑似乎不谋而合。VR电影作为媒介新形态,是一种尚且稚嫩的年轻新事物,在“万物皆媒”的今天,原有媒介模式的叠加、组合优化既符合媒体的成长需求,也是新形势下媒体伦理的应有之义。

二、边界整合:“何为本体”的意义转向

“VR+影视”目前泛化地应用于电影市场领域,VR电影从诞生伊始就乘借了VR技术的便利东风。科技的可靠演进既是技术更新的体现,又为陌生领域铺陈出诸种表达的可能,当前虚拟现实技术与影视的合作共生不失为一种印证。

有关“电影是什么”的世纪之问须一直追溯到法国电影理论家安德烈·巴赞提出的“电影是现实的渐近线”。由“本体论”推演出的“电影艺术”承担了艺术母体脱胎至此的、由现实生活所触发的艺术终极之思,即欣赏主体把握真、实现善、创造美的终极实在。“从胶片到数字化、从黑白到彩色、从无声到有声、从2D到3D,每一次变化都丰富了电影的呈现方式和表现手段。”③VR电影所指涉的新生代技术,在本质上秉承了电影自诞生之日起所标榜的、由活动照相术和幻灯放映术结合发展起来的文化工业逻辑。然而,这种吸睛又吸金的计算机仿真手段一问世,似乎就宣告了“电影艺术”向“电影技术”的倾斜与让渡,文化工业的炫技逻辑不仅使我们自发将眼球投向多源信息融合交互式三维动态视景的技术本体,而且使我们忽视甚至抛弃了

---

① 于东兴.虚拟现实技术与电影发展的前景[J].文艺研究,2018(5):44.

② 于东兴.虚拟现实技术与电影发展的前景[J].文艺研究,2018(5):44.

③ 周正.电影媒介与电影边界——兼论VR影视的非电影性[J].文化艺术研究,2016(4):123.

使“真理”显现、使“存在”澄明的艺术本体。

首先是再现大于留白。由人类创作的艺术产物，本质上不可避免地以本体的“召唤结构”呼唤受众的“二度创作”。在艺术产物的描写性与解释性之下，留存着许多未知的空白与不确定性，它们呼唤理解者的视界与对象内容所包含的“过去视界”在理解过程中达到“视界融合”，以求拓宽属于本体意义的可能范畴，音乐、舞蹈、雕塑、电影、电视等艺术门类概莫能外。倘若深究 VR 电影，不难发现其与“召唤结构”存在着本质上的对抗：虚拟现实技术以高度精确的沉浸感和构想性力求放大被传统媒介遮蔽的潜在视界，使用户能看到 360 度范围内的立体全景视频。以 2016 年网易影视工作室推出的《人工智能：伏羲觉醒》VR 版本为例，该剧正片部分为可手滑转动的全景观影虚拟现实模式，VR 版本以多元感知叙事效果削弱了受众对作品主题的想象，但受众对于唤醒沉睡“伏羲”的钥匙——天外来客般的“情感”，并未能达到创作团队的预期认同。

其次，节奏重于结构也是 VR 电影对传统电影的一重转向。加拿大学者麦克卢汉指出，媒介传递的真正讯息在于对受众产生的刺激，而非传递的内容。VR 电影产生的视觉冲击力直接指向了作品节奏，由于摄制时间短，所以对模型的连贯性有了更高的要求，这使得一些灾难片、探险片的节奏感出现失衡，盲目追求视觉速度而削弱作品本身的结构合理性，欲在有限的时间内创造出无限大的感官冲击而忽略观众的接受心理需求，于 VR 电影的自身生存实为不利。

完成度相对较好的 VR 影片多为关注人文情感的文艺片：Story Studio 推出的虚拟现实动画短片 *Dear Angelica* 以舒徐的节奏与紧密衔接的文本结构，通过梦幻般的视觉效果讲述了主人公 Jessica 进入她母亲 Angelica 的记忆中，从母亲的演员职业生涯中体会到了人生真谛的故事。影片在色彩线条的流动中完成了温情叙事，广受好评。

三、审美生态：观众美学的优势及壁垒

(一)大众参与的接受美学

传统戏剧表演模式中，“第四堵墙”是在传统三壁镜框式舞台中虚构的“墙”，它将演员和观众隔开，演员的表演被封闭在第四堵墙内。传统意义上“打破第四堵墙”的方法是演员对着摄像机以非角色身份诉说剧情，引导观众跳戏，并以多元的视角参与到虚拟性故事的体验中。以高度沉浸式体验著称的 VR 电影同样具有“打破第四堵墙”的效果，视觉的解放带来体验的解放，极具沉浸感的体验使观看者以“更长的触角”去碰触电影构筑的虚拟性现实场景。

在第 68 届“艾美奖”的领奖台上，VR 动画短片 *Henry* 使 Facebook 旗下的 Oculus 公司拿到了自己的第一个“艾美奖”，这也是 VR 电影业首次获得该奖。*Henry* 被评为“最佳原创互动节目”，“原创互动”恰恰指涉了 VR 电影“让大众参与到生产当中来”的接受美学理念，而此次获奖也体现了业界对 *Henry* 作出“技术示范”贡献的肯定。假如 VR 电影只能让观众在房间一角默默地观看剧情的演进而无法对剧情产生任何影响，势必会削损 VR 影视化的核心优势，因此“交互”显得至关重要。有学者指出：“戏剧是演员的艺术，电影是导演的艺术，而 VR 是观众的艺术。”这句话表面看来似乎过于绝对，但也在一定程度上反映了 VR 艺术的美学特质。

(二)场景化的极度沉浸体验

1999 年，美国的派恩和吉尔摩在《体验经济》中指出：“我们正进入一个经济的新纪元：体验经济已经逐渐成为继服务经济之后的又一个经济发展阶段。”[①]2014 年，美国记者罗伯特·斯考伯和专栏作家谢尔·伊斯雷尔在《即将到来的场景时代》中更是大胆断言：“未来的 25 年，我们将进入新的时

---

① 凌继尧，等.艺术设计十五讲[M].北京：北京大学出版社，2006：320.

代——场景时代。”①VR 电影恰恰是“场景化叙事”的一个极好的例证。

英国 Marshmallow Laser Feast 工作室制作的 *Treehugger*：*Wawona*，用 VR 技术讲述了一棵树不为人知的一面，经由美感与沉浸感，唤醒现代人对大自然日益麻木的心，呼吁人们保护濒临灭绝的巨型红杉。高度场景化的浸淫体验使受众彻底沉浸在一棵红杉树内，受众随着一滴水从树根开始旅行，了解树的一生。再如 *The Protectors*：*Walk in the Ranger's Shoes* 记录了非洲象因象牙偷猎而濒临灭绝的故事，受众能够身临其境地感受加兰巴国家公园护林员的生活，以护林员的身份体验穿越 3 米多高的草丛，巡航并守护这片广袤的保护区。

VR 电影的用户体验亦天然地受制于本体质素的壁垒：

1.去中心的散点化叙事

普通二维平面电影的拍摄视角十分多样化——俯拍、仰拍、推、拉、摇、移构筑起全景、近景、中景等各类景深，情节讲述在镜头的切换中有序展开，而 VR 电影是全方位静止镜头，这种近乎半俯视的拍摄视角增加了观影者的自主选择性，叙事视角的差异由叙事传统决定。换言之，VR 电影交叉着两种近乎无法调和的叙事传统——导演为控制者的焦点叙事以及用户为控制者的无焦点叙事。去中心的散点化叙事无法掌握用户视点聚焦于哪一个人物身上，传统蒙太奇等剪切技巧的缺失改变了用户的欣赏习惯。脱离导演表达中心的各观一隅，难免会让用户有所不适。譬如兰亭数字公司制作过一部时长仅有 12 分钟的 VR 微电影，但依旧无法引导受众将注意力集中至导演要表述的命题中。尽管演员在不停地走位，但受众左顾右盼式的东张西望依然证明要让受众领会导演的叙事策略绝非易事。

电影来源于人、服务于人，忽视受众体验感与欣赏心理的电影好比是缺乏回音的一家独奏。当下的 VR 电影常采用演员走位、立体声引导技术、特殊转场（失明、晕倒、死亡、入睡等）等方式来缓和叙事的纷乱场面，引导受众的注意力，不失为一种积极可取的应对策略。

---

① 斯考伯，伊斯雷尔.即将到来的场景时代[M].赵乾坤，周宝曜，译.北京：北京联合出版公司，2014：124.

2.用户体验的眩晕感

眩晕感不可避免地成为目前 VR 看片的一个公认通病。很多体验者表示,观看 VR 电影一段时间后,会出现不适、恶心,甚至呕吐的现象,这是因为眼睛看到的 VR 画面与从耳朵接收到的真实位置信息不匹配,导致脑负担加大,从而产生眩晕感。佩戴设备带来的眩晕问题目前未寻找到合理的解决对策,人眼左右晶状体的感知效果不同,会加剧其对传统欣赏习惯的颠覆程度,这也是为什么目前 VR 电影大多为短篇,没有更接近传统电影时长的作品问世的直接原因。

为解决眩晕问题,VR 从业者们将镜头设置为全固定式,一定程度上缓解了观影压力,却无法从根本上解决问题,这或许可以理解为一种工具性的天然质素从其脱胎于母体开始必将遭遇的尴尬处境。

四、媒介展望:双推进的深度融合

(一)内容与形式的双推进

现有的 VR 电影题材集中于游戏、科幻、恐怖、探险、灾难等,以曲折的情节与离奇的画面吸引受众眼球。以灾难题材为例,此类题材较多涉及动作、画面的立体场景,倘若电影以全景式沉浸感提供有质感的观影效果,受众便更能设身处地体会到灾难对人类的毁灭性打击与对地球的破坏,表达效果也事半功倍。但特殊题材毕竟只是少数,电影艺术需要多元的题材与多样的情节做支撑,未来 VR 电影应成为内容与形式的双赢产物,影视 VR 化的终极指向与出路应当是为各类题材创造近乎逼真的观影体验。

《人工智能:伏羲觉醒》给予了主题更为多元表达的可能,在形式与内容上作出了新的尝试。该剧多次引入中国元素——“易经”文化,并将之与现代科技进行对比解读,可惜多为大而不当。这种“为艺术而艺术”的方式在《人工智能:伏羲觉醒》中表现得十分明显。这不禁让我们思考:中国古代辩证法哲学思想如何在新的电影艺术中焕发出生命力? 以及如《人工智能:伏羲觉醒》提出的那样，在人工智能时代，“技术”与“人心”究竟哪个更重要？这也督促生产商与制作者更加重视 VR 电影中艺术与技术的“两条腿走路”，以过硬的专业素质与深厚的传统文化为依托，进行 VR 电影的创作。而在形式上，随着虚拟现实技术日新月异的发展，我们还要思考，如何推进交互模式的建立？如何减缓佩戴设备的不适感？鉴于此，笔者认为应该在原有经验的基础上，突破设备的束缚瓶颈，优化用户体验，采用免佩戴或简易佩戴设备，多在“输出”而非“输入”上找突破口。

（二）强化“产学研”结合

工信部《虚拟现实产业发展白皮书（2019 年）》显示，虚拟现实技术产业链越长，产业带动比越高。产业链中的工具/设备类包括输入、输出、显示设备等；内容制作包括影视、游戏、声音等；分发平台既有实体平台又有网络平台；可应用的行业涉及工、军、医、教育、地产等。基于产业链延伸，目前各大高校开设了专门性的科研机构，如清华大学、浙江大学的 VR 研究院。需要特别指出的是 VR 影视教学实验室，该实验室于 2017 年 5 月 25 日由“Jaunt 中国”与北京电影学院数字媒体学院联合成立。作为针对 VR 内容创作的孵化器，该实验室承担了国内 VR 影视制作科研的责任。强化“产学研”结合，不仅是着眼于技术资源的合理优化配置，更是在影视领域把握“影视 VR 化”命脉的责任使然。

2016 年是“影视 VR 化”的起步元年，各路资本争相涌入。瞭望“影视 VR 化”的发展前景，从整体上看，VR 电影应更加注重商业变现与品质提升并举，内容要垂直细分，使其更满足受众的期待。着力拓宽受众群体，使更多受众体验到虚拟现实的影像化呈现。

党的十九大胜利召开，标志着中国的改革开放事业进入了一个前所未有的新时代，这也要求文化从业者以崭新的面貌迎接国家文化事业发展的新时代。“影视 VR 化”的民族美学建构事关文化自信与国家软实力，基于此，从业者更需重视边界整合与审美生态现状，不失时机地促成“影视 VR 化”的本土落地。

第三节 感知、空间与都市性：电影中的电梯影像

自1854年美国人奥蒂斯首次在纽约世界博览会上向世人公开展示电梯这一伟大发明以来，都市建筑面向“高度空间”发展越发成为不可逆转的趋势。这响应了建筑师柯布西耶提出的乌托邦式的新城市规划设想：以高层建筑配属绿地，使城市由“向外蔓延”改为“向上发展”。这种设想需要现代摩天大楼的建筑结构中包含快捷的运输功能。失去了电梯的技术支持，柯布西耶的设计蓝图中“向上发展”的建筑思路就会变为一种遥不可及的梦想，摩天大楼作为现代都市地标的可能性也无从谈起。随着当代都市文化的深入发展，以及社会结构、资本、感知方式等方面的历史变迁，电梯在都市建筑中已不再局限于提供交通运输功能，它还演变成为一种特殊的物质和文化形式。电梯为都市陌生人提供了集中遭遇的场所，其以对街道、地下交通、工作场所和私密空间的连接引发了人际关系及不同空间之间的互涉与互动，并因这种突出的标志性而不断在现代电影中获得再现。现代都市提供的纷繁复杂的文化景观和空间形式，在摄影机的运动中交错浮现，编织成一场影像的盛宴。其中，电梯以独特的运动方式为摄影机提供了更为丰富的视角，也拓展出独特的叙事方式。本文由都市中的电梯空间的物质性入手，将这一问题延伸至电影中电梯空间所承载的文化性与叙事性。

一、电梯与现代都市感觉

电梯的本质是一架穿行于建筑中的现代交通工具。除了机械力学之外，电梯还综合了电子学、光学和材料学等多方面的技术成果。电动机、减速器、轿厢和钢丝绳借助电钮的控制使纵向发展的高楼大厦突破了空间的障碍。慢速电梯和高速电梯的区分建立在不同的物质技术基础上，体现了现代电梯功能与工作方式的差异性。效率、载客量、舒适性、安全性和便捷性是衡量电梯物质性的重要指标。单纯的按钮式操控设备逐步让位给具有

电话、可视系统、人机交流等功能的智能性设备，以此满足现代都市生活的要求。与此同时，不提供观景功能的厢式电梯在运动方式上十分崇尚安静和稳健，除了楼层指示灯的闪烁和电梯门的开合之外，它试图抹掉电梯运行的一切痕迹，包括行驶中发出的噪声和停靠某一楼层时的惯性。在这个意义上，电梯不仅是现代都市生活的伴生物，而且是现代性、短暂性、易逝性和过渡性的象征。电梯浸透着现代文化气息，在机械运动和传送中散播着属于都市的话语形式和符号法则。与电梯相比，现代电影的魅力同样源于机械力学和光学等方面的技术，同样突破了空间以及想象的界限，具体表现为娱乐性、舒适性和大众性。从哲学层面上审视，摄影机正是现代社会中的“静态交通工具”①。这一观点不仅描述了电影影像和摄影机运动之间的联系，而且深刻揭示了电影和现代交通工具之间的关系。如同火车和汽车的水平运动方式对应着摄影机的推拉摇移一样，电梯的垂直运动对应着摄影机的升降，并将都市人的视线和想象引向俯仰之间。

1900 年在巴黎世界博览会面世的自动扶梯是奥蒂斯电梯的一个有趣变体。② 自从 1922 年采用梳齿板结构之后，舒适性、敞开性和耐用性使自动扶梯具有了普及的可能性。它的运转不息，以及无须举步即可登楼的体验满足了现代都市人的享乐需求，成为一个天然的包含休闲性的机器。而建筑物的阶梯、酷似火车车轮的底层转轮，以及类似于铁路轨道的形式，使它成为行驶在购物中心的“交通工具”。保罗·维利里奥(Paul Virilio)在《解放的速度》中说，楼梯和自动扶梯“补充着那条从公共运输的家庭汽车化通向信息化大楼的高层塔楼的电梯的链”③。它和 1953 年出现的自动人行道一起，令出入机场变为一件省时省力的事情。电梯及其变体各自关联了行进方向不一的人群，它们参与构建了曼纽尔·卡斯特(Manuel Castells)提出的“流动空间”，其在购物中心、写字楼、交通枢纽和工厂中普遍存在，配合了资本、技术、信息的流动，也匹配了影像、声音和象征的流动。④

---

① 克拉克.电影城市[M].林心如，简伯如，廖勇超，译.台北：桂冠图书股份有限公司，2004：7.

② 木村武雄，木村利雄.电梯[M].郗小森，郗小林，译.北京：中国建筑工业出版社，1979：8.

③ 维利里奥.解放的速度[M].陆元昶，译.南京：江苏人民出版社，2004：115.

④ 卡斯特.网络社会的崛起[M].夏铸九，王志弘，等译.北京：社会科学文献出版社，2001：505.

开合自如的厢式电梯门如同一道水闸隔断了电梯内外人群的身体和视线,封闭而狭小的空间既使都市陌生人体验着奇妙的疏离感,又酝酿了陌生人交流的契机。观光电梯在视觉上的敞开性解放了都市人的视觉,成为引发人们进行都市想象的特殊空间。都市人既会因电梯中按钮的易操作性而产生掌控都市运动的成就感,也会因电梯空间中监视器的存在而产生身处“圆形监狱”的焦虑感。近些年电视和平面广告进驻厢式电梯,也使这个空间逐渐发展为信息传播的空间。与此相比,自动扶梯则令都市陌生人之间诗意化的相遇与机械化的运动方式相连,重新组织着他们的都市感觉。从电梯作为空间形式的角度观之,电梯空间和个体之间的互动为都市人的都市体验提供了流动多变的视角。米歇尔·德塞都(Michel de Certeau)在《走在城市里》一文中,演绎了乘坐电梯到达摩天大厦顶层的感觉和体验。都市人在顶楼见到的并不是瞬间转化为时间体验的自然景观,而是现代都市中流动的资本塑造的文化地貌。因而,现代人乘坐电梯展开的登临活动也并不意味着他们超越了现代都市的空间和时间,获得了一种本质性的认识,而仅仅代表了一种转瞬即逝的对拥有都市空间支配权的想象,抑或是十分有限的“超越都市”的企图。观景电梯的运行方式精确地匹配了这种企图。

厢式电梯和自动扶梯有各自的操作规范和搭乘守则,这是围绕电梯产生文化实践的重要条件。这些规范通常都以安全原则为基础建构其社会性,而安全原则首先体现为对乘客人数及货物重量的限制。此外,等待电梯的过程和等待公交或地铁类似,所有在拥挤中压抑着焦虑的城市人都必须遵守某种约定的秩序。比如,厢式电梯“先下后上”的原则、自动扶梯“禁止打闹”和“严禁触碰电源开关”的原则,往往会以醒目的文字标记出来。这些文字参与了电梯空间中短暂的人际关系运作。在礼仪规范方面,电梯也是一个矛盾的地点。倘若已经进入电梯轿厢的人装作看不见赶电梯的人,他们大可以不必按住电梯而费时等待。当电梯超载的警报响起时,乘客们通常也自然而然地静待最后进入的人离开轿厢。而在空间宽裕的情况下,乘客们不会离陌生人太近,因而经常出现几个彼此不相识的乘客分别占据电梯一角的场面。厢式电梯里的所有陌生人几乎都不看对方,他们借此发展出一种回避他人视线的技术,这种技术在智能手机普及的时代日趋完善。

在社会交往的层面上，电梯是人格面具、自我防御和排他性措施集中陈列的地方，电梯有限的容量构成了最大的限制因素。当代都市中电梯的安全性不仅仅在于齿轮的精密咬合、转轴的可靠运转以及钢索的坚韧上，还在于其他方面，且仍然保留了某种脆弱性。比如，突然发生的电力中断使电梯悬停于半空中，或设备突发故障使电梯门无法顺利开合，等等，这些都揭示了都市生活以及作为都市生活象征物的高层建筑本身的脆弱性。几乎所有讲述安全避险知识的书籍，都强调突发灾难时，厢式电梯不是一个稳妥的逃生路径。

电梯从来都不是一个“无主”或“无人驾驶”的机器。对于乘客而言，它经常使乘客陷入一种幻觉，认为自己可以完全控制这架机器而不是被控制。齐泽克（Slavoj Zizek）曾经以电梯为例谈论有关西方民主的问题，将厢式电梯塑造成一个令人印象深刻的喻体。他发现多数情况下，按动电梯开关并不能加快电梯门关闭的速度，这个设计只是制造了一种“我的努力起了作用”的错觉，因此按动按钮者的自我认同感也是虚幻的。“我们一直都在按动这样的按钮，而协调这些按钮与随之发生的事件（门关上了）的则是母体不间断的行动，但我们却认为，是我们按动那些按钮才导致了事件的发生。”①如果把这个按钮的话题延伸到电梯空间，我们会发现，这种虚幻性也是对厢式电梯的整体概括。它在视觉领域中以反光材料的镜面效果遮蔽了电梯空间的局限性，令片面依赖视知觉的现代人不会感到过度不适。LED 灯的照明效果，以及排风扇的高效和静音，容易让人忽略厢式电梯是在一个空荡荡的洞穴中穿行的密封盒子。这是电梯的意识形态，它的物质性和想象性构成了都市生活本身颠倒的两面。

二、电梯空间与电影的动作性

詹明信（Fredric Jameson）认为，现代城市建筑中的电梯是宾馆等建筑内部的壮观性和令人激动的力量的根源：“它们像日本的灯笼和贡多拉（意大利威尼斯的小船）一样，不停地上下起伏——考虑到那些标志和突出的东西

---

① 齐泽克.实在界的面庞［M］.季广茂，译.北京：中央编译出版社，2004：266.

本身，我们不应把这些‘搬运器’看作只起功能性作用的一些工程部件。”①在这一论述中，电梯成为都市运动本身的反射符号和象征，深刻地影响了现代人的个体经验。一种带有前现代色彩的散步者的运动方式在现代都市中被上下运动置换和取代了。这个由于流动、速度、人群等因素而成为交通工具的空间，如同当代好莱坞电影以汽车、火车和飞机制造动作场面的奇观性段落一样，容纳并结构了电影的动作性及场景。

厢式电梯的密闭特征制造了一个独特的戏剧空间，由大理石立面框定的对开金属门酷似舞台上的幕布，似乎将随时推出情节各异的都市戏剧。电梯的指示灯如同剧场后台提示演出开始的信号，而召唤电梯的按钮一旦按下，将自然而然地引起一系列的后续动作：步入电梯、按下楼层按钮、选择站立的位置、注视运行指示灯、倾听提示音、步出电梯。这些程式化的动作包含了某种日常生活的仪式性，并将电梯塑造为微型的舞台，它凭借门的开合与更大的舞台联通。电梯门的关闭在发生于建筑内部的动作场面里往往暗示了时间的紧迫性。《国家宝藏》（*National Treasure*，2004）中呈现了一个扣人心弦的场景：一名寻宝人盗走了《独立宣言》后正准备进入电梯，而尾随他的杀手在楼道中紧追不舍，电梯门在杀手的枪弹击中寻宝人之前恰好关闭，随后镜头转换为另一场发生在户外的汽车追逐场面。有趣的是，在这部电影的片尾高潮部分，城市地下迷宫中出现了一台古老且濒临解体的升降机，最终它搭载着寻宝者找到了深埋在地下的宝藏。

厢式电梯门的开合，使轿厢内外空间出现联通和隔断，造成了视觉和心理上的断和续，这导致乘客出现脆弱的时刻。以刺杀为主题的电影，其刺杀情景往往被设定在电梯门前，如《大上海 1937》（*Great Shanghai*1937，1986）、《跛豪》（*To Be Number One*，1991）、《濠江风云》（*Casino*，1998）等。此外，杀手往往还会选择在电梯里实施杀戮，如《铁面无私》（*The Untouchables*，1987）、《虎胆龙威 3》（*Die Hard：With a Vengeance*，1995）、《史密斯夫妇》（*Mr. and Mrs. Smith*，2005）等。

---

① 朱立元.二十世纪西方美学经典文本（第 4 卷）·后现代景观[M].上海：复旦大学出版社，2000：183-184.

电梯处于一条极为狭窄的上下通道之中，是通向日常生活、象征权力的天台和更为阴暗封闭的地下空间的必由之路。如果将都市中的高楼大厦比喻成钢筋水泥怪兽，电梯空间就是运行于其消化道(电梯井)中的“食物搬运器”。在此，建筑本身的吞噬性是一个重要的都市隐喻，它意味着都市生活包含的幻灭与沉浮。《无间道》(*Infernal Afairs*,2002)中的电梯是都市执法者和黑帮势力争夺都市控制权的空间，也是记忆迷失者身份转换与终结的空间。卧底警探殉职后，电梯门反复开合夹住其身体的段落，深刻地切合了吞噬的主题——具有暧昧身份的都市边缘人是体制吞噬的对象。影片开场的段落中，《无间道》以电影特效方式虚拟了一个飘浮在虚空中无法定位的视点位置，这一视点最终固定在影像中浮现的《涅槃经》第 19 卷的经文上：“八大地狱之最，称为无间地狱，为无间断遭受大苦之意，故有此名。”《涅槃经》和《地藏经》的经文共同描绘的“无间地狱”，是一个丧失了时间感且拥挤不堪和充满循环往复的惩罚之所，这种描绘在一定意义上与电梯代表的都市生活经验相连。佛经关于“无间地狱”的描述中最贴近厢式电梯的是：那是一个完全由金属(铁)铸成的空间，它吞噬、囚禁和裹挟着受惩罚的罪人。这些影像模式无一例外地将电梯吞吐人群的空间特征摆在了首位，就像现代写字楼借助旋转门和刷卡机象征性地“吞/吐”人群一样。《无间道》的好莱坞重拍版本《无间行者》(*The Departed*,2006)几乎原样重复了这一场景。厢式电梯的升降运动，与徘徊在人间和地狱之间的特殊现代人对应。布鲁斯·威利斯(Bruce Willis)主演的《虎胆龙威》(*Die Hard*)系列影片中，几乎每一部都会出现电梯或电梯井的影像。尤其令人印象深刻的是第一部和第四部，这两部影片中的电梯都受控于恐怖分子，而高楼大厦里空荡荡的电梯井及四通八达的通风管道被塑造为城市英雄奋力击毙敌人的生命通道。这类英雄壮举在汤姆·克鲁斯(Tom Cruise)主演的《碟中谍》第四部(*Mission: Impossible*,2011)中升级为发生在立体停车装置上的生死格斗。影片中的托盘式立体停车装置是建立在电梯工作原理基础上的，传送带和抓取装置替代了搭载乘客的轿厢与操作按钮。它是现代城市空间高度压缩的产物，体现了该系列影片承载的全球性特质。

当电梯与建筑内部的其他空间相连通时，电影的动作性将呈现在更具差异性的场景之中，并反过来将电梯空间凸显为一个节点。影片《沉默的羔羊》（*The Silence of the Lambs*，1991）中，电梯的封闭性成为汉尼拔医生逃离囚禁之所的道具，他伪装成需要救治的伤者，借助电梯和救护车的掩护成功脱身。影片中那部具有复古风格的电梯匹配了高智商罪犯的独特气质，并连接了囚室和街道。另一部著名的好莱坞电影《生死时速》（*Speed*，1994）更为细致地呈现了电梯空间的物质结构。影片中的电梯是恐怖分子对都市发动袭击的起始地点。乘坐电梯的公司职员成为罪犯用以勒索赎金的人质，影片中的电梯与公共汽车一起成为洛杉矶繁忙而脆弱的交通系统的隐喻。电梯的上下运动和公共汽车的水平运动与警匪之间的搏斗交织在一起。从影片中空间差异性的角度观之，摩天大楼中的客运电梯运载着雄心勃勃的商业精英和政要人士，而恐怖分子则躲避在人迹稀少的货运电梯里筹划阴谋，并首先攻击了至关重要的电梯设备间。在一个清晰的镜头里，袭击者操作并重新设定了设备间里的控制柜和续电器柜，还枪杀了巡视设备间的保安。与此对应，城市英雄也必须由电梯井垂直向下对人质实施拯救。在激烈的谈判、枪战和爆破场面中，电梯井的两个端点（底坑、顶部）、两部厢式电梯之间的钢梁、电梯轿厢顶部的吊钩和钢索，以及轿厢底部的缓冲器，都成为营造动作性及戏剧张力的元素。

与卧底警探、职业杀手和恐怖分子的故事不同，利用电梯出入高楼大厦实施犯罪的现代窃贼必须精于其“专业技术”，包括偷窃、伪装和逃离的“技术”。如《疯狂的石头》（*Crazy Stone*，2006）中的电梯场景诠释了现代都市中的不期而遇，《文雀》（*Sparrow*，2008）中的电梯反映了盗窃者的“游刃有余”。电梯空间限制了盗贼搏斗的范围，同时让盗贼的“专业技术”得到近距离的呈现。同样的情况也出现在警匪类影片当中，如《跟踪》（*Eye in the Sky*，2007）及其重拍版本《追踪者们》（*Cold Eyes*，2013）。

与厢式电梯不同，自动扶梯的开放性在电影里营造出另一种景观。自动扶梯与观光缆车具有类似的形式，它们通常是一个在斜面上运动的交通工具。香港动作影片在呈现发生于购物中心的打斗追逐场景时，往往设计有追逐双方从自动扶梯的扶手上迅速滑下的场面，如《中南海保镖》（*The Bodyguard from Beijing*，1994）和《顺流逆流》（*Time and Tide*，2000）。扶梯和身体之间的关系在城市英雄下滑的动作中被逆转了。自动扶梯原本是一种慢速交通工具,它的行进匹配了都市闲逛者的步行速度,而追逐中的城市英雄却试图超越它规定的速度,扭转其行进方向,无视其“靠右站立”“禁止打闹”等行为规范。即使在具有反类型意义的黑帮影片《枪火》(*The Mission*, 1999)中,自动扶梯也依旧是拉开枪战场面序幕的标志性意象。

三、电梯场景中的都市人

齐泽克有关厢式电梯的寓言揭示了电梯空间的幻觉性,现实生活中的电梯工人却从技术上维护着这一幻觉。开电梯的人通常不是语言丰富的都市角色,他们说的台词除千篇一律的客套话之外,还有对楼层、房号等特定数字的询问。20 世纪上半叶都市酒店及高级公寓中开电梯的人还兼有为客人打开电梯门的职责,而当代的电梯工则只须保持彬彬有礼的形象即可。这个开电梯的人通常还承担着管理电梯的职责,他有时会用随身携带的钥匙关闭电梯,或者搬来一个写着“修理中”字样的牌子放在停驶的电梯门口。1965 年,香港电懋电影公司出品的《电梯女郎》(*Gir*1)制作完成。该影片将电梯女郎的婚恋作为都市轻喜剧的主线,利用这些具有摩登女性特征的角色串联起都市欲望和情感纠纷,并将她们塑造为欲望的对象。1985 年,电影《电梯上》公映,影片利用电梯工这个特殊的职业编织出一幅城市社区中的风情画。《电梯上》没有把电梯工设定为摩登女性或欲望对象,而是设定为 20 世纪 80 年代内地社会群体想象中的女性形象——一位亟待社会肯定的普通人。这代表电影对重塑 80 年代中国工人形象所做的努力。主人公原本是一名颇有潜质的舞蹈演员,后因腿残疾而退出舞台,却始终保持着对生活的热情和希望。从隐喻的层面来看,主人公腿部的伤痛正对应了电梯本身的封闭性和运动方向,电梯就是一具电气意义上的义肢。

电梯不仅设定了一个观察当代城市生活的视点,而且与都市心理层面上的隐喻相关。当都市人的冷漠和自我保护意识渗透至生活的各个角落之时,电梯成为一个集中的隐喻。蔡明亮的电影《河流》(*The River*, 1997)中,电梯与家庭空间互为隐喻,它是形同陌路的家庭成员短暂相聚的空间。主人公小康的母亲在酒楼担任电梯工,每天搭载食客在一个狭小封闭的箱型空间中上上下下。与这种在电影中被呈现得极为枯燥单调的工作相对应,她与丈夫的家庭关系形同虚设。影片中的电梯如同公共消费空间(酒楼)与家庭空间之间的一个通道,将有亲缘关系的家庭成员置换为来去匆匆的陌生人。与此类似,蔡明亮的短片《天桥不见了》(*The Skywalk Is Gone*,2002)中,男女主人公的相遇发生在自动扶梯上。影片中的女主人公本来是寻找者,她在都市中漫游,但寻找的结果却是丧失了自己的身份。台北新光三越百货商厦门前的自动扶梯,正是《天桥不见了》中男女主人公相遇的地方。此类深具寓意的现代运输机器,部分地溶解了漫步者的自我意识,强化了他们的无位置感。在这个意义上,厢式电梯和自动扶梯的机械力量延长了都市漫步者的身体与腿脚,却加倍放大了他们之间疏远的距离。

厢式电梯与高楼大厦的密切关系使其成为明确的都市标志。香港影片《孤男寡女》(*Needing You*,2000)、《整蛊专家》(*Tricky Brains*,1991)和《莫欺少年穷》(*Beyond's Diary*,1991)都呈现了电梯空间中拥挤不堪的场景。无论是现代写字楼里的观光电梯,还是密集的现代平民公寓中狭小的电梯,都被塑造为这座人口密集的城市的一部分。《都市情缘》(*Love and the City*,1994)更是在拥挤的电梯空间中制造出某种宿命的意味:一个女孩误将一位陌生男子的手当成男友的手握住,而与她牵手的陌生人其实就是她命定的伴侣。这几部影片中陌生人的遭遇、敌视与爱恋都表明,电梯是一个能够容纳特殊社会关系的空间,而这种倏忽交错的关系是现代社会关系的隐喻。此类电影叙事的模式,在《97家有喜事》(*All's Well,End's Well'97*,1997)电梯相遇的场景中被夸张到了极致。

2000年之后的中国内地电影中,很少有像《婼玛的十七岁》(*When Ruoma Was Seventeen*,2003)那样将电梯视为纯粹的都市象征的作品。影片中的电梯对于来自异乡的少数民族少女而言,是都市想象的来源和现代生活的标志。哈尼族女孩婼玛十分向往现代都市中的观光电梯,她在摄影师阿明的帮助下,利用穿着少数民族服装与外国游客合影并收取费用,获得了去大都市旅行的金钱。对她而言,影片中的观光电梯是现代都市想象中一个不可替代的象征物,它的运行和起落呈现了不同于少数民族聚居区的都市风景，弥漫着现代城市的视觉魅力。向往都市生活的少数民族女孩为了实现都市梦，必须加入现代观光文化所约定的商品交换法则之中，并用少数民族的异域风情作为交换条件。这种商品交换的法则及交换方式，也是都市文化孕育和散播的现代生活方式的一部分。观光电梯所隐喻的商品交换和文化交换及其背后隐藏的欲望，正是通过摄影、旅行和城市景观等视觉文化形式得以凸显的。《男人四十》(*July Rhapsody*,2002)铺陈出迥异于《婼玛的十七岁》的故事，但有关都市的欲望同样是围绕电梯构建的：香港购物中心的自动扶梯满载着清纯美丽的高中女生缓慢上升，并被偷窥者充满欲望的视线锁定。

被困在电梯里，是一种都市人暂时脱离日常生活而经历的"出神"形式。这种经历有偶然性，它通常会在电影中成为决定故事走向的情节。《金枝玉叶》(*He's a Woman, She's a Man*,1994)中，患有幽闭恐惧症的作曲家与女扮男装的新晋歌手在电梯中互相表白，象征性地消解了困扰各自生活的性别身份问题。运行中突然停止的电梯如同故事中的休止符，为他们提供了交流的机缘。此种经历在日常生活中积累和传播，潜移默化地改变着依照"高度空间"组织起来的都市人际关系。与此相比，《新同居时代》(*The New Age of Living Together*,1994)是个明确而乐观的个案，电梯的故障被塑造为都市人确定感情关系的重要契机，尽管这种确定带有被迫的意味。香港影片《天上人间》(*Love Will Tear Us Apart*,1999)中，电梯女工同在蔡明亮的作品中一样，身处封闭的工作空间和疏远的人际关系之中，片尾终结的一段感情关系，也源于一次偶发的电梯故障。

四、电梯与电影叙事方式

都市日常生活中，厢式电梯的封闭性使乘客注意同乘者之间的只言片语，等候电梯的时间也成为倾听他人言语的绝佳时机。发生在电梯中的对话是一种集中了偶然性和易逝性的都市对话，它的片段化特征为旁听者预留了填补的空间。这些因电梯运行发生的短暂而未能完成的故事，其情节、人物和结构都可以构成报纸娱乐版上的填字游戏。都市故事以及叙事方式就在这种情况下与电梯产生了关系。电梯在现代灵异故事中的高出现率是这种关系的集中体现。不存在的楼层等场景，在片段化的故事形态中释放了存在于都市空间及社会关系中的巨大焦虑。

在结合了惊悚或悬疑格调的影片中，厢式电梯的象征意义首先被设定在个体心理层面。从弗洛伊德式的角度入手，电梯包含了显而易见的精神分析价值。它在升降之际沟通了幽暗的潜意识和真实生活的空间，心理层面的叙事就此获得了可能。《盗梦空间》(*Inception*,2010)直接将电梯塑造为深入心灵世界的交通工具，个体意识的不同层面在影片中具体化为城市、建筑、交通工具和狭窄的房间。《傀儡人生》(*Being John Malkovich*,1999)中设置了公司办公室通向潜意识领域的暗道，一部厢式电梯沟通了这个暗道和城市街道。这家纽约公司的位置是其所在办公楼的七层半，电梯按键上却并没有设置这个在特殊楼层停下的功能，每个搭乘电梯的人都必须借助电梯的紧急停止键才能抵达公司。纽约的城市建筑史、公司文化以及电梯本身的功能，都在这部影片中被戏谑或解构。与此相比，《楚门的世界》(*The Truman Show*,1998)中的电梯提供了揭示现实本质的契机。在楚门探索其身处其中的世界时偶然进入了一幢大厦，当大厦里的一部电梯的门打开时，他发现这部电梯并不具备上下运动的功能，而是电视剧剧情组成的虚拟世界与舞台化妆室之间的通道。电梯的门只是一般意义上的门，它引导出楚门人生故事的新方向。在这些影片中，电梯是建筑空间或城市本身的裂缝，它的开合与运动打破了贯穿空间的整体叙述，有关空间的本质的探索即源于此。

爱森斯坦(Eisenstein)曾经自评过影片《战舰波将金号》(*Battleship Po—temkin*,1925)中的“奥德萨阶梯”段落，他认为这一蒙太奇段落里的阶梯为杀戮场景提供了自上而下的运动(哥萨克部队、逃散的人群以及婴儿车的运动方向)，引导影片的情绪从高峰降至低谷，再次酝酿并激发观众的情感，使之从潜伏转为爆发。“我们看到，阶梯的梯级在动作沿它迅速向下展开的过程中，也完全呼应着从一种质到另一种质的、在力度和向度上不断向上的、一级级的跳跃。”[①]与此类似，电影中电梯的开合、升降和运行也能建立起人与建筑空间、都市象征的全新关系，这为电影叙事的探索提供了可能。英国电影《滑动门》（*Sliding Doors*，1998）讲述了陌生人在伦敦这座城市里三种可能邂逅的故事。影片中最富于形而上意味的是都市空间中的门：地铁车厢的门、电梯的门，以及公寓房间的门。经由电梯门的开合，都市人生活、恋爱、婚姻和生命的多重可能性在影片中轮转组合，呈现为现代小说式的分叉时间形态。片尾段落中医院的电梯门更是充当了舞台幕布式的视觉元素，重新组织了电影的叙事方式，并将叙事的开放性转化为“在电梯中邂逅”这个充满不确定性的主题。影片《缘，妙不可言》（*Luck*，*Wonderful*，1999）是一部采用与《滑动门》类似叙事方式的作品，四位年轻人在购物中心的相遇和人生选择，都与自动扶梯的运行方式密切相连。在电影的叙事脉络中，购物的女孩由于未能注意到扶梯的活动踏板与地面之间的缝隙而失去平衡，因此与碰巧路过并扶助她的男子相遇进而相恋。影片拓展了这种相遇的三种可能，借此渲染了中国当代都市文化中不断强化的偶然性。影片中意味深长的画面集中在自动扶梯与楼层平面之间：运转不息的自动扶梯向不同的楼层输送购物者，并给予都市男女彼此对视的机会，但真正造成他们发生身体接触和亲密情感关系的是流动的扶梯和稳固的地面之间的缝隙。这个缝隙是购物者的身体感知与购物空间发生错位的所在，失衡和跌倒就此发生。而失去平衡的身体也在瞬间脱离了购物者的自我期许和行进轨迹，将“下一个动作”付诸偶然性的安排。这个场景更为通俗的版本出现在《有话好好说》（*Keep Cool*，1997）当中，一个着正装参加约会的男子搭乘购物中心的自动扶梯，他严肃而充满自信的形象被同样的一条缝隙瓦解了。和爱森斯坦评论中的“奥德萨阶梯”相比，这架自动扶梯的象征性恰好相反，它将人的自适和自信提升到高峰，再突然降至谷底。

电梯的运输活动不仅可以引申为“吞/吐”人群这一意象，还与叙事及象征层面上的交换功能相关。路易·马勒（Louis Malle）导演的《通向绞架的电梯》（*Elevator to the Gallows*，1958）是围绕电梯场景展开叙事的一部知名影

---

① 爱森斯坦.并非冷漠的大自然[M].富澜，译.北京：中国电影出版社，1996：37.

片。一位与上司夫人有私情的公司职员为了私奔而杀死了上司,并精心布置了伪装的自杀现场,但他在返回现场处理疏漏细节的过程中,搭乘的电梯突然停电,电梯变成了一个为他准备的囚笼。在这位被困在电梯里的凶手丧失了行动能力之后,他的情人被迫在夜晚的巴黎到处寻访他的踪迹,成为一个出人意料的女性游逛者。此外,凶手的汽车也被一对游手好闲的青年男女盗走,变成作案的工具。电梯的升降运动在这部影片中被呈现为枯燥的、缺乏意义的运动,完全让位给街道漫步和驾驶汽车的运动。影片中的电梯逆转了男性与女性在情感纠葛中固有的角色和身份,并与拥有无限可能的巴黎街道生活相互对照,将城市故事的可能性交给了偶然。这可以看作对日常生活中电梯所标榜的迅捷、精准、坚固、耐用等特征的偏离,电梯因此构成了一个酝酿叙事奇观的空间。如同罗兰·巴特(Roland Barthes)眼中的埃菲尔铁塔矛盾地结合了稳固性与中空性一样,厢式电梯也在叙事层面充满矛盾地整合并叠加了交通工具、房屋、囚笼、告解室和剧场的功能。

第四节 电视剧意识形态批评

一、牢记历史,铭记英雄

抗日战争是中华民族现代史上惨痛而悲壮的一页。在纪念中国人民抗日战争暨世界反法西斯战争胜利70周年阅兵式上的讲话中,习近平总书记指出:“中国人民抗日战争和世界反法西斯战争,是正义和邪恶、光明和黑暗、进步和反动的大决战。在那场惨烈的战斗中,中国人民抗日战争开始时间最早、持续时间最长。面对侵略者,中华儿女不屈不挠、浴血奋战,彻底打败了日本军国主义侵略者。”在这场惨烈的战争中,中国人民以巨大的民族牺牲支撑起了世界反法西斯战争的东方主战场,为世界反法西斯战争胜利作出了重大贡献。

历史不应该被忘记,英雄更应该被铭记。以抗战历史为题材的文艺作品是容易被人们所喜爱和接受,并且值得鼓励和弘扬的。然而,作为国家主流媒体的中央电视台却在2013年4月10日的《新闻1+1》中盘点、批评了某些抗日剧。究其原因，是因为近年来某些抗日剧过分武侠化、传奇化、玄幻化甚至动漫化，这些抗日剧甚至被人们冠上了“抗日神剧”的名号。“抗日神剧”的特点可用“四化”来概括：战争游戏化、我军偶像化、友军懦夫化、日伪白痴化。这不仅是对抗战历史的歪曲，更是对奋勇杀敌、捍卫家国的先烈们的不敬。因为当前辈浴血奋战换来的胜利被描述为唾手可得的成功后，人们恐怕就很难了解和反思为何这场战争需要付出如此巨大的民族牺牲。针对这一现象，国家新闻出版广电总局于2013年5月16日对全国36家上星卫视提出整改要求，要求增加现实题材电视剧的播出比例，然而时至今日，效果似乎并不理想。2015年是纪念抗日战争胜利70周年，本应是抗战剧的大年，但有些抗战剧却忽然被中途停播，如山东卫视的《绝地刀锋》《狐影》、东方卫视的《来势凶猛》、天津卫视的《枪侠》、贵州卫视的《野山鹰》等，其中的原因不言自明。

国内外很多记者通过寻访抗战亲历者以及抗战史研究专家，真实还原当年历史。抗战时期，日军一般都会用飞机、坦克重炮先对中国军队进行猛烈攻击，企图快速吞并中国城市。一旦出现僵持局面，日军会立刻使用迂回战，这种“升级版”的闪电战一度让中国军队损失惨重。可想而知，中国军民需要付出多大的牺牲才能阻挡日本帝国主义的铁蹄。李宗仁回忆说：“日军陆军训练之精和战斗力之强，可说举世罕有匹敌。”因此，当前的“抗日神剧”试图通过神化中国军队，贬低日军军事素质和实际作战能力，以迎合一些中国观众的娱乐心理，有可能让年轻一代对历史产生错误的认识。这种随意歪曲抗战历史、传播错误历史的行为，实质上是对全民族抗战的亵渎。只有正视历史，才是对抗战英雄们的真正尊重。

二、电视可以娱乐，历史不容虚构

我国早期经典的抗战影视作品，如电影《铁道游击队》（上海电影制片厂，1956年）、《狼牙山五壮士》（八一电影制片厂，1958年）、《小兵张嘎》（北京电影制片厂，1963年）遵循了现实主义创作原则，创作出抗战时期典型环境中的典型英雄人物形象,这些人物形象真实具体、生动感人。而敌我力量的对比基本处于敌优我劣的状态。这些抗战题材影视作品虽然加入了夸张的艺术手法,但仍然是成功的。因为早期抗战题材影视作品的主要目的不在于提供娱乐和观赏,而是承担着强烈的宣传教化责任。它们帮助中国人民牢记民族的苦难历史,激发内心的爱国主义热忱与正义感。

然而,如今的“抗日神剧”通过武侠化、奇幻化,追求传奇效果和娱乐效果。叙事模式更倾向于好莱坞“英雄拯救世界”模式。从故事情节来看,基本上都是英勇无敌的主人公过关斩将,最终成功完成任务。为了渲染悲剧氛围,剧中必定有若干次要角色的感人牺牲。相比以往经典的抗战题材影视作品,“抗日神剧”中英雄人物的传奇遭遇、传奇性格、传奇能力使他们不再是真实的“典型环境中的典型人物”,而是某种具备超自然能力的“神人”。而敌人几乎是千篇一律的猥琐、愚蠢、不堪一击。显然,“抗日神剧”已经不再是历史题材的艺术创作。这些作品印证了尼古拉斯·阿伯克龙比所说的:“电视主要是一种娱乐媒体,在电视上亮相的一切都具有娱乐性。”①也正如波兹曼所说的:“电视本是无足轻重的,所以如果它给自己强加很高的使命或者把自己表现成重要文化的载体,那么危险就出现了。娱乐是电视上所有话语的超意识形态。”②霍克海默认为:“经济追求阻止了对每件艺术品的内在逻辑的追求,即对艺术品本身的自律要求的追求。人们今天所称的流行娱乐实际上是为文化工业所刺激、所操纵、所悄悄腐蚀的要求。它与艺术无关,尤其是在它装着与艺术相关的地方更是如此。”③显然,影视创作的娱乐化和商业化趋势是产生“抗日神剧”的主要根源。

鲍德里亚认为,正是传媒的推波助澜加速了社会由现代生产领域向后现代拟象的堕落。“拟象和仿真的东西因为大规模的类型化而取代了真实和原初的东西,世界因而变得拟象化了。”④“抗日神剧”用夸张甚至滑稽的表现方式模糊了真实的历史面貌。历史题材的电视剧必须大体是根据“历史

---

① 阿伯克龙比.电视与社会[M].张永喜,鲍曼,陈光明,译.南京:南京大学出版社,2001:6.

② 波兹曼.娱乐至死[M].章艳,译.桂林:广西师范大学出版社,2004:20.

③ 曹卫东.霍克海默集[M].渠东,付德根,译.上海:上海远东出版社,1997:226.

④ 鲍德里亚.仿真与拟象[M]//汪民安,陈永国,马海良.后现代性的哲学话语.杭州:浙江人民出版社,2000:329.

真实与艺术真实”相结合的原则进行的典型化艺术加工。正确的历史观是必要的,它影响着人们人生观、世界观和价值观的生成。历史观是使人获得对祖国认同感的纽带之一。同时,历史也是外国人了解一个国家的民族气节、民族特征的重要途径。“抗日神剧”虽然披着爱国主义的历史外衣,但是虚构的精神内核早已将真实的历史替换成娱乐。这些“抗日神剧”中的“胜利”使观众炫目,随着时间的流逝,人们会慢慢忘却抗日战争曾经的艰辛和残酷,记得的仅仅是“无所不能”的中国功夫、脸谱式的夸张情节,甚至是令人兴奋的暴力场景。如果真正的历史消亡了,那么那些厚重的哀伤、沉痛的反思、热血的忠诚可能也就随之消亡了。历史成为媒体靠拟象所搭建的虚无幻影。

康德认为,崇高是人内心情感的崇高,是一种内心情调。朗吉努斯认为,“我们的灵魂中有一种不可抗拒的对一切伟大事物、一切比我们自己更神圣的事物的渴望。当我们观察整个生命的领域而见到它处处富于精妙的、堂皇的、美丽的事物时,我们立即知道人生的真正目标究竟是什么。人们的景仰是留给惊心动魄的事物的”。真实的英雄用坚毅、忍耐、牺牲使我们领略到伟大的心灵和强烈的情感,使我们更加珍惜今天来之不易的幸福生活。而“抗日神剧”中的“英雄”或有异于常人的身体,或有异于常人的幸运。他们的经历有太多人为的偶然性,并不遵循自然界的客观规律。他们给观众带来的刺激是表层的,是一种滑稽的愉悦,是一种消遣。崇高的美感中应该包含着超越的痛感和无限的生命力,而对于滑稽和消遣,观众只会一笑了之。当真实的历史被拟象所替代,悲剧感和崇高感一同被消解,历史就会被矮化为供人观赏娱乐的皮影戏,人们也不再相信历史,不再相信伟大和高尚。而没有历史、没有反思的民族是悲哀的。

三、“抗日神剧”中的历史虚无主义

中国人不会忘记历史,这种感情中包含了对国家的忠诚、对民族的热爱。电视剧中的艺术想象本来是无可厚非的,但是利用人们对抗战题材的偏爱,对历史进行歪曲捏造是不可取的。抗战题材的影视创作不能借历史的外壳来伪造历史，无度地挥霍大众的爱国情感。电视剧可以虚构，但历史不可以被调侃。“抗日神剧”刻意地利用真情去造假、去牟利是一种危险而自私的行为。若任由“抗日神剧”无所顾忌地歪曲历史，就恰恰与当下暗流涌动的历史虚无主义不谋而合。因为历史虚无主义最主要的表现形式之一，就是不顾历史事实与历史规律，随心所欲地挑选碎片化的历史故事，任意剪裁，任意虚构。

令人欣慰的是，抗战题材的电视剧已经不断涌现出精品。2015 年 7 月 4 日，中央电视台播出的《东北抗日联军》讲述了 1931 年日本帝国主义入侵中国东北，东北人民在中国共产党的领导下奋起反击、对日斗争的故事。东北抗日联军长达 14 年的抗日战争史同红军长征史一样，是我党、我军历史上艰苦卓绝的篇章。在这 14 年岁月里，东北抗日联军身处没有后方支援、没有粮弹供给，又与中共中央联络中断的情况下，以草根树皮果腹充饥，在林海雪原风餐露宿，用鲜血和生命谱写了一曲可歌可泣、感天动地、富于地域特色的悲壮故事。在这 14 年里，东北抗日联军共击毙日伪军十余万人，沉重地打击了侵略者，牵制住数十万日军精锐部队，有力地支援了全国抗战。《东北抗日联军》全景式地描写了抗日英雄的斗争生活，讴歌了杨靖宇、赵尚志、赵一曼等革命英雄英勇抗日、舍身卫国的爱国主义精神。该剧将东北抗日联军取得的胜利放到中国共产党领导下的中国人民抗日战争胜利和世界反法西斯战争胜利的大背景下，从而赋予了东北抗日联军更加深厚的历史内涵。有别于“抗日神剧”的夸张与虚构，该剧人物形象有血有肉、栩栩如生，叙事紧凑，无论是剧情设置，还是对历史事实的真切还原，都确保了抗战主题的严肃性、正义性与教育性。

第五节　文学经典改编剧的海外传播研究

自 20 世纪 90 年代以来，大众文化在中国兴起，电视剧成为人们喜闻乐见的艺术样式之一。在电视剧的生产过程中，文学的力量不容小觑，由文学经典改编而成的电视剧不在少数，如 20 世纪 80 年代对中国四大古典文学名著的电视剧改编就堪称典范。这些剧作不仅在中国家喻户晓，而且传播到海外，向世界展示出一幅幅动人的中国画卷。

一、助力国家形象传播，提升文化软实力

首先，文学经典改编剧能够助力国家形象的传播。图像的直观感和内容的丰富性，使电视剧成为当代最受欢迎的艺术表现形式之一，具有反映现实生活、彰显文化精神的独特优势，成为一扇展现国家文化意蕴、塑造国家形象的重要窗口。而根据文学经典改编的电视剧，在一定程度上，能够满足国际社会想要了解中国社会、知晓中国文化的心理。有学者认为，以《西游记》为代表的中国经典文学作品对古代中国环境和生活方式的描绘，凝聚着中华民族的智慧和美德，体现出中华文化对世界文明的启迪与贡献。唐僧师徒历经千难万险，遭遇强烈的文化震荡，却从未流露出大唐优越于他者之意。正如赵汀阳先生在"天下体系"理论中所述，中国的思想方式是"大度"的，东方包容性思维与非排他性本质，使中国人能够自然地接受多样文化并与其和平共处。[①] 在信息全球化时代，树立大国形象，构建"人类命运共同体"，除了政治经济方面的考量外，也需要文化力量的介入，电视剧就是文化力量的呈现形态之一。

其次，文学经典改编剧能够助力国家文化软实力的提升。在当前经济全球化的大背景下，软实力的提升被摆在了越发重要的位置上。在约瑟夫·奈的论述中，软实力是指该国在国际社会中因文化认同而产生的亲和力、吸引力、影响力和凝聚力。习近平总书记指出："文化是一个国家、一个民族的灵魂。文化兴国运兴，文化强民族强。没有高度的文化自信，没有文化的繁荣兴盛，就没有中华民族的伟大复兴。""推进国际传播能力建设，讲好中国故事，展现真实、立体、全面的中国，提高国家文化软实力。"[②]中华文化博大精深、源远流长，文学经典不计其数。而文学经典中讲述的中国故

① 万婧.讲好中国经典故事:《西游记》的改编与海外传播[J].对外传播,2016(5):47.

② 习近平.在中国共产党第十九次全国代表大会上的报告[N].人民日报,2017-10-28.

事,给电视剧创作提供了丰富的素材。现代文学经典改编剧《长恨歌》凸显海派文化特色,展现了20世纪40—70年代黄浦江畔的世情风貌。细腻、考究的制作、海派文化的独特韵味,使该剧不仅发行到美国、加拿大等地,而且进入亚洲一些国家的主流电视台播出。[①] 而享誉世界的中国故事《梁山伯与祝英台》,更是堪与《罗密欧与朱丽叶》相比肩。诸如此类的文学经典改编剧在对外交流上,均发挥了很好的文化促进作用。

文学经典是文化的核心构成,是文化软实力的重要内容。诚如恩格斯所言:"我认为他(巴尔扎克)是比过去、现在和未来的一切左拉都要伟大得多的现实主义大师……"[②]即便是在21世纪的今天,文学经典依然具有穿越时光的永恒魅力。文学经典是影视作品的母体,两者的交融相生、优势互补,发挥了电视剧艺术参与国家文化形象建设的重要作用。

二、传播现状及问题

(一)传播现状

20世纪90年代,中国电视剧开始"出海"。文学经典改编剧在海外的广泛传播,当以根据中国四大古典文学名著改编的作品为代表,其中又以《西游记》最具代表性。

1986年版《西游记》不仅在东南亚地区广受欢迎,还传播到欧美多国。直到今天,越南电视台仍然在播《西游记》,甚至还翻拍了这部作品。"西游文化"在日本更是兴盛,为日本的影视剧、动漫等提供了源源不断的创作素材。除亚洲地区外,欧美国家也对《西游记》进行了不同程度的翻拍。2001年,美国全国广播公司(NBC)制作了《猴王》(*The Monkey King*);2015年,美国经典电影有线电视台(AMC)将孙悟空的故事改编为功夫题材的科幻美剧《荒原》(*Into the Badlands*),由吴彦祖出演孙悟空;2018年,由美国奈飞公司

① 涂彦,郑荞.推进国产电视剧出口 提升中国文化软实力[J].中国电视,2010(8):18.

② 恩格斯.致玛格丽特·哈克奈斯[M]//马克思,恩格斯.马克思恩格斯选集:第4卷.北京:人民出版社,1973:462-463.

(Netflix)和澳大利亚广播公司(ABC)旗下电视台 ABC Me 以及新西兰电视台 TVNZ 联合制作的冒险神话剧《新猴王传奇》(*The New Legend of Monkey*)正式上线……这些影视剧中的人物大都取材于中国古典小说《西游记》,只是在故事情节、叙事结构上进行了较大改动。

除了 1986 年版《西游记》外,2010 年版《三国》电视剧也在国外引起了不小轰动。2010 年版《三国》电视剧的版权卖到了一百多个国家和地区,传播范围非常广泛,在日本的销售额达到单集 9 万美元,在中国香港、台湾地区卖到单集 2 万美元,其海外总发行收益超过 3.4 亿元人民币。该剧还荣获了亚洲电视剧大奖以及东京电视节最佳海外片奖等十余个奖项。在日本,“三国热”更是经久不衰,无论是在电影、电视剧、戏剧、动漫,还是游戏中,有关“三国”的内容频频出现,其传播力度至今都是其他文学作品难以超越的。尽管如此,文学经典改编剧的数量在整个中国电视剧家族中所占的比例和影响力仍然有限,其海外传播力度也有待进一步提升。

(二)传播过程中出现的一些问题

首先,从电视剧总量上看,贸易逆差比较严重,整体情况不容乐观。

从总体上看,中国电视剧进口总额大于出口总额,进口总量低于出口总量,这就意味着我国电视剧的单集价格偏低。电视剧作为文化产业的重要分支,是文化软实力的一种具体体现。电视剧的对外贸易“逆差”,显然不利于中华文化的海外传播。

其次,文学经典改编剧数量偏少,传播力度较小。从 1958 年播出的《一口菜饼子》算起,截至 2018 年,国产电视剧已经走过了整整 60 年。在前 40 年中,根据文学经典改编的电视剧所占比重较小。除了 20 世纪 80 年代由四大古典文学名著改编的同名电视剧外,还有一些根据现代文学经典改编的作品,如 1985 年版《四世同堂》、1990 年版《围城》《平凡的世界》、1995 年版《子夜》、1996 年版《雷雨》等,这些作品当时在国内也引发了一定的反响,但很少能够传播到国外。

进入 21 世纪以来,根据文学经典改编的电视剧逐渐遇冷,佳作较少,虽然出现了四大名著的“翻拍热”,但翻拍后的作品大都难以超越前作,只有

2010 年版《三国》的海外传播取得了较好的成绩。在现代文学经典的改编方面，主要有 2001 年版《我这一辈子》、2002 年版《日出》《阿 Q 的故事》、2003 年版《雷雨》《金粉世家》、2005 年版《京华烟云》、2007 年版《家》、2008 年版《子夜》、2009 年版《四世同堂》《倾城之恋》、2010 年版《茶馆》《龙须沟》、2011 年版《半生缘》等。不过，在海外传播方面，这些电视剧的表现都不尽如人意。即便是 2010 年版《三国》，其海外传播的范围也主要集中在日本、越南、新加坡、印度尼西亚、马来西亚等地区，并没有占领欧美等主流市场，与一些具有世界影响力的美剧、英剧相比尚有差距。

近年来，文学经典改编电视剧的创作屈指可数。其中，在国内知名度较高、影响力较大的有 2014 年版《红高粱》、2015 年版《平凡的世界》、2017 年版《白鹿原》、2018 年版《灵与肉》等。这几部电视剧虽然都获得了一定的口碑，但在收视率上难敌同期的热播剧。《2018 中国电视剧产业报告》显示，2017 年国内电视剧的立项总量和生产总量均较上一年有所下降，实际生产完成并获准发行许可的电视剧数量为 313 部，而 2003—2014 年，中国电视剧的年均产量一直维持在 400 部以上。① 在这些数字中，文学经典改编剧数量占比较少，能在国外产生影响力的作品就更是凤毛麟角了。

最后，文学经典改编剧并非中国电视剧海外传播的主流。

当前，在海外传播的中国电视剧以历史剧、宫廷剧、武侠古装剧为主。2015 年 3 月，76 集电视剧《甄嬛传》被美方精编为 6 集、每集 90 分钟的英文版电视电影，在 Netflix 上播出；《琅琊榜》也在美国、新加坡、马来西亚等国家播出；《抗倭英雄戚继光》的版权销往泰国、越南等地。此外，家庭伦理剧《媳妇的美好时代》在肯尼亚等非洲地区大受欢迎，功夫传奇剧《李小龙传奇》也远销欧洲、北美洲、亚洲的 20 多个国家和地区。

在这些走出国门的热播剧中，文学经典改编剧寥寥无几。即便是那些已经走出国门的电视剧对于中华文化的宣传作用，也需要理性分析。有学者认为，海外热播的电视剧《甄嬛传》尽管在同类题材中堪称上乘之作，但由

---

① 首都影视发展智库. 2018 中国电视剧产业报告[EB/OL].(2018-03-25)[2021-05-10]. http://www.199it.com/archives/706792.html。

于社会环境、文化背景的差异，海外观众在观看该剧时往往会忽略其现实批判色彩，关心剧中后宫女人之间的尔虞我诈、钩心斗角，易使海外观众对中华文化的理解流于表面，甚至将剧中描写的中国封建王朝的权力争斗代入现实，这显然与中国国家形象建构的核心价值不符。因此，这样一部历史题材电视剧的海外传播，能够在多大程度上有利于中国在国际社会的文化输出与国家形象的塑造，值得我们思考。①

相较而言，文学经典本身经过了岁月的淘洗，承载着历史文化的深厚积淀，折射出强烈的现实关怀与人文情怀。文学经典改编剧在传播中华文化时，也势必会展现出中华文化的优良传统与民族精神的真正风貌。但是就目前而言，文学经典改编剧不仅数量少，而且不占中国电视剧海外传播的主流。这一方面是因为将文学经典改编成电视剧的难度较大，另一方面也因为中华文化的转译面临着许多障碍。由此看来，文学经典改编剧在提高国家形象传播以及增强文化软实力方面，仍有很长的路要走。

三、传播路径探索

（一）传播中华传统文化，扩大文学经典影响力

“文化的趋同性是电视剧在全球化跨文化传播中遵循的原则。减少文化隔阂、降低文化折扣，会更加有利于文化的跨地区和跨族群传播。”②从目前中国文学经典改编剧的传播范围和覆盖范围来看，主要集中在东南亚地区，这是东方文化的趋同性所致。中西方文化的异质性，导致西方人在观看经由中国文学经典改编成的电视剧时，难以理解剧中的规定情境与文化内涵。获得诺贝尔文学奖的中国作家莫言的作品之所以能够得到国际瞩目与认可，与其成功的译著有一定关系。目前，我国尚有许多文学经典没有被翻译成外文，更谈不上被国外读者所了解了。

中西方文化的差异还在于中华文化侧重取内在超越之路，而西方文化

① 张婧.“走出国门”的《琅琊榜》和《甄嬛传》对国家形象的影响[J].当代电视，2016(2)：20.

② 赵晖.塑造中国电视剧海外传播的文化影响力[J].中国电视，2018(7)：49.

侧重取外在超越之路。内在超越是纯粹个人的事情，没有系统的教条可循，甚至象征性的仪式也不需要。中国儒家文化教人“深造自得”“归而求之有余师”，道家文化教人“得意忘言”，重点都放在每个人的内心自觉上，故而个人的修养或修持成为关键，追求价值之源的努力是向内而非向外向上的。这种精神不但见之于宗教、道德、社会等各个方面，而且支配着艺术和文学领域。① 就《西游记》而言，它融合了佛、道、儒三家的思想，在佛与道的世界里注入了现实社会的人情世态，时而插入几句儒家的至理名言，内容丰富且意味深长。但是，西方人在改编《西游记》时，脱离了中华文化的土壤，移植之后就变成了美国式的拯救故事，这便是中西方文化的差异造成的。

19 世纪中叶以后，中西方文化的冲突变得更加明显，这在现代文学经典作品中多有表现。根据经典作品改编的同名电视剧《雷雨》《四世同堂》《围城》等，都有对中西方文化冲突的反思。西方人对于中华传统文化的陌生感，导致其对中国文学经典中所体现出来的对中华传统文化的反思也具有一定的隔阂感，这正是海外观众与中国文学经典改编剧产生距离的主要原因。因此，在推广和传播文学经典改编剧时，离不开国家以其他方式来共同推动中华传统文化的世界传播，二者之间的关系密不可分。推动中华传统文化的世界传播（如举办奥运会、世博会等），有助于海外观众更好地理解和接受中华传统文化，从而进一步理解文学经典改编剧；而推广文学经典改编剧，也有助于实现中华传统文化的海外传播，二者是相辅相成的关系。

（二）精心改编文学经典文本，实现核心价值传播

由于文学文本与电视剧属于两种不同的艺术载体，改编本身就存在着一定的难度。电视剧是以图像符号来表意的艺术形式，其图像画面多少会消解文学中最为重要的想象力。电视剧中的图像符号不仅具有直观性，而且具有相对固定的指涉意义。正如霍尔所言，图像符号被解读为自然的，仅仅是因为视觉的感知符码流传得非常广泛，因为这种类型的符号比起语言

---

① 余英时.中国思想传统的现代诠释[M].南京：江苏人民出版社，2003：17-18.

符号来说少了任意性。[①] 常言道,“一千个人心中就有一千个哈姆雷特”,这意味着读者对于文学作品中的人物是有着自己的认知和体会的;而搬到屏幕上的人物形象则是明确固定的,他难以符合所有人的想象,这就对电视剧改编提出了更大的挑战。进入21世纪以来,人们生活的社会环境、语言环境已经与文学经典产生的时代背景有了巨大的差别,随着经济全球化发展以及东西方文化交流的日趋深入,如何在保留文学经典精髓的基础上,进行符合现代人审美标准的电视剧改编;如何把中国的文学经典改编成适合国内外观众观看的影视作品,成为亟待解决的一大难题。

目前,很多电视剧的编导都对文学经典进行了较大幅度的改编,但在力图迎合观众收视心理的同时,却丢失了经典文本中的一些核心思想。如一些电视剧弱化了经典文本中对于封建礼教和旧社会的深省的批判力度,用青年男女之间的情爱关系,来取代启蒙和反抗的主题,再加上流量明星的演绎,使得整部电视剧不乏青春偶像剧之嫌。尤其是随着数字技术的发展,后期特效成为电视剧制作中的一道工序,“替身”“抠图”等“五毛特效”不时出现,电视剧原本需要对故事、人物、场景、情节、细节等方面的投入,被用到了流量明星的片酬和视觉效果的技术处理上,这一舍本逐末的做法,令文学经典改编剧难以出彩。

值得一提的是,1987年版电视剧《红楼梦》同样与原著存在着较大差异,却并不影响作品的艺术品质,甚至改编后的电视剧更能体现原著深刻的悲剧意识。该剧前29集基本忠于曹雪芹原著的前八十回,后7集主体剧情则采用程高本后四十回,抛弃了贾宝玉中举、家道中兴的小团圆结局,并根据脂批和红学探佚学研究成果重新创作出凤姐死于狱中、贾府家破人亡等剧情。该剧播出后,受到观众的一致好评。虽然囿于东西方文化的差异,电视剧《红楼梦》在海外的传播没有取得预想的成绩,但不得不承认,该剧的改编是成功的。可见,在对文学经典进行电视剧改编时,应深刻把握文本的核心思想,剧情可以删改,但文本的精髓万万不能丢。

---

① 罗钢,刘象愚.文化研究读本[M].北京:中国社会科学出版社,2000:357.

(三)国外热播剧对于中国文学经典改编剧的启示

近年来,在全球范围内热播的美剧当属《权力的游戏》,其人气一直居高不下。该剧如此火爆的原因,一是原小说《冰与火之歌》在全球范围内的广泛传播,二是电视剧出品方在改编上秉持着精益求精的创作态度,投入了巨大的人力物力,保证了剧作的艺术水准。《权力的游戏》每季 10 集,第一季单集制作费达到 600 万美元,第五季攀升至单集 800 万美元,到了第六季,每集制作成本高达 1000 万美元。尽管高投入与高质量不是绝对等同,但高投入的确是打造高品质影视作品的前提条件之一。

美剧的高质量,还离不开优秀的编剧队伍和强大的顾问团队。如《别对我撒谎》聘请了被誉为美国 20 世纪最伟大的心理学家之一的保罗·艾克曼博士,《生活大爆炸》聘请了物理和天文学教授大卫·萨尔兹保,《实习医生格蕾》聘请了医学教授艾伦·汉密尔顿等,他们共同参与剧本的创作,确保了电视剧的专业性、合理性和逻辑性。①

以内容制胜,是文学经典改编剧的前景和出路。一部优秀的电视剧需要讲好一个故事,需要从观众的审美旨趣出发,需要蕴含巧妙的构思和优秀的文化品质,可以通俗但不能庸俗。此外,还应注意剧中人物关系的编织,使矛盾冲突合乎逻辑,如此,文学经典改编剧才能吸引人、打动人,在保持自身特色、满足观众审美需求的同时,为塑造国家形象、提升文化软实力发挥应有的作用。

---

① 周根红.电视剧跨文化传播的叙事策略解析[J].中国电视,2018(6):55.

第二章　全媒体时代电视艺术形态研究

第一节　增强现实技术对电视视觉语言的影响研究

增强现实技术(Augmented Reality,简称 AR)是利用计算机生成逼真的视、听、力、触和动等感觉的交互技术,它借助计算机图形技术和可视化技术生成现实环境中不存在的虚拟对象,并通过传感技术将虚拟对象“放置”在真实环境中,通过显示设备将虚拟对象与真实环境进行无缝融合,为使用者呈现一个感官效果逼真的新环境。这一技术的目标是实现真实世界与虚拟世界的交互融合。用户除了可以看到叠加在真实世界上的虚拟对象外,也可以参与到由计算机合成的新环境中,与其中的真实物体和虚拟对象进行互动。

2008 年 CNN 的美国大选报道、2010 年 CCTV-5 的世界杯特别节目《豪门盛宴》、2011 年湖南卫视的《快乐女声》总决赛、2012 年湖南卫视跨年晚会、2012 年东方卫视的新闻节目《大爱东方》、2012 年江苏卫视的新闻节目《新闻眼》等越来越多的电视媒体将 AR 技术运用到电视节目制作中。新技术的出现大大丰富了画面形式,为电视语言的发展增添了新的空间和可能,但也提出了新的问题。

一、信息的视觉立体化呈现

在 AR 技术出现之前，实拍画面在信息传达方面依然受到一定的限制，字幕、图表作为传达信息的辅助手段，表现力相对单一，带给人的视觉感受也较为平淡。AR 技术的出现弥补了画面信息传达在这一方面的不足，它不仅能阐述事实，还能层次分明地展现事实与事实、数据与数据之间的逻辑关系。

在 2010 年首播的 BBC 热门电视剧《新福尔摩斯》中，经常会出现这样的桥段：主人公福尔摩斯有一双慧眼，能从对方的身体、着装、物品、动作、表情等一系列表征中判断出对方的身份、个人经历、当下处境，甚至讳莫如深的秘密。画面在交代这些信息时，采取了这样的技巧：初次见面的画面被定格，摄影机在一个凝固的 3D 空间里运动，每分析一条信息，画面便以 3D 字幕漂浮的形式辅佐叙事，解说每一个表征细节所透露出来的个人信息。在剧情中，这些信息都是现象背后的本质，相较于传统视觉表现，AR 技术更为清晰地利用观众的空间感将现象与本质剥离开来。

在中国，AR 技术的信息视觉立体化特点在一些体育赛事以及气象节目中已初见雏形，其中一个典型的案例就是 2010 年 CCTV-5 的世界杯特别节目《豪门盛宴》。演播室的圆形舞台上有时会出现一个 3D 虚拟足球场，随着摄影机的移动，足球场呈现出相应的角度和透视变化，主持人站在这个虚拟场景旁边，对场景进行详细介绍。AR 技术创造出节目演播厅与南非世界杯现场两个空间，产生出神奇的虚实转换效果。

AR 技术使解说员的讲解分析更加清晰生动，并且实时性更强。动态的球员跑位图、3D 动态图表、球员 3D 人物模型以及三维回放图清晰地展示出一瞬间各个球员的位置和状态。AR 技术还能在现场转播信号上更改球场上的广告信息，测算球员的位移和速度，更清晰直观地展现球场上发生的一切细节和信息，并将一些需要强化的视觉信息固定下来，进行二次呈现。

此外，演播室里还有由 AR 系统生成的虚拟立体屏幕，专门负责展示赛事信息，使赛事进程以及赛程之间、小组之间、球队之间的逻辑关系一目了然。

《豪门盛宴》是 AR 信息视觉立体化展现的一个很好的例子。AR 技术使虚拟交互更加直接亲切,信息的表述也变得更加形象可感,突破了画面不易说明逻辑分析的屏障。

而在晚会或综艺节目中,AR 技术的运用多为营造情境与氛围,力图在普通家庭电视机或电脑屏幕的二维画面中呈现出三维立体的动感影像,从而带给观众富有层次感的视觉体验。在 2011 年湖南卫视的《快乐女声》总决赛上,运用 AR 技术针对三强选手曲目风格量身定制的视觉效果可谓营造舞台意境较为成功的例子。

二、真实与虚拟时空融合

观众常常认为,只有在镜头不剪辑的情况下展现在同一时间和同一空间的完整内容才是真实可信的,但视听语言的制作不可避免地要遇到时间与空间隔离的问题,电视也不能避免地采用蒙太奇的剪辑语言。AR 技术在视听的感知上具有整合时空的功能,这种功能具体来说就是,能让不同时间、不同空间发生的事情,融合到同一时间和空间。

以 2008 年 CNN 报道美国大选为例。在大选之夜,纽约演播室,主持人沃尔夫·布利泽(Wolf Blitzer)在分析双方竞选人的实力并对当晚的结局作出最后的预测后,出镜记者杰西卡·耶琳(Jessica Yellin)的三维影像出现在主持人布利泽的正前方与他进行实时面对面的交流。她在报道了奥巴马支持人群集结的盛况以及大选现场紧张状况的同时,也介绍了让自己出现在纽约演播室的全新技术手段——通过多台高清摄像机同时拍摄以形成她的立体图形以及空间方位上的信号,计算机通过摄像机的运动轨迹计算出虚拟人物与空间的透视变化以及出镜角度。当晚以同样方式出现在演播厅的还有嘻哈团体黑眼豆豆(Black Eyed Peas)的主唱威尔。作为升级版的 AR 技术,它已不再将电脑先前制作好的三维虚拟物体放入真实场景中,而是实时地对在其他空间的真实物体进行制作并通过计算机的计算,生成一个等同于“三维虚拟物体”的对象放置于真实场景中。这一创造性的使用开拓了

AR 技术的电视语法功能,使其打破空间上的限制,使同一时间不同空间的对象出现在了同一时空。AR 技术跨越时空的限制为观众完成了一次具有里程碑意义的电视新闻出镜报道,帮助 CNN 打破了 28 年来的收视纪录。

那么 AR 技术可不可以将同一空间不同时间的对象进行整合呢?答案同样是可以的。由英国埃塞克斯大学开发的考古基地导览装置,以 Gosbecks 教堂为考古导览对象,复现出 Gosbecks 教堂的原貌,使用者通过佩戴 AR 移动显示装置,例如头盔、眼镜,便可以穿越时空到古代的教堂里游览。这一技术若是沿用至电视新闻或专题节目中,观众则可以通过出镜记者的视角,一览新闻现场的原貌。

三、收视互动的全方位实现

前瞻性地想,影响未来电视观众的可能不是电视屏幕,而是“第二摄像机”——家用摄像机或手机、平板电脑上的摄像头。此类摄像机可以作为识别的仪器,识别使用者的指令信号,通过识别触发创意程序,给未来的互动带来无限可能。

2012 年,“AR 试衣间”这一产品在全国广播电视设备展览会上亮相,使用者只需站在规定的区域内用手比画,计算机便能识别出他的指令信号,电视屏幕便可显示使用者穿上所选服饰随意移动、旋转的动态画面,而使用者与衣服之间的虚实关系可以实现紧密融合而非简单的画面叠加。

可以预见,随着技术的进一步发展,AR 技术能够让观众进入全新的虚拟空间。在这个空间里,观众可以成为电视的主角。许多人现在可以通过类似 *Avatar Kinect* 这样的游戏体验主演电视剧和参与综艺节目的感觉。在未来,观众要想成为电视主播,也是一件可以实现的事。

在 AR 技术支持下,观众可以不再借助第三方媒体,例如手机、网络等,而可以采用直接对话的形式进行实时互动,增强收视过程中的趣味性和互动性。电视除了可以是制作方向大众铺开的一张大网,还可以是每一个受众以自己为中心向好友铺开的一张张小网——以分享、转发、评论等方式实现即时传播。可以想象未来电视的这样一幅理想化图景:在节目播出的过程中，观众可以在自己设定的小网络里进行实时评论，也可以直接将自己的意见第一时间发表出来并参与到节目进程当中。节目精彩的时候，观众可以投来虚拟飞吻，而当节目令人不满时，观众可以扔虚拟烂柿子或鸡蛋。在某种程度上，这一技术将完善传播链中观众反馈的链条。这一方面使节目制作方能够更精确、更便捷地掌握收视情况，以便对节目进行调整，另一方面，这也将改变广告的投放方式，广告的投放将会更加精准，更加富有个性。

四、AR 技术带来的新问题

一套纯熟的 AR 技术体系除了需要符合要求的高质量硬件之外，更需要一套完整、成熟的软件，因此投入成本较高。在 2008 年美国大选报道中，为捕捉出镜记者的立体图形以及空间方位，CNN 运用了 35 台高清摄像机，这也引发了人们对于媒体使用新技术的热烈讨论。

目前国内电视台对 AR 技术的运用水平参差不齐，一些节目将它作为"点缀"，颇有些大材小用的味道，甚至是一种貌似前卫实则简单的生硬运用。如果是这样，AR 技术带来的一时的新鲜感必将不能成为长久吸引观众的手段，而电视节目制作也可能进入高成本低效应的技术主义怪圈。

AR 技术虽然部分地拓展了电视视听语言，但它毕竟是一种技术手段，如果不能将其与传播内容有效融合，电视制作中的 AR 终究是一种辅助方式而不能长久发展。

此外，虽然新技术给电视带来更多的可能，但同时也对电视从业人员的基本道德操守提出了更高的要求。如果出镜记者不用出现在新闻现场也能对现场进行解说报道，谈话嘉宾不用真正出现在演播厅也能"面对面"接受采访与访问，电视上随时都能出现各方声音，这究竟是一种信息补给还是不负责任的言论？技术成熟是否也拓宽了新闻造假的空间？这些都是我们需要思考的问题。

麦克卢汉说："人坐在技术的膝头上任其摆布。"保罗·莱文森则对技术这样解释："人可以对技术进行理性选择，我们可以精化技术、指引技术，使之按照我们的需要发挥作用。”①

第二节 全媒体时代背景下电视与新媒体的融合发展

从报纸到广播的跨越是信息的一次革新,从广播到电视的发展是媒体的又一次飞跃,而相对于电视来说,网络亦是在传统媒体基础上给大众带来的全新的数字化体验。作为一种向用户提供海量信息的传播形态和呈现出时尚娱乐功能的媒体形式,新媒体是传统媒体的一次空前进步。它利用数字技术、网络技术、移动技术,借助互联网、无线通信网、卫星等渠道以及电脑、手机、数字电视机等终端,让全球用户享受到越来越多元和丰富的视听体验,也给单纯进行即时声像传播的电视带来了前所未有的挑战。

电视在刚刚诞生的年代,凭借内容和形式的创新而受到大众的关注和青睐。即便是现在,不管是经济发达的城市还是相对落后的山区,电视依然是大多数人日常生活中的必备品。当网络与电视结合,出现了网络电视;当手机和电视联姻,诞生了手机电视;当新媒体站在传统电视的肩膀上,展望未来的信息科技前景时,我们会发现,二者的融合、继承、互补和共存正是媒体发展的大方向,必将成为这个信息爆炸时代的主流,成为全民热议和关注的焦点。

一、新媒体给电视媒体带来的冲击和挑战

在国内,电视媒体从20世纪80年代起开始逐渐影响和改变人民的文娱生活,并长期占据着大众传播的半壁江山。从各种题材的电视剧到后来遍地开花的电视节目,从讲究时效的电视新闻到具有浓厚商业色彩的电视广告,电视媒体在20世纪末的发展与报纸和广播相比,体现出了绝对的视听优势。而进入21世纪,新媒体借助互联网平台迅速崛起,争抢受众和广告份

① 莱文森.数字麦克卢汉[M].何道宽,译.北京:社会科学文献出版社,2001:287.

额，挤压了传统媒体的生存空间，曾经媒体界的领头羊——电视，不可避免地开始接受严峻的挑战和竞争。

在当今这样一个“眼球经济”时代，注意力资源成为媒体生存的根本和未来发展的强大动力，网络的诞生和迅速风靡无疑是传统电视的一大现实威胁，电视机前的注意力资源被网络和手机明显地“分流”。1998 年年底，中国网民数量不到 200 万人，到 2021 年 6 月，中国网民数量已达 10.11 亿人，这标志着互联网发展得如火如荼。作为世界互联网的“超级大国”，中国非常明显地表现出了减少使用传统媒体的这一趋势。“受众分流”正是电视在新媒体飞速发展中所必须承受的一个现实打击。同时，原本占据媒体界商业垄断地位的电视广告也因为网络平面广告和视频广告的出现而受到巨大冲击。受众流失、广告主“逃离”，电视媒体曾经的“二次销售”商业模式迅速瓦解。越来越多的电视用户快速转移到互联网尤其是移动互联网上，电视的舆论引导力也受到互联网的巨大冲击。此外，电视媒体一直非常重视人才的培养，重视人才在策划和制作的关键环节所起的作用，但如今，发展势头迅猛的互联网因其现代化的工作环境和优厚的待遇吸引了大量优秀的电视媒体人跳槽，传统媒体辛苦培养起来的业务骨干正从广播电视台等体制内流失。

二、新媒体和电视媒体的融合

虽然新媒体发展迅速，但电视媒体也拥有新媒体没有的特色，比如信息的真实性、选题的原创性以及资源本身具有的整合性和条理性等。所以，在飞速发展的高科技时代，电视媒体完全可以在新媒体环境中求得重生和再次发展，新媒体也可以利用电视媒体的专业化团队来获取资源，二者在互相融合中发挥出各自优势，共同进步。

“媒介融合”这一概念最早由美国马萨诸塞州理工大学的浦尔教授提出，其本意是指各类媒介呈现出多功能一体化的趋势。此后，互联网逐渐与报刊、广播、电视等传统大众媒介融合，网络技术的推动又使媒介融合脱胎换骨，形成了网络报纸、电子杂志、网络广播、播客、网络电视等新的信息传播渠道,并最终使得媒介融合成为构架媒介化社会的核心力量之一。[①] 电视媒体在诞生之初体现出来的先进性和形式创新已经不复存在,在技术层面甚至远远落后于迅速崛起的新媒体。在这种尴尬的困境中,电视媒体最理性、最实际的发展途径就是与新媒体逐渐融合,新媒体也应从电视媒体的独特优势中,取长补短,形成优势互补,融合发展,形成一个积极良好的媒体环境。这既是时代进步的标志,也是科技发展的必然趋势。

(一)电视可以弥补网络的内容缺陷

石磊认为:“新媒体的强大生命力来源于其传播上的无限化、需求上的个性化、时间上的即时性和沟通上的互动性,也正是基于这些信息时代的新特征,新媒体才会在传统媒体的基础上有所继承和发展。”[②]传统电视媒体虽然在传播技术和形式上有一些落后之处,但毕竟是大众传媒的主流,新媒体的发展也是以传统电视媒体为基础的。因此,在今后的革新和进步过程中,新媒体仍然需要对电视进行继承,从电视中获取内容的源泉和发展的动力。

网络媒体是现代化高科技新媒体,技术先进、形式新颖、包装华丽,但在这些优势和特色的背后,也逐步暴露出其“先天不足”的问题——内容空洞、缺乏主题等。电视媒体是具有成熟制作机制的传统媒体,包含系统化的前期内容策划、资料采集,中后期的拍摄及精细化加工和制作等。相对于年轻的网络媒体,电视媒体因强大的制作团队和完善的内容保障,为各大门户网站和专业视频网站提供了丰富的原创节目。

中国的电视节目经历了20多年的演变发展,从最初单调朴素的文艺表演到如今各式各样的真人秀、访谈类节目、生活服务类节目等,内容题材越来越丰富。比如《爸爸去哪儿》《出发吧,爱情》《奔跑吧,兄弟》是邀请明星出席的户外真人秀,《舞林大会》《星跳水立方》《我是歌手》《蒙面歌王》《欢乐喜剧人》等也是明星参与的演艺竞技真人秀。这些节目在选题和基调设定上都体现出一定程度的创新意识,而且,其较高的收视率和较高的评价也

① 黄传武.新媒体概论[M].北京:中国传媒大学出版社,2013:205.

② 石磊.新媒体概论[M].北京:中国传媒大学出版社,2009:10.

吸引着网络媒体去争夺版权。腾讯和搜狐视频曾就《中国好声音》的网络播出版权展开了一场争夺大战,这场大战的背后是大幅度上涨的版权费。爱奇艺视频也曾经在2013年以2亿人民币的高价买下湖南卫视的品牌节目《爸爸去哪儿》《快乐大本营》《天天向上》《百变大咖秀》《我们约会吧》的网络播出版权。

网络媒体虽然可以独立制作各种视频,可以开发电视媒体未曾涉及的全新视频品种,但是,与具有专业制作团队的电视相比,还存在内容上的短板和节目制作上的缺陷。电视节目在选题策划、撰稿拍摄等方面有严格的标准和生产环节,这正是鱼龙混杂的网络媒体所缺乏的。

尼尔森数据公司曾对上百万博客和社交媒体网站进行分析,发现仅有14%的网站内容是原创的,67%的新闻来自电视等传统媒体。这表明,新媒体的内容生产仍然依赖于传统媒体,其自身生产内容的能力有限。①

许多网络新闻的来源正是电视新闻,电视媒体的内容资源一直被互联网拿去廉价地利用甚至加工。这一"不公平"现象在进入21世纪后体现得越来越明显,但这也让电视媒体人意识到:内容资源优势是电视与网络竞争的一张王牌。在信息爆炸的时代,高效快捷的报道、独家报道、深度报道和解释性报道、优秀的评论等仍然为大众所需,这也是传统媒体的优势所在。在电视新闻界,有一大批具备专业素养和媒体管理经验的工作人员,在深度报道、综合报道、评论等内容生产上仍有不可替代的核心竞争力。与网络信息相比,电视媒体有一套自己专业化的严格监控和审查流程,能够规避"非主流"和"负能量"的不利于社会文化发展的元素,提倡主流意识和价值观念,树立自己的媒体权威地位和文化精品意识,这是其相对于新媒体来说的优势。

传统媒体想要转型,一方面要向新媒体进行形式的借鉴和嫁接,另一方面要突出自身在策划选题方面的资源优势,整合内容资源和新媒体的渠道优势。好的内容可以带来用户,而通过直接付费或广告等盈利模式,经过新媒体渠道的增值,内容就可以转化为利润。传统电视媒体应该在积极尝试

---

① 刘晓林,邓利平.传统媒体的传统优势[J].青年记者,2012(21):17.

新媒体形态的同时,从建设内容生产平台着手,探寻新的生存之道。

(二)网络为电视提供传播平台

在网络新媒体的冲击下,传统电视媒体为求生存,最直接的方法就是将内容注入新媒体,利用自身内容、良好的品牌形象,结合全新的科学技术,开发新的传播样式。

宫承波曾说:"网络电视的传播内容主要以传统电视台节目和正版影视剧为主,用户可以基于 P2P 流媒体技术的播放软件与电视台同步收看影视节目,也可以通过非同步的点播方式滞后收看。"①成立于 2009 年的中国网络电视台是中央电视台旗下的国家网络广播电视播出机构,已全面部署多终端业务,建设了网络电视、IP 电视、手机电视、移动电视、互联网电视五大集成播控平台,通过部署全球镜像站点,覆盖了 190 多个国家及地区的互联网用户,并推出了英、西、法、阿、俄、韩 6 个外语频道以及蒙、藏、维、哈、朝 5 种少数民族语言频道,建立了拥有全媒体、全覆盖传播体系的网络视听公共服务平台。全国电视机构每天播出的 1000 多个小时的电视节目在该网站汇集,全国 51 个电视台的节目单也在此显示。中国网络电视台的建立和迅速推广,正是电视平台和网络平台互补优势的鲜明体现。作为我国具有公信力和权威性的网络视频互动传播平台,中国网络电视台能够快速、真实地报道国际国内重大政治、经济、社会、文化、体育等活动和事件,以网络视听的形式进行传播;同时着力为全球用户提供包括视频直播、点播、上传、搜索、分享等在内的、方便快捷的"全功能"服务,成为深受用户喜爱的公共信息网络视频平台。

网络电视台以"参与式电视体验"为理念,充分挖掘传统电视节目内容的资源优势,并对电视媒体中的选题进行精细化的再生产、再加工。与此同时,本着"原创精神"的原则,着力打造具有网络特色的品牌节目。良好的用户体验是网络电视发展的动力,网络电视必然需要不断完善服务体系,让网友在享受轻松美好的感官刺激中情不自禁地为其高品质的服务点赞,主动

---

① 宫承波.新媒体概论[M].北京:中国广播电视出版社,2011:112.

积极地参与到网络互动中来。如今,诸多的省级卫视都拥有自己的官网平台,内容一般包括新闻、体育、综艺、娱乐、文化、生活、播客、搜索引擎等,有些也陆续上线了电影、电视剧、纪录片、财经、探索、健康、气象、家居、旅游、教育、民族、音乐等划分更加细致的系列内容服务。在缤纷多彩的互联网信息时代,实现全方位的视听互动和共享是网络电视发展的优势和特色所在。

网络电视彻底改变了传统电视的传播意义和价值,它把受众需求放在第一位,着重提高受众的积极性和主动性。自20世纪末以来,电视传播一直是一种单向传播,受众只能被动地接收信息,但新媒体让电视受众也能在网络中切实感受到互动分享的价值,把传统的“点对面”式的传播改成“点对点”的双向互动。在新媒体时代,已经不再讲究所谓电视中的“黄金强档”“黄金时段”,网民不必像以前那样守在电视机前,以免错过自己喜爱的节目,而是能够订制自己需要的信息和娱乐服务。比如,通过网络电视中的视频点播功能,受众不仅能够像以前一样看“直播”,还可以“点播”错过的“直播”,“点播”自己钟爱的电视剧、电影、电视节目等。这样一来,只要受众所钟爱的“时段”,就是新媒体的“黄金时段”。

除了网络电视这一主要的媒介形态外,电视在与新媒体的结合中,还诞生了移动终端电视、数字电视和IPTV。移动终端电视是通过手机和其他移动终端设备,利用网络传输流媒体或其他文件格式电视节目的应用,与网络电视一样,也支持点播和直播。数字电视和IPTV是电视媒体利用新媒体技术对自身的改造。数字电视是节目制作、传输、信号接收处理等环节的全面数字化,提升了音视频的清晰度和抗干扰能力。IPTV则是利用宽带有线电视网,提供数字电视、通信、互联网等多项交互服务的新技术,节目质量高、功能多样、交互性强,有巨大的发展潜力。

李良荣指出:“电视媒体一方面与新媒体融合,诞生出新的媒介形态,另一方面借用新媒体技术,提升自身的产品和服务水平。在三大传统媒体中,电视参与新媒体较早,程度也更深。”[①]拥有先进科技的网络媒体为电视内容提供了全新的传播形式和平台,让电视这一看似在时代大潮中变得陈旧的

① 李良荣.网络与新媒体概论[M].北京:高等教育出版社,2014:86.

传统媒体焕发出第二次青春。同时,秉持"内容为王"理念的电视制作也给网络填补了策划和原创内容方面的空白。

三、电视与新媒体各自的发展壮大

(一)电视节目内容的创新

如今的大众传播趋势日益走向"受众中心制",面对越来越"挑剔"和"刁钻"的受众,电视从业者越来越感受到制作上的压力。从节目选题的确定到脚本的撰写,从中期的拍摄到后期的剪辑,整个流程都要考虑到受众的欣赏期待和审美需求,考虑到一档节目的收视效果。这就如同当今网络社会流行的网民留言评价反馈机制。从央视网到诸多省级卫视官网都陆续开通了网络问卷调查,有些还实行积分制——累积到一定分数可以得到丰厚的礼品。这些环节的设置皆是通过一定的物质奖励来调动受众参与的积极性。不管是怎样的手段,都是电视从业者在努力为受众服务,为电视节目打造深入人心的品牌形象,从而顺应新媒体时代的发展方向。

在新媒体环境中,千篇一律的模仿和粗制滥造的内容编排必定会被这个飞速发展的信息时代所淘汰。传统电视必须在新媒体迅速崛起的巨大行业压力下,突出自身优势,尽快完成转型升级。比如浙江卫视的《奔跑吧,兄弟》自第一季播出以来,备受关注和好评。其节目总统筹介绍了该节目的制作准则:首先,符合时代节奏。现代人生活压力大,他们心中的苦闷需要得到有效释放,阳光、快乐的正能量节目恰恰满足了这些需求。其次,明星嘉宾的真情流露。看着平时神秘的明星像普通人一样犯错、耍小聪明,大家会觉得一下子拉近了与明星距离。再次,引发受众的情感共鸣。荧屏内外大众一起狂欢,激发情感回忆。做电视就是要深入受众内心,无论怎样的电视节目形态,不管什么题材风格,都要在情感层面获得共鸣,这是节目创新的前提。再如《花样姐姐》《花样爷爷》《花儿与少年》,通过明星旅行的各种遭遇,向受众展示不一样的风土人情。这些选题非常巧妙地满足了受众的好奇心,受众早已厌倦了镁光灯下光彩夺目的明星"不食人间烟火"的姿态,更有兴趣去看他们过平常人的生活、经历平常人的“囧事”。这一点可谓是此类节目的创意和特色之处。

虽然不断有创新的题材涌现出来，但很多人尤其是电视专业人士也能看出，在过去的几年里，各个卫视早已对明星、歌唱类节目进行了过度开发，综艺节目亟待寻找新的方向。媒体产业发展本身就存在一定的模式化现象，是有规律可循的。如何让人性在具有起伏感的节目叙事中得到淋漓尽致的展示，是电视节目主题策划的一个难题。

综观整个2015年的电视荧屏，真人秀的“虐星”现象似乎已经成为主流，也培养了受众相关的猎奇心理和寻求刺激的观赏欲望。江苏卫视的《前往世界的尽头》、浙江卫视的《出发吧，爱情》等，总是让明星接受一轮又一轮严酷的挑战，受众在观看过程中亦会感到越来越过瘾和刺激。同时许多电视台开始尝试和探索素人真人秀，明星真人秀的制作成本高昂，许多电视台无法承担。但综合来讲，素人真人秀以题材取胜，这是电视台的机遇。虽然现在户外真人秀大行其道，但演播室类的才艺选秀节目依旧能够吸引一定数量的受众。这就需要制作方挖掘全新题材，进行系统化包装，从内到外地进行创新。同时，一些新的节目形态也会不断涌现在电视荧屏上。

（二）新媒体行业有着巨大潜力

世界各国经济水平的不断提升、科技水平的突飞猛进，促使当代媒体产业结构进行大幅度调整——新媒体继续引领时代潮流，传统媒体部分领域被淘汰，适应市场和商业需求的媒体形式继续保持活力，同时，文化传承成为新媒体在整个传媒产业中的核心竞争力。

在一些发达国家，如美国、日本、韩国等，新媒体已经成为媒体界的精英代表，所占的产业比重大大高于传统媒体。20世纪末，三维动画开始崛起并迅速发展，自1995年皮克斯公司出品的《玩具总动员》开始，动画带领人们进入了一个全新的新媒体时代。2004年迪士尼公司关闭了最后一个传统手工动画室，标志着美国全面进入三维动画时代。将技术与艺术巧妙结合的3D作品总能把动画变成“多人的游戏”。“冰河世纪”系列、“怪物史瑞克”系列等3D作品，都给观众带来了身临其境之感。21世纪，作为新媒体产业里的朝阳行业，三维动画前景十分可观。国内电影市场近几年也纷纷利用三维技术的绚丽幻境和声画刺激来代替2D影像，这是新媒体发展趋势的一个鲜明体现，也是科技进步的现实证明。

当今是一个数字娱乐信息时代，在一些发达国家，数字娱乐已经在国内生产总值中占一半以上的份额，现代的高科技产品越来越繁复多样，各种数字娱乐手段和形式更是层出不穷，实现了传统媒体向现代新媒体的过渡转型。

在全球新媒体视野下，中国的新媒体民族品格和民族特色日益彰显，近几年诞生了不少本土的高科技产品，比如大制作的3D电影、大规模的手机网络游戏，这些电影和网游有相当大一部分是根据网络人气小说改编的。新媒体在社会中的重要作用日益凸显，同时也得到了大规模的普及。如今中国的网民数量已突破10亿，中国已成为新媒体用户大国。同时，“三网融合”也有了突破性进展，宽带、移动互联网以及5G网络不断发展，台式机、手机、平板电脑、笔记本等新媒体终端日益多样化，社交网站、新闻网站、新媒体音视频等新媒体形态推陈出新，日益丰富。我国新媒体社会化水平也得到进一步提高。

虽然表现出了强大的时代活力，但新媒体这一新兴产业也存在“先天不足”——内容空洞和文化缺失。在21世纪，仅仅拥有前沿的科技还不够，创意文化和革新精神才是真正的核心竞争力，才能满足“主题先行”的时代要求。从硬件时代到软件时代，从软件时代再到信息时代，文化创意的价值越来越大，特色文化的竞争成为时代主流，也为科技进步打下了坚实的内容基础。

四、电视与新媒体在融合中发展

媒介融合是当今时代发展的必然趋势，新媒体在给传统媒体带来挑战的同时，也让其面临着前所未有的机遇。电视媒体在这种环境中，必须不断壮大自我，汲取新媒体的营养，为自身注入新鲜血液，探寻自身发展的最佳策略。新媒体在充分发挥技术优势的同时，也要借鉴电视媒体的丰富内容，不断进行主题和创意方面的纵深挖掘,起到积极的带动作用。

如今,我国正在加快新媒体技术发展。利用互联网等渠道,积极开展手机电视、网络电视、交互网络电视等新业务,探索符合高新技术应用特点、符合新媒体传播规律的发展之路。各大电视台已经把发展新媒体摆到了非常突出和重要的位置上,作为提升传播力的重要途径。

(一)手机电视

利用智能手机来观看电视,是手机电视的显著特征。作为一种新型的数字化电视形态,手机电视具备电视的直观性、手机的便携性、报纸的重复阅读性以及新媒体的交互性。

(二)网络电视

网络电视将电视机、电脑及手持设备作为显示终端,通过机顶盒或者计算机接入宽带网络,实现数字电视、互动电视的服务,与手机电视一样,也体现出受众的参与性和互动性。

(三)交互网络电视

交互网络电视(IPTV)通过互联网传播视频节目,同样也是新媒体和电视融合的一种服务形式。它跨越了电信网络和广电网的范畴,是三网融合的典型代表。目前,广电行业已经取得 IPTV 运营牌照,通过与电信运营商合作,大力开展各项业务,取得了阶段性进展。

电视没有彻底取代广播,因为广播的即时性和便捷性决定了它依然有属于自己的生存空间;网络新闻也没有彻底取代报纸新闻,因为传统新闻行业在权威性、深度上有不可比拟的优势;所以,看似沦为“没落贵族”的电视,虽然不得不面对新媒体的冲击和挑战,但依然可以凭借自身的优势继续生存,甚至可以通过互联网拓展自己的平台,重新焕发出时代的生机和活力。同时,蒸蒸日上的新媒体也能够从电视行业得到借鉴和补充。二者在融合中互相促进,共同发展。

第三节　电视与新媒体融合发展策略探析

新媒体的勃兴是当下传媒业最引人注目的发展趋势,互联网催生了一系列新媒体,同时,作为时代发展的一个标杆,互联网为各种媒介的沟通融合提供了广阔的平台。无论是传统媒体还是新媒体,在传播内容、传播速度、传播技巧上都追求创新发展。

面对强势的新媒体,以电视为代表的传统媒体面临着机遇与挑战并存的发展前景。传统电视是内容提供商,在单一的制播模式下,电视对观众是单向、定向的信息传授。而在新媒体时代,信息传播模式是多主体、多受众的网状传播,受众的选择、反馈直接影响着媒体的决策。

有研究者认为:“传播的自发性、平等性、交互性,尤其是信息源的不确定性及由此引发的集合行为等是群体传播的主要特征。”[①]电视若要生存,就必须转变制播模式,借鉴新媒体发展经验,必要时需寻求与新媒体的合作,拓宽自身发展渠道。当前的网络电视、数字电视、手机电视都是电视业探索发展出路的典型范例,是电视实现网络化、数字化、移动化发展的有益探索。因此,探索电视与新媒体的互动关系以及新媒体语境下电视媒介叙事的变革,为电视业的长足发展提供有效的建议和对策,是当下媒介语境中克服电视发展瓶颈的必然要求。

一、电视与新媒体的互动关系

新媒体依托互联网获得了快速发展,对传统媒体形成了强有力的竞争态势。只有了解电视与新媒体对彼此的影响,才能促进二者优势互补,电视才能实现发展模式的转型,在融媒时代继续生存。

在节目内容制作上,电视具有无可比拟的优势。从各类电视节目的制

---

① 隋岩,曹飞.论群体传播时代的莅临[J].北京大学学报(哲学社会科学版),2012(5):139.

播过程可以看出,作为大众传播时代的“王者”,电视内容精良、制作周期长、审核严格,相对于新媒体的内容生产来说,更容易出精品。因此,新媒体往往借助自身的传播渠道优势,在内容上汲取电视的营养,提升自身内容品质。电视作为优质内容提供者的角色仍不可忽视。当前的热播剧绝大部分仍先在电视上播出,再由网络媒体购买电视版权而上线播放,其中的重要原因就是电视在对节目内容上的要求远远高于新媒体,一定程度上是节目内容的“把关者”和“风向标”,具有一定的权威性。

在内容传播渠道上,新媒体无疑具有更广阔的平台和更多元的渠道。大众传播时代的“一对多”模式已远远无法满足受众需求,即便电视频道扩展到上千个,也无法实现受众的自主选择和评价反馈,因此新媒体广受青睐。视频网站和播放器整合了电视的优质资源,满足了受众随时随地点播观看的需求;视频网站的上传功能审核时间短、限制少,满足了受众建立自媒体的需求;微博、微信的视频功能更是实现了影像的实时传播。另外,受众通过评论、点赞、分享,实现了更自主的传播,这为电视内容的广泛传播提供了广阔的空间,也为电视节目赢得更多的受众提供了机会。

电视与新媒体的互动绝不仅仅局限在内容和渠道方面,还涉及科技、商业、广告、媒介环境等领域。Web2.0 时代、“互联网+”成为媒介热词,人们越来越多地依赖手机、平板电脑获取信息、观看节目,这对传统的电视形态造成了巨大冲击,电视不得不改头换面,以网络电视、手机电视或移动视频客户端的形态出现。这有力地说明了新媒体对电视形态的影响,促使电视寻求与新媒体的合作契机。

传统电视的经济效益是通过“二次售卖”实现的,即通过免费的内容播放获得受众,再将收视率二次出售给广告商,从而获取广告收益。新媒体的出现大大分流了传统电视的广告商,使二次售卖出现了危机。广告业的受众导向使其自然而然地转向受众更多的领域,从而对电视业形成了倒逼机制。在获取受众方面,电视业必然要开辟新的途径,发挥自身在内容资源上的优势,降低对广告的依赖程度,以付费频道或者内容售卖的方式获取维持发展的利润。

新媒体在媒介环境中的舆论影响力比电视要强得多,这一方面提升了电视节目的影响力;另一方面也消解了电视内容的严肃性,容易产生舆论偏向,有时甚至沦为商业炒作的工具。以 2013 年热播的电视亲子真人秀节目《爸爸去哪儿》为例,该节目一经湖南卫视播出,就引发了舆论热议,除了在爱奇艺、芒果 TV 网络平台播出之外,还通过微博、微信进行次级传播,舆论焦点围绕在“星二代”的生活方式、儿童幼年时期在电视上出镜可能造成的心理问题以及商业炒作嫌疑等方面。由电视节目引发的公众议题有利于提升民众的媒介素养和社会思考力,可以创造大于节目本身意义的多重价值,但我们也要警惕新媒体对电视节目本身意义的歪曲和过分解读。

二、融媒时代电视媒介叙事的变革

媒体融合是当前传媒业最引人注目的趋势,传统媒体和新媒体相互依赖,取长补短,共同发展,在内容、渠道、科技、广告等领域有着频繁密切的互动。有学者认为,媒体融合是一场不以人的意志为转移的深刻革命:“以互联网、平板电脑、移动终端、智能电视为代表的新媒体形态陆续出现,传统媒体在新媒体的冲击下,面临着前所未有的挑战。由于数字技术、网络技术的进步和快速普及,各种媒体的信息处理技术和传输技术趋于一致,媒体之间的界限不断被打破,你中有我、我中有你,相互竞争,相互合作,使媒体的融合转型不断提速。”①在这种大趋势下,大众传播时代电视的王者形象面临着新媒体的不断冲击,传统电视的媒介形态不得不发生变革,媒介自身的叙事也随之发生了一系列改变。

(一)媒介叙述主体多元化

在大众传播时代,电视扮演着“一对多”模式中的唯一主体角色。在电视的统摄下,受众只能被动地接受主体的叙述话语,电视因此确立了叙述权威的地位。而媒体融合促使电视媒介形态发生了多重变化,传统电视形态裂变为网络电视、数字电视、手机电视等多个样态,并且因其所处叙事时空

---

① 王云鹏,张君昌.中国传媒前沿观察[M].北京:中国国际广播出版社,2013:106.

的不同而发挥着不同的作用。电视叙述主体的多元化也意味着叙述视角从单一走向多元,不同电视媒介形态讲述故事的方式不同,给受众带来的体验也不同。以电视节目为例,传统电视遵循线性的叙事表达,在荧屏上呈现完整的情节,通过开端、发展、高潮、结局给受众带来完满的体验感。无论是电视新闻、综艺节目还是电视剧,都追求完整的表达。而网络电视不同,它将电视节目进行剪辑,除了去掉瑕疵画面外,还在关键处插入广告,这种断点表达方式尽管是出于商业目的,但在客观上造成了一种叙事感的疏离,即故事的完整性法则服从于商业法则,一定程度上影响了受众的观看体验。而网络视频的叙述表达则更为多样,它的剪辑方式更为随意,在内容选择上也更为自由,特别是自媒体视频的大量出现,使得传统电视的内容得到多样整合。多元视角的多样表达,使传统电视内容不再以单一视角传递信息,而是在多元声音中形成叙述话语的合力。

(二)媒介叙述客体大众化

如果说传统电视还摆脱不了时代传声筒角色的话,那么融媒时代电视扮演的角色就更加平民化、大众化、生活化,电视叙述内容对宏大性、严肃性的消解,使得电视走下大众传播的神坛,成为表达和传递普通民众声音的平台。2004 年央视开播的《星光大道》始终坚持“百姓舞台”的宗旨,使草根阶层有更多的机会在电视荧幕上展现自身才华。传统电视关注焦点的大众化转移,既与时代发展风向相关,也与媒体发展诉求密切相关。随着互联网的纵深发展,越来越多的媒介叙述主体蓬勃发展,与传统电视抢占市场和受众,传统电视只有打破内容和渠道的局限,将关注点扩展到更广阔的平民阶层,才有可能维持自身的发展空间。因此,后来的电视选秀节目如《中国好声音》《中国好歌曲》《我是歌手》《出彩中国人》《我要上春晚》等,都将普通大众纳入电视媒介叙事体系之中,这一方面增加了电视叙事的内容广度和深度,另一方面使普通民众的声音得到表达,自然而然地吸引了大量关注和消费,也为广告商拓展市场提供了难得的机会。如此,媒介叙述主体和客体的多元化、大众化,必然引起受众角色的变化。

(三)媒介叙述接受主动化

融媒时代电视媒介形态的不断发展使得受众不断地主动参与到媒介叙述中,群体传播使评价和反馈机制成为可能,受众既是叙述接受者,又是叙述施动者。受众不仅参与到媒介叙事的意义建构中,有时甚至主导了叙述本身的演进方向。我们从一系列媒介事件的持续发酵中就能看出新媒体在舆论场中起到的催化作用。这些事件的共同特点是:事件由传统电视媒介引发,通过新媒体如微博、微信迅速传播扩散,加强了舆论场的轰动效应,受众在接受媒介信息的同时,主动地进行叙事化的建构,甚至超越了媒介事件本身的意义。诚如认知叙事学专家弗卢德尼克所说:"当遇到带有叙事文这一文类标记,但看上去极不连贯、难以理解的叙事文本时,读者会想方设法将其解读成叙事文,他们会试图按照自然讲述、体验或目击叙事的方式来重新认识文本里的东西,将不连贯的东西组合成基本的行动和事件结构。"①融媒时代媒介信息变得复杂化、碎片化,受众面对复杂的叙事往往会进行主动的建构,这不仅是公民媒介素养提升的体现,也是信息化时代媒介诉求得以实现的必然要求。

三、电视与新媒体融合发展的瓶颈

数字技术和互联网的飞速发展给电视和新媒体的融合提供了广阔的空间,然而更大的机遇意味着更多不可预测的挑战。从传统电视的当代发展实践来看,一系列有待研究和解决的现象及问题越来越多地摆在我们面前。新媒体的异军突起彻底改变了媒介生态环境,郑洁指出:"在经济全球化的背景下,由于商业利益的驱使,以及缺乏有效的管理和监督,网络媒体在满足人们多样化需求的同时,也降低了传播内容的质量,造成网络上各种信息泛滥,其中不乏垃圾信息、色情信息、虚假信息。同时,网络信息利用率低,网络信息安全等问题也随之凸显,这些问题的存在造成了网络媒介生态的

① FLUDERNIK.Towards a"natural"narratology[J].Journal of literary semantics,1996(2):34.

失衡，带来了网络生态危机。”①这些问题突出体现在：电视生态泛娱乐化、电视节目同质化、电视价值观扭曲等方面。

（一）电视生态泛娱乐化

传统电视的转型过程越来越受到商业化、娱乐化、通俗化趋势的影响。波兹曼曾一针见血地指出：“在这里，一切公众话语都日渐以娱乐的方式出现，并成为一种文化精神。我们的政治、宗教、新闻、体育、教育和商业都心甘情愿地成为娱乐的附庸，毫无怨言，甚至无声无息，其结果是我们成了一个娱乐至死的物种。”②波兹曼所说的泛娱乐化不仅仅针对传统电视媒介，而且针对整个公共话语空间。商业社会的高度发达使商业意识形态和以往政治意识形态一样，成为左右电视媒介的操控杆，公众追求娱乐、轻松、搞笑的心理被无限制地满足，大众媒介借此获得消费公众娱乐心理的潜在权力，这在一定程度上就是法兰克福学派批判的现象之一：“他们看过的所有影片和娱乐产品，教会他们要期待什么；同时，他们也会自动地作出反应。工业社会的力量留在了人类的心灵中。娱乐制造商知道，即使消费者心烦意乱，仍然会消费他们的产品，因为每一个产品都是巨大的经济机器，这些经济机器无论是在工作的时候，还是在闲置的时候，都会像作品那样，为大众提供有力的支持。没有人会从有声电影或广播节目中推断出社会效果，但社会效果却是为所有人共同分享的。整个文化工业把人类塑造成在每个产品中都可以进行不断再生产的类型。”③娱乐至上的观念使电视节目越来越停留于浅层化、快餐式的内容生产和传播。比如一些民生新闻的新闻价值低，靠挖掘一些烦琐事件中的噱头博取观众的眼球，部分新闻甚至以“戏说”“趣谈”的方式消解了正能量新闻的严肃性，使本该振奋人心的公共话语演变为屈从受众消费娱乐心理的浅层表达。同时，对收视率的追求使得大批相亲节目涌出，如《非诚勿扰》《我们约会吧》《百里挑一》等，节目刻意营造男女嘉

---

① 郑洁，等.网络媒体传播社会主义核心价值观研究［M］.北京：中国社会科学出版社，2012：304.

② 波兹曼.娱乐至死［M］.章艳，吴燕莛，译.桂林：广西师范大学出版社，2009：5-6.

③ 霍克海默，阿道尔诺.启蒙辩证法：哲学断片［M］.渠敬东，曹卫东，译.上海：上海人民出版社，2003：142.

宾的悬殊差别,有时甚至公开宣扬金钱至上、重色轻义等错误价值观。电视身份的庸俗化蜕变正是电视媒介良性发展的瓶颈之一。

(二)电视节目同质化

在收视率导向和受众导向的共同作用下,电视节目模式的同质化趋势愈演愈烈,甚至成为当下电视节目形态的一种风气。同质化包括内容同质化和模式同质化,所造成的结果是类似节目的重复、泛滥以及恶性竞争的加剧。首先,内容的同质化是指在整个媒介生态娱乐导向的影响下,一种电视节目出现,会有一大批相同内容题材的节目紧随其后。从《超级女声》开始,面向大众的歌曲竞赛类节目便层出不穷,陆续出现了《中国好声音》《中国好歌曲》《中国最强音》《中国梦之声》等节目。这些内容相近的节目固然可以给普通人更多发现自己、展示自己的平台,但当这种同质竞争发展到一定程度后,为了获取更多收视率,节目组就会极力迎合受众心理,采用一些变相吸引眼球的方式增强节目的戏剧性。最典型的手法是几乎所有节目都少不了煽情环节。煽情沦为电视文化工业变相消费受众情感的手段。其次,模式的同质化体现为创新机制不足,仿同形式突出。国内电视节目大量引进外国节目版权,进行本土化改造。如《中国好声音》(美国)、《爸爸去哪儿》(韩国)、《非诚勿扰》(英国)、《中国星跳跃》(荷兰)等。这些节目越火爆,越会引发模式跟风。继《爸爸去哪儿》之后,亲子类节目相继出现,如《正大综艺·宝宝来啦》《家有儿女》《好爸爸坏爸爸》等,而这些节目的收视率却并不如预期的理想。模式的僵化仿同和中国电视的创新危机是传统电视持续发展面临的重大障碍,本土电视节目的挖掘和开拓将是实现突破的重要切入点。

(三)电视价值观扭曲

价值,根据斯托洛维奇的观点,是“客体和主体的相互作用”“是客观的”[①]。如果说大众媒介时代电视通过影像向受众传递的是官方主流价值

---

① 斯托洛维奇.审美价值的本质[M].凌继尧,译.北京:中国社会科学出版社,2007:29-30.

观，那么群体传播时代电视媒介的价值观则呈现出多元化取向，特别是随着新媒体的兴起，平民阶层通过自媒体发出声音，商业媒体也得以进入主流话语体系中。除了上文提到的娱乐至上观念，情感价值和伦理价值也得到充分的开掘。以表现家庭伦理为主的电视剧层出不穷，其中，一些电视剧通过各种形式宣传错误的爱情观、婚恋观、家庭观，将受众的注意力引向享乐主义和功利主义。另外，近几年大量涌现的抗战“神剧”越来越遭到质疑，电视剧在制作上的粗糙化、情节设置上的戏剧化，归根到底是因为价值观的扭曲，这种“神话式”思维是对中国抗日战争历史性、严肃性的消解。类似节目并不能引导受众积极建构正确的价值观，这也是传统电视走出发展瓶颈、融入新媒体时代需要解决的问题之一。

四、电视与新媒体融合发展的策略

面对当下传统电视发展的瓶颈，我们亟须探索电视与新媒体融合发展的对策，建构传统电视在当代的良性发展体系。

（一）坚持内容为王，更新服务理念

无论是传统电视还是新媒体的发展，根本的出路还是坚持内容的创新，以内容引导受众，以质量取胜。在节目类型化、仿同化的浪潮中，要想出新、出奇，就要从中国传统优秀文化中汲取精华并加以创新，“苟日新，日日新，又日新”，电视内容的更新一定要建立在创新基础之上，否则一味照搬只能制作出内容平平的复制品，形成恶性循环。有研究者指出：“内容是网络技术平台的火车头，如果内容上不去，那么技术平台提供的只是一个冰冷的虚拟空间。”①新媒体如此，传统电视也是如此。因此，电视应当发挥原本的内容优势，在与新媒体的融合过程中不能一味地为了迎合受众和市场，降低自身的内容门槛。同时，服务的理念越来越为媒体运营所重视，如一些电视节目中增添了二维码扫码功能，或在电视系统中开通炒股功能和支付功能。

---

① 徐浩然，雷琛烨.文化产业管理[M].北京：社会科学文献出版社，2006：313.

这就形成了电视、商家、受众的互动,使电视的平台优势进一步得到开掘。

(二)利用新媒体提供的平台和渠道

新媒体在渠道上的优势恰恰可以弥补传统电视的不足,网络媒体利用数字技术和终端设备优势,可以迅速捕捉到用户的需求,点对点提供内容和服务。同时,4G、5G的普及使网络媒体可以随时随地接触到用户,保持平台和渠道的畅通。传统电视在拓展网络电视、数字电视、手机电视等方面已有一定的经验,但在整合营销方面还有进一步拓展的空间。夏晓鸥认为:"整合营销传播是一个运用品牌价值管理客户关系的过程。具体而言,整合营销传播是一个交叉作用的过程,一方面通过战略性地传递信息、运用数据库操作和有目的的对话来影响顾客和关系利益人,与此同时,也创造和培养可获利的关系。"①当前电视节目已走出一条成功探索之路,即通过微博、微信等新媒体平台造势,并在节目过程中与受众积极互动,联合其他媒体资源,最大限度地满足用户全方位的体验,形成立体化的传播空间。

(三)增强与用户的互联互通

用户体验已成为网络媒体关注的核心之一,受众导向促使移动终端以各种形式为用户提供全方位的体验。当前,电视节目也在"以用户为中心"的理念下,开放了网络电视评论,在微博、微信客户端拓宽渠道以获取受众反馈,如央视新闻频道的新媒体客户端就取得了不错的成效。

融媒时代传统电视的发展任重道远,在群体传播大环境下,电视与新媒体的互动为彼此的发展提供了空间,内容、渠道、科技、广告等成为主要的互动因素。电视媒介叙事也发生了深刻变革:媒介叙述主体的多元化带来不同的视角和讲故事的方式,传统电视的内容不再以单一视角传递信息,而是在多元声音中形成叙述话语的合力;媒介叙述客体的大众化将电视内容的触角深入普通人的生活中,从而获得了更多关注并大大拓展了电视发展的空间;媒介叙述接受主动化充分体现了群体传播时代受众的能动性及其对

---

① 夏晓鸣.整合营销传播:理论与实践[M].武汉:武汉大学出版社,2012:3-4.

于媒介叙事意义的积极建构。同时,电视与新媒体融合过程中所面临的电视生态泛娱乐化、电视节目同质化以及电视价值观扭曲的发展瓶颈,需要媒体经营者探索建构电视的良性发展体系,坚持内容为王、服务至上,利用新媒体提供的广阔平台和渠道,增强与用户的互联互通,从而实现电视发展模式的更新和转型。

第四节 电视文化的意识形态建构功能

电视文化是由特定的社会集团在具体的历史语境中生产的,电视文化的本质应被理解为一种特殊的意识形态形式。也就是说,电视作为一个工业化和资本化的娱乐业分支,必然会反映主导阶级的信仰和价值观系统,即主导阶级的意识形态。电视文化应该被放在经济基础、上层建筑的总体关系之中加以考察,电视要表现和促成特定的信仰和价值观念,而所有这些都与它们生产、传播和接受的语境相关。像电视这样的大众文化形式之所以能为意识形态分析提供一个至关重要而且成果累累的领域,正是因为它再现了科技、经济利益、意义系统和娱乐休闲活动的交叉关系。20 世纪 80 年代以来,电视的意识形态研究已经越来越成为一门显学,成为马克思主义大众传媒研究的一个重要领域。这种研究方法把电视作为一种特殊的意识形态实践,即作为个体赖以体验并了解现实社会生活的一种复杂的再现系统来加以考察。电视意识形态研究的目的就是阐释电视的叙事、主题和视听语言等复合策略是如何支持并维护其显在的价值信息的,这种方法并不限于戏剧式电视叙事节目,它同样适用于新闻、纪录片以及其他种类的电视节目。

一、以马克思主义意识形态理论作为逻辑起点

电视文化的意识形态分析要以马克思主义意识形态理论作为逻辑起点。马克思主义的意识形态理论,经历了一个发展的历史过程。在马克思

与恩格斯的早期著作《德意志意识形态》中,他们把青年黑格尔派的各种唯心主义观念统称为“德意志意识形态”,但他们又指出各种意识形态皆具有相对的独立性质,都为经济基础所决定,同时又反作用于经济基础。恩格斯认为国家必然会产生相应的意识形态,并成为支配意识形态的首要力量,这已经是“人类历史的发展规律”。

在20世纪,意识形态理论已经被世界范围内的各类政治家、理论家所普遍使用。列宁和卢卡契都在20世纪20年代对马克思的意识形态概念做了中性化的表述,去除意识形态从法国19世纪以来所具有的虚假意识的贬义,使之成为受一定社会制度、具体社会历史环境制约的观念意识的概念。如列宁在其经典著作《党的组织和党的出版物》中主张,写作事业“根本不能是与无产阶级总的事业无关的个人事业”,应当成为党的事业的一部分。卢卡契则在《历史与阶级意识》《审美特性》等著作中,用异化与对异化的审美超越的理论模式,对马克思主义文化思想做了富于辩证精神的理论阐释,也启发了后来的法兰克福学派等进一步批判资产阶级审美意识形态的虚幻性,以及这种审美意识形态与统治阶级意识形态的“共谋”关系。

在中国,用意识形态的方法阐释文化问题是从马克思主义传入中国开始的,新民主主义文化事业从一开始就是新民主主义革命事业的一部分。中国马克思主义在意识形态的问题上,更重视意识形态的建构,强调一定的意识形态对社会变革与历史进步的积极推动作用。意识形态是个体与社会相互联系并相互作用的中介,其性质和作用主要由具体的社会关系决定的。在以往的阶级社会中,统治阶级把意识形态作为控制人民思想、观念、情感的机制和手段,具有虚幻性和欺骗性,而在新型的进步的社会关系中,意识形态可以发挥积极的建设性的作用,包括文化在内的意识形态能够对人们的生存和发展产生积极作用。伊格尔顿指出,文化包括文学艺术,应该是与人的存在的积极方面或者说是与人性相联系的意识形态现象和人类创造。①中国马克思主义文化建设特别重视考察和研究人民大众的审美经验与情感

① 伊格尔顿.再论基础和上层建筑[M]//刘纲纪.马克思主义美学研究:第5辑.桂林:广西师范大学出版社,2001:452.

体验,以 1942 年的毛泽东《在延安文艺座谈会上的讲话》为标志,中国马克思主义已经提出了相关问题以及解决这些问题的基本路径。

艺术作为一种特殊的意识形态形式,它的产生、发展和社会作用都必须放到历史唯物主义的总体框架中去理解和说明,才能得到科学的解释。① 艺术的特殊性是“使我们看到”“使我们觉察到”“使我们感觉到”某种暗指现实的东西。② 意识形态国家机器是通过提供想象性图景,使每一个个体都能在社会中找到并接受属于自己的位置,从而屈从于权威的意识形态场域。阿尔都塞指出,拉康有关想象和象征的理论,有益于重新系统地形成关于意识形态的某些观点。

阿尔都塞的意识形态理论对 20 世纪 60 年代末期以法国《电影手册》为中心的电影意识形态批评的形成起到了重要的作用。从 20 世纪 80 年代中期开始,中国学术界便如饥似渴地汲取西方现代电影理论的最新研究成果。阿尔都塞、博德里、拉康、杰姆逊等人有关电影意识形态批评的相关论述相继被译介。国内许多从事电影批评的人迫不及待地将西方的意识形态电影批评方法运用于本土的电影批评实践之中。近年来,电视的研究越来越与电影的研究联系在一起,当然,“电视”和“电影”是两种不同的媒介:它们的制作工艺、表现体系、社会目的以及发行和传播的机制手段均不相同。尽管电视的问题与电影的问题存在着区别,但在某种程度上,电影研究的方法仍然可以应用于电视研究上。理论和实践已经证明,像电影意识形态批评一样展开对电视大众媒介的意识形态思考,不仅是科学的,而且是必要的。

二、电视传媒的意识形态影响力

20 世纪 90 年代中期,国内学者已经针对电视大众传媒展开意识形态批评。现在看来,这些立足于精英文化立场的“电视传媒的文化批判”更着眼于电视传媒的负面效应,所以不免有些过激。尽管如此,电视文化仍然开始

---

① 阿尔都塞.保卫马克思[M].顾良,译.北京:商务印书馆,2006:142.

② 阿尔都塞.一封论艺术的信[M]//中国社会科学院外国文学研究所,外国文学研究资料丛书编辑委员会.西方马克思主义美学文选.桂林:漓江出版社,1988:520.

蓬勃发展，并同市场经济的功利主义、享乐主义合谋，成为影响当代中国社会生活的一股潮流。

与此同时，国内学者也密切关注国外有关电视传媒的文化批判，美国学者布热津斯基的《失去控制：21世纪前夕的全球混乱》出版后不过半年，就被译介到国内。布热津斯基在该书中指出：全球性超级大国应有“全球军事势力范围、全球经济影响、全球文化——意识形态的吸引力和由上述因素积累而产生的全球政治实力”。比如，美国在国外播放电视节目的数量，比任何其他国家都多，即便如此，布热津斯基仍然对美国的传媒特别是电视发出“预警”。在今天，在世界范围内，尤其是对于年轻人而言，电视仍然是了解社会和接受价值观念最重要的媒介。在某些方面，电视仍然替代着家庭、教会和学校所起的作用。在布热津斯基看来，“电视对美国价值观念的形成起了特别消极的作用”，主要是因为电视节目的制播者倾向于引起观众购买商品的消费欲望，促使人们热衷于追求物质享受甚至是满足非道德的个人欲望。布氏认为，美国的电视正在逐步成为感官的、渲染新奇的刺激，它在全国甚至世界范围内“传播道德败坏的世风”，结果导致价值观念的涣散和社会行为的失控。布氏还认为，“伤风败俗和享乐主义在文化中占了这么大的优势，必然对社会价值观念起涣散作用，并损伤和破坏曾经被人们笃信的理念”。布热津斯基详细罗列了当今美国社会存在的诸多问题，比如以娱乐为幌子，视觉媒体大规模传播道德败坏之世风、公民意识下降、精神空虚感日益弥漫等。在意识形态淡化，既定价值观念“大规模地瓦解”的过程中，电视无疑是“罪魁祸首”之一。

当然，很多中外电视节目还是很优秀的。但是，布热津斯基注意到，“劣币驱逐良币”的法则在影视文化领域同样起作用，这使“推销淫秽文化的电视制作商实际上对那些不这么干的电视制作者占有竞争的优势”。这不能不说是唯利是图的制作商利用并刺激了“人性的弱点”。[①] 布氏毕竟是哈佛大学哲学博士学位的获得者，他先后担任过肯尼迪、约翰逊两位总统的外交政策顾问及科学顾问。他最终以哲人的身份劝诫美国社会：“美国人应该认

---

① 闵惠泉.电视的意识形态影响力——布热津斯基媒体观述评[J].现代传播，1995(4)：96-98.

识到以相对主义和享乐至上作为生活的基本指南无法构成任何坚实的社会支柱;一个社会没有共同遵守的绝对正确的原则,相反却助长个人的自我满足,那么,这个社会就有解体的危险。""社会的特别是文化的难题,最终还是属于哲学性质的问题",美国"需要在哲学上进行反省"和"重新定向",因此"必须强化教育,反复向公众灌输这样的思想,不能仅仅因为新奇精巧的东西和新技术不断涌现而改变社会生活的外观,就放弃持久的价值观。归根结底人类共同命运之势力的成败取决于具有重要意义的哲学或文化规模",而"重新重视生活的哲学和精神方面的意义","重新尊重人的精神安康"是十分必要的。布热津斯基的观点启示我们:在当今大部分国家简单地将西方特别是美国定位为文明中心,将美国文化当作"全球娱乐业典范"的时候,美国的有识之士的头脑却要比我们清醒得多。

显然,当电视借所谓"以一种轻松的方式来消解人们的精神压力""满足文化消费的需要"为理由,把满足观众视听感官的快感作为至上的目的,而不再直面今天的社会问题,不再具有必要的思想性、论证性以及价值判断的时候,就会像费瑟斯通所说的"遵循享乐主义,追逐眼前的快感,培养自我表现的生活方式,发展自恋自私的人格类型"①。时至今日,国内有学者针对当代中国传媒文化的现状也发出了类似的声音:"在今天这一'后革命'的消费主义时代,以消费性的娱乐话语来稀释公众政治关怀和冲动是有效的。'娱乐至死'的价值取向在青少年中的蔓延,遮蔽了他们的政治关切和社会参与,放纵型的传媒娱乐性消遣也会导致受众的政治冷漠和娱乐偏执。"②

三、电视作为"视听共同体"

意识形态最核心的内容是价值观。意识形态"作为反映处在一定社会关系中的人们的思想要求、利益、愿望的那一部分思想观念,是作为一定社会、一定阶级和社会集团的信念体系和行为规范而存在的,它的作用就是凝

---

① 费瑟斯通.消费文化与后现代主义[M].刘精明,译.南京:译林出版社,2000:165.

② 周宪.当代中国传媒文化的景观变迁[J].文艺研究,2010(7):7-14.

聚人的思想，把人的行为引导到同一方向，共同参与到变革社会的实践中。这是一个社会得以维持和发展的必不可少的精神力量，要是一个社会的成员对社会的共同信仰体系和行为规范失去了认同感和依存感，那么这个社会对其成员也就失去了吸引力，它的凝聚力也就趋向瓦解。这才是意识形态的根本属性。它不仅有认识的属性，同时还有价值的属性，不仅有理论的功能，同时还有实践的功能"①。意识形态作为一个国家的核心价值观的集中体现，其功能是动员社会成员，凝聚他们的力量，使其为实现共同目标而奋斗。

电视也是以一种基本的意识形态效果为基础的。这种意识形态效果包括将电视观众构造成一个处于中心位置的主体或想象中的统一体。所以，可以把电视看成是一种从事替代的精神机器，②观看电视也是一种意识形态的日常仪式。电视的收看具有同时性效应，当亿万人都在同时收看晚间新闻，这种"仪式"的重要性甚至与电视的资讯内容相当。也就是说，电视是特定民族国家为其成员建构起来的主要共同场域之一。电视能够使人们具有"空间的认同感"：不仅是唤醒共同的记忆，而且也唤醒了"相遇的体验及团结之情"。电视"将国家的政治意念转化成人们的生命体验、情感和日常生活"③。电视媒体通过这种方式跨越传输空间，创造了许多新的"社群"，使许多原本互不相干的团体围绕电视而获得"共同的体验"。比如，中国人都接纳了一种集体历史文化观念，中华民族是生活在以黄河流域为文化发祥地的有着几千年辉煌历史的民族。而每当我们在电视上看到波涛汹涌的黄河，或是从电视里听到激情澎湃的《黄河》钢琴协奏曲的时候，这种对自己是中华民族一员的认同感便会油然而生。电视为所有中华儿女提供了想象的文化家园。电视作为一种现代传媒，可以形成一个共享的视听共同体。那些陌生人在观看同一电视节目时，会在心理上建构起一种文化共同感，形成一个"想象的共同体"。安德森把民族定义为"一种想象的政治共同体"，就是说，民族是以"想象"的方式建构的，是一种"特殊类型的文化人造物"。当

① 王元骧.关于文艺意识形态性的思考[J].马克思主义美学研究，2006(5)：2.

② 博德里.基本电影机器的意识形态效果[J].当代电影，1989(5)：27.

③ 莫利.电视、受众与文化研究[M].史安斌，译.北京：新华出版社，2005：315.

然,想象不是虚构,而是一种“想象性关系”,正如阿尔都塞把意识形态界定为个人与社会之间的想象性关系,个人与民族属性的关系也是以想象性的方式来建构的。这就是阿尔都塞所谓意识形态的“询唤”功能:“将主体复制变成属民,并且将主体本身复制变成属民——主体。”①这样看来,意识形态确实是特定社会所必需的某种意义形式,它有助于持久地维持这一社会状况,因为它给社会成员提供了一种共同的归属感。

电视文化的意识形态建构功能不是用电视来演绎思想或观念体系,而主要是讲电视文化在发展的历史过程中,所形成的最基本的结构特征——诗意审美与价值、意义之间的张力与平衡。在电视文化创作的实践过程中,诗意审美与价值、意义这两者实质上是互为依存、难以偏废的。电视文化之所以被视为意识形态形式中一个特别重要的门类,不仅在于它本身包含着科技工艺、娱乐休闲的成分,还在于它不像其他意识形态形式那样以系统的、理论的形态出现,而是在具体的电视节目中体现了某种思想观念和价值倾向。比如,当观众被电视描绘的人物和事件、传达的情感感动之后,就会把储存在自己心底的生活经验调动起来,并通过情感的相互激发和转移,把电视节目中表达的思想情感转化为自己内在的思想。也就是说,我们要把电视文化从根本意义上看作是通过震撼观众的视听,来达到传播核心价值观的有效途径之一,使观众可以凭直观的视听和心灵的感动接受这些观念。这种价值观比任何抽象的说教都更能深入人心。这样看来,电视文化比一般的理论更具有认识价值的属性以及实践的功能。因为从事实践的人是需要一定情感和意志来激发的,正如马克思所说:“思想根本不能实现什么东西,为了实现思想,就要有使用实践力量的人。”②这样,电视这一“视听的共同体”使原本无法相互交谈的人,可以感觉到有无数“观众同胞们”与自己同属一个精神场域。电视文化的作用就是凝聚这些人的思想,把人们的行为引导到同一方向,共同参与到变革现实社会的实践中。

电视文化的意识形态建构功能要求电视的叙事、主题和视听语言等复

---

① 齐泽克,阿多尔诺.图绘意识形态[M].方杰,译.南京:南京大学出版社,2002:176.

② 马克思,恩格斯.马克思恩格斯全集:第2卷[M].中共中央马克思恩格斯列宁斯大林著作编译局,译.北京:人民出版社,1957:152.

合策略支持并维护显在的意识形态价值信息，这并不仅限于电视剧，它同样也针对新闻、纪录片以及其他种类的电视节目。比如，中央电视台的《感动中国》作为一档年终人物盘点节目，十多年来，始终以弘扬社会主义核心价值观、巩固共同理想基础、凝聚民族精神力量为己任。这种坚持鲜明的意识形态导向、彰显深切的人文关怀的电视节目，在中国社会产生了巨大而深远的影响。这种“给人以力量，给人以鼓舞”的主旋律电视节目，被广大观众称赞为“一部让整个民族为之动容的年度精神史诗”“一部记述社会主义核心价值体系建设的年度发展报告”。《感动中国》借助国家电视台的传播渠道，聚焦推动当代中国发展进步的社会主体力量，坚持“贴近实际、贴近生活、贴近群众”的原则，成功评选出了一个又一个平凡而高尚、朴实而光彩的典型人物。无论是坚守正义和良知的刘姝威、科学巨匠钱学森，还是普通邮递员、自费奔赴地震灾区救援的农民群体，这些具有鲜明时代特征和广泛社会影响的典型人物，“集中体现了中华民族的传统美德和优秀品质，集中诠释了社会主义大家庭的真情与挚爱，集中反映了新时期人民群众昂扬向上的精神追求”①。在目前的大发展、大变革时期，人们呼唤主流的核心价值观，这种价值观能给予当代中国人前行的引领，这种精神信仰能给予当代中国人前行的力量。类似《感动中国》这样的电视节目准确把握了当代中国精神文化需求的时代脉搏，顺应了中国人崇尚美好、建构和谐社会的心愿，并立足于中国特色社会主义实践，从波澜壮阔的现实生活中获取灵感，“把镜头更多地对准基层，把荧屏更多地留给群众，在人民群众创造美好生活的火热实践中发现鲜活典型、传播先进文化、塑造美好心灵、提升道德素养、弘扬社会正气，为时代立标杆，为社会树楷模，让真善美的光芒照亮人们的心灵，为推进社会主义核心价值体系建设、巩固全国各族人民团结奋斗的共同思想道德基础作出新的更大贡献”②。同样，中央电视台的《走基层》系列报道节目，也以特写的方式把目光投向日常生活和普通人，通过跟踪记录的方式呈现了完整的生活段落和具体生动的细节，并大量融入长镜头和同期声元素，

---

① 李长春刘云山致信祝贺《感动中国》10周年[J].电视研究，2012(3)：10.

② 李长春刘云山致信祝贺《感动中国》10周年[J].电视研究，2012(3)：10.

这种故事化的讲述方式体现了电视报道的纪实风格和记录价值。《走基层》系列报道节目关注基层疾苦,传递全社会给予基层的温暖,让人们感受到电视媒体“以人为本”的力量,这显然是对当下电视过度娱乐化趋势的矫正,也是当代媒体价值的回归。

电视媒体不仅是国家的公共事务服务渠道,更是民族文化的认同中心和国家意识形态的建构中心。正如戴维·莫利所言:“一方面,我们把看电视理解为一种仪式,其功能是构建家庭生活,并且提供参与到民族共同体中的符号模式以及消费和生产的行动模式;另一方面,我们也应当把看电视当作在意识形态领域内运作的一个过程。”①当代中国的电视文化实践,要弘扬社会主义核心价值观,用中国特色社会主义共同理想凝聚和团结全国各族人民,用以爱国主义为核心的民族精神和以改革创新为核心的时代精神鼓舞人民斗志。当代中国的电视文化应该在建设中华民族共有的精神家园中,在推进当代中国的国家共同体实践进程中,发挥不可替代的作用。

第五节　时代焦虑、本体安全与中国电视综艺的形态变迁

一、中国电视文化的焦虑背景与方法论

电视研究通常强调其消费文化属性,这构成了当前西方电视研究的主体思路,从欧美等发达国家的电视发展传统来看,这种定位无疑是正确的。中国电视文化的产生与发展与西方电视文化有显著差异,中国电视研究有自己的路径。

从其发生节点而言,电视作为家庭日用品早在20世纪50年代就已在中国家庭出现,但在此之后的二三十年内,电视机本身的昂贵与广播信息系统的局限性,决定了电视只是作为稀有商品面世,并没有产生太大的社会与文化意义。至20世纪80年代中后期,电视机价格渐趋平民化,拥有电视机的

---

① 莫利.电视、受众与文化研究[M].史安斌,译.北京:新华出版社,2005:327.

家庭数量日益增多,至20世纪90年代后半叶,中国家庭的电视机拥有量已达到了相当高的水平,与此同时,公共广播电视系统的建设也日趋完善。当电视机规模达到一定数量级后,自然而然就会从单纯商品层次向内深深嵌入社会建构,成为典型的社会现象。因此,中国的电视文化应是从20世纪80年代逐渐生成的。

20世纪80年代以来电视机数量的增加无疑是中国经济发展的直接结果,与经济发展相伴相生的中国电视负载了丰富的社会内涵,这与中国经济转型的特殊性有关。西方20世纪中叶的经济从以“生产”为中心转向以“消费”为中心,伴随这一转型产生了成熟的消费文化;与之相比,当代中国开始于20世纪80年代的经济改革大潮则是从“计划经济”转向“市场经济”,它释放了人们的生产热情与能力,是对人们“生产者”身份的确认。但中国经济转型所带来的生产力提高,在为人们提供富足的物质生活,强化人们实现身份认同自信心的同时,又导致了广泛的社会焦虑。这种焦虑来自两个方面:一方面,经济发展带来的对既有社会价值认同的失落感;另一方面,中国经济大发展是在全球经济大发展的背景下展开的,确切而言,中国经济发展的“生产者”崛起与全球经济“消费”的转向相遇,既使中国经济与全球经济格局形成了互补,又模糊了中国人“生产”身份与“消费”身份之间的界限。从20世纪80年代至今,当代中国经济转型持续进行,由经济转型所造成的两种身份认同的差异、社会传统价值认同的疏离日益明显,社会既有价值认同以零落碎片的形式存在。人们亲身体验社会价值的零落消解,既无法处之泰然,又无法完全放弃,由此产生的乃是处于两者间的独特体验,即焦虑感。

在此意义上,我们发现中西方电视文化发生转折的节点背景虽然都与经济转型有关,但因此造成的电视文化差别甚大。西方电视文化发生于“消费者”崛起的社会背景下,它承载的是人们在消费社会中纯粹的消费体验。而在当代中国,电视文化的出现与中国社会因经济发展所产生的广泛社会“焦虑”相关。在此背景下,当代中国电视文化研究其实无法只关注消费意义,认为其仅承载了人们的消费与娱乐需求;当代中国电视其实是人们在社会转型中实现价值认同、纾解焦虑的重要途径。这样的视角调整才真正将中国电视文化与单纯的消费研究区别开，使其具有了更加深刻的内涵。

确认中国电视文化的价值认同意义，将引发电视文化研究思路的调整。电视文化的消费定位忽视电视观赏中的价值认同，进而否定电视文化的社会建构研究；作为包含丰富价值认同的当代中国电视文化，其适合的研究思路指向社会建构研究。在此意义上，英国社会学家吉登斯的理论是优选视角。吉登斯的思想从关注人们的“本体性安全”（Onto logical security）诉求出发。他所谓的“本体性安全”是指人们在社会中基本的安全感与信任感，“本体性安全”的缺乏将引发内在的社会焦虑，进而导致人在社会中自我身份建构的缺失。“本体性安全”的提出并不具有多大的创新性，吉登斯理论的创新性在于，它将人之“本体性安全”的获得落实于“例行”的日常生活上，他说：“普通日常生活中蕴含着某种本体性安全，这种安全感体现出可预见的例行活动中行动者在控制身体方面具有自主性。”[①]吉登斯认为，充满“例行”与“惯习”的日常生活是人们以其熟悉性特征而能加以“反思性监管”的对象。通过对日常生活的“反思性监管”，人们可进一步理性地发现自我与他人、制度等社会结构间的共生关系，并承认这种个体与结构的关系；使人在社会结构中既能表达自我，又能随心所欲不逾矩，实现了个体在社会结构中的安稳立身，从而实现价值寄托，纾解社会焦虑。

吉登斯的社会建构理论对中国电视文化研究具有很强的启示意义。顺着吉登斯理论的启示，我们可将当代中国的电视文化理解为一种日常生活文化，并以此作为研究的起点来把握“看电视”在当代中国大众社会建构中的独特意义。

二、“看电视”的日常生活性与电视综艺的日常生活悖论

电视作为日常生活的一部分，是当前电视文化研究的焦点，罗杰·西尔弗斯通在《电视与日常生活》中认为，电视的日常生活性体现在它作为一种

---

① 吉登斯.现代性与自我认同：现代晚期的自我与社会[M].赵旭东，方文，译.北京：生活·读书·新知三联书店，1998：4.

日常生活中的“公共”现象而存在，人们围绕电视所传播的内容及电视本身的争论使得电视成为日常生活中的重要公共角色①。西尔弗斯通认为电视的日常生活性是其“公共性”。然而，电视观赏的“公共性”只能说是其日常生活的升华样态或反思性指向，人们出于习惯去“看电视”，在“看电视”的过程中，由个体习惯形成的循环往复、秩序井然的轮序性才是电视生活的原生态。

电视生活的轮序性是现代产业塑造的结果，但电视生活展开的家庭场所又使其产生了活跃的认同活力。现代产业将人们的休闲时间给予固定化，而电视作为为人们提供休闲内容的主要方式，其使用也有了固定化、轮序化特征。同样是出于现代产业发展的需要，电视机被大批制造而且价格越来越低，广播电视公共系统随之完善，电视从原先的稀罕物件变得日益普及，成了典型的“日常生活用品”。确切地说，电视已成为“家庭日常生活用品”。因为于现代产业发展而言，如何让人们在工作时间之外尽快恢复体能是关键，从这样的要求出发，现代产业结构中的家庭必然地被休闲化了。家庭远离工作场所，被塑造成了人们放松身心的空间，正是在这样的家庭功能设计中，电视生活才具有了“日常生活”的必然性。

然而，家庭中的电视生活虽出自现代产业结构的设计，但家庭本身的价值传统角色又为电视生活召唤出价值认同的张力。在中国，家庭自古以来就是人们实现价值认同的原点，时间流转，家庭所具有的价值认同或有强弱变化，但从未真正消失过。不仅如此，越是在认同遭遇危机的时代环境中，家庭所具有的价值认同张力就越强烈。电视入住家庭的时代，正是大工业生产重新建构家庭的时代，社会层面的价值认同已全面告急，家庭作为最后的堡垒承载了人们的认同意志。正是在这样的社会情态中，进入家庭的电视在建构休闲家庭的同时，又成为家庭实现价值认同的有效载体。家庭生活中的“看电视”不仅是休闲，更是价值认同的重要生活实践。

“看电视”产生的价值认同与电视教化无关。在家庭生活中，“看电视”是如此简单，电视内容的娱乐性使人感到放松，电视成了我们生活中最“顺

---

① 西尔弗斯通.电视与日常生活[M].陶庆梅，译.南京：江苏人民出版社，2004：10-12.

手”的玩具。按照大众文化研究的逻辑，电视的“顺手”会让人们失落在娱乐至死中，但此论断却忘记了人们在惯习化的“顺手”行为中其实并非完全消极：“看电视”是如此“顺手”，使人产生对“看电视”行为的掌控感，继而产生理性的“反思性监管”。电视接受中的“反思性监管”包含多个层次，其中最高等级乃是对自身“本体性安全”的反思与评价。在“看电视”行为中，电视生活本身的惯习化造成了当下生活的稳固体验，而这种由身体直接体验获得的稳固感并非单纯感官性的，这种体验连带产生了理性的反思。于是，“看电视”的当下稳固体验循着理性的反思连带出向上的体认：家庭、社区、国家稳固性的抽象体认都在当下“看电视”的具体体认中获得了确认与把握。在此意义上，充满稳固体验的“看电视”行为成为一种象征行为，它使得人们在日常生活中得以呈现出抽象认知的稳固行为。如此一来，通过“看电视”发生的“反思性监管”，其实是电视受众为自己营造了国家、社区、家庭一体化的本体性安全之窟。因此可以说，人们在“看电视”中所感受到的愉悦，并非全部来自电视的娱乐内容，其实较大部分来自电视生活之惯习性所产生的本体性安全体验。

然而，这并非绝对。电视内容的日益多样化使电视生活中的本体性安全频遭冲击。粗略地划分，电视播出内容可分为纪实、综艺与剧情三种类型。综艺节目是人们打破日常生活秩序的狂欢化时刻，而后两者虽然也带有浓厚的娱乐性，但基本上是对日常生活秩序的模仿。因此，电视综艺是“奇特”的电视内容，正是这样的奇特性使其对电视生活的本体性安全体验带来了扰动。

电视综艺的奇特性在于它体现出日常生活悖论：一方面，人们收看电视综艺节目的惯习性日益明显，因惯习而发生的“反思性监管”与其他电视内容几无差别；另一方面，电视综艺就其本质而言却又是日常生活之惯习性的割断。电视综艺是对日常生活中“聚会”的展播，具有浓厚的仪式意味。它发生在特定的时间（往往是在一天中工作结束的时段，或周末）、特定的空间（舞台化空间），聚会环节安排往往带有阈限性，即所谓综艺节目中的“高潮”时刻，这使综艺聚会成了典型的世俗仪式。正因为如此，综艺聚会的电视播出，即发生在电视荧屏上的世俗仪式，就对“看电视”本身之日常生活之惯习性产生了某种扰动。故此,电视综艺节目其实是包裹在日常生活之惯习形式中的世俗仪式,外在形式与内在超越间充满张力,这构成了电视综艺的独特性所在。

前文指出,“看电视”的日常生活之惯习性能产生本体性安全感,但以此考察电视综艺,可发现事情较为复杂。电视综艺一方面使人依其惯习性而能获得本体性安全体验;另一方面,综艺本身的仪式性又在冲击着人们“反思性监管”的能力,将人拖离本体性安全体验,这种安全性体验的两极摆荡构成了电视综艺观赏的体验特征。事实上,在理想的电视文化模式中,综艺节目观赏所产生的这种摆荡体验正是本体性安全体验的强化,因为在可控的范围内,对本体性安全体验的“远离”都是其迫切“返回”的动力。正如在大部分综艺节目中,“欢乐”与“感动”是永恒的复调,“欢乐”是对日常生活惯例的逸出,而“感动”则是对某种稳固信仰的返回,两者结合使综艺节目的接受获得了鲜活的本体性安全体验。

但纵观当代中国电视综艺发展历程,可发现这种“理想”样态并非常态。相反,伴随电视综艺的日益发展,综艺节目本身的非日常属性日益增强,它将人们越来越远地拖离了本体性安全。在当代中国的社会建构中,电视文化起到了举足轻重的作用,“看电视”作为国人几乎最频繁的活动在塑造着人们新的社会身份与认同,而电视综艺节目更是在强化国人本体性安全的层面上意义重大。然而,电视综艺的日常生活属性是矛盾的,这导致了它在赋予人们本体性安全的意义上并不稳定。事实上,中国综艺自从产生以来,伴随其日常生活角色的变换迁移,已逐渐从国人获取本体性安全的源泉转变成了滋生焦虑的渊薮。

三、电视综艺的形态演变与本体性安全

当代中国电视综艺源起于中央电视台(原北京电视台)的探索。① “文革”之后,在较长的时间内,电视综艺的发展平稳而缓慢。直到20世纪90年

① 胡智锋.影视艺术导论[M].北京:高等教育出版社,2012:181-182.

代,中国家庭电视机的保有量日益增加,节目内容日益多元化,但这一时期,人们对电视连续剧的收看热情明显高过综艺节目。《便衣警察》(1987)、《渴望》(1990)等电视剧几乎是家喻户晓,而电视综艺的影响则相对要小得多。为什么会出现这样的现象?这与在此时期形成的社会认同相关。

20世纪八九十年代,中国经济高速发展,民众的本体性焦虑降至最低。在这样的社会认同心理中,电视对于人们的意义就是强化对现实的认同。在此意义上,电视剧作为现实生活的强化叙事自然而然地成为人们的首选。与电视剧不同,电视综艺是发生于日常生活中的仪式性聚集,它对于时间、空间与阈限设置的特殊要求使其不可能与现实生活完全同步,这减弱了人们对它的需求。然而,也正因为电视综艺本身的仪式性,它在满足人们本体性安全的层次上具有特殊意义,即综艺节目可通过其仪式性魅力而使人们的本体性安全体验得以印证。

这一时期出现的影响较大的综艺节目包括《综艺大观》(1990)、《正大综艺》(1990)、《曲苑杂坛》(1991)、《艺苑风景线》(1992)、《东西南北中》(1993)等,而尤以在此时期崛起的中央电视台春节联欢晚会(简称春晚)最具代表性。春晚的综艺模式是典型的舞台戏剧演出。从春晚主持人的角色设置来看,主持人的"明星化"特征十分明显。第一届春晚由相声演员马季、姜昆,喜剧演员王景愚,电影演员刘晓庆担任节目主持人,这个传统延续了很长时间。主持人的明星化,间离了"观众"与"演员"之间的戏剧幻觉关系,从而使观众产生玩赏性的反思性监控。因为这些明星主持人本身为大众所喜闻乐见,其主持风格又紧贴着晚会节奏与风格,因此,他们所引发的观众之"反思"是朝向认同的。从观众的角度来看,这一时期的春晚设置的现场观众作为晚会的一部分其实是对电视观众的一种顺向引导,引导电视观众的"反思"向国家、家庭与个体的稳固性认同方向发展。从晚会的基本风格来看,"欢颂"构成了晚会的主调。相声、曲艺与小品构成了晚会的基本内容,而晚会在进行过程中,适时加入对家国一体化的感恩、致敬,使春晚成功实现了"与民同乐"。

顺着春晚的线索继续考察中国电视综艺的时代变迁。"欢颂"模式的春晚在20世纪90年代上半叶开始悄然发生改变,这种变化使得人们在综艺观赏中的“反思性监控”有所减弱，本体性体验遭遇危机。这体现在：(1)主持人趋向职业化、风格化，使观众的观赏理想趋向涣散。1989年，春晚主持人中出现了“赵忠祥”的名字，从此之后，赵忠祥主持春晚达十年之久。正是从这年春晚开始，越来越多如赵忠祥这样的职业主持人出现在春晚上。这些主持人的职业理念非常明确：跟单纯的报幕人分开，体现自己的主持风格。赵忠祥之后，春晚出现的倪萍、董卿、任鲁豫等主持人无不秉持这样的观念。这些职业主持人以专业化、风格化的存在间离了“观众”与“演出”的幻觉认同，使观众有产生观赏理性的可能。然而，这种刚刚从舞台幻觉中解放的观赏理性却立即被极具风格化的明星主持人所“俘获”。与之前的主持人相比，职业主持人控制舞台节奏、凸显自我的技能更娴熟、更专业，前者能让观众理性地反思，后者则可非常轻松地吸引观众的注意力。(2)在春晚舞台溢出效应的作用下，电视观众失去了观赏的距离。在20世纪90年代上半叶之前，春晚的舞台效应是被有效约束的。事先排练过的现场观众、精确安排的演出流程及春晚上映的特殊时刻(春节)使“电视观众”对春晚保持了观赏距离，而这种观赏距离正是“反思性监控”得以发生的重要条件。但随着春晚的社会影响越来越大，其舞台溢出效应越来越明显，由春晚所引发的各种娱乐新闻、流行语及文化学者的热烈争论，使春晚的看点逐渐从春晚本身转向了春晚之外的社会万象，“舞台春晚”变成了“社会春晚”，而电视观众的纷纷议论则成了这台“社会春晚”的主要内容。这种观赏距离的失去，使大众对春晚的观赏越来越激情化、私人化，观赏理性于此涣散。(3)春晚风格从“欢颂”到“狂欢”的演变，使观众在狂欢中失去对本体性安全体的认同，并追寻新的认同。

事实上，春晚的改变乃是20世纪90年代上半叶以来当代中国综艺整体变迁的表征，而这种综艺变化在根本上是对时代变迁的文化适应。

20世纪90年代上半叶，中国经济体制改革日益深入，国家的社会化程度空前活跃，但也由此导致了社会建构与国家认同间的疏离。从价值认同而言，这种矛盾产生的后果是：此前作为大众本体性安全体验基础的“家—国”关系于此发生危机，进而产生了广泛的社会焦虑。

在此背景下，曾经为人们提供本体性安全体验的电视综艺观赏活动发生了适应性改变。从缓解人们的时代焦虑而言，电视综艺必然要规避唤起人们的观赏理性，因为电视综艺节目制作人应该认识到：让观众在电视前保持理性，引导他们通过电视综艺去反思自己在“家—国”关系中的栖身状态，这本身就是对大众社会焦虑的强化。所以，为缓解这种时代焦虑，电视综艺的选择很简单：引导观众通过投身到综艺的欢乐世界来暂时忘却现实，缓解焦虑。这就是春晚在20世纪90年代上半叶发生变化的根本原因，这实际上也是当代中国综艺节目集体变迁的根本原因。下面我们从更广阔的综艺节目实践来进行考察。

在电视综艺节目变迁中，春晚算是开端，《快乐大本营》(1997年)则有集大成的意味。《快乐大本营》发展出了全新的综艺模式，这种模式的核心可概括为“全民游戏”。“游戏”是这档综艺节目的突出特色，但《快乐大本营》中的游戏观是复杂的。《快乐大本营》的“游戏”是无限跨界的全民游戏：舞台在游戏的滚动中不断拓展，主持人在游戏的滚动中变换角色，现场观众更是在游戏的滚动中被裹挟进去。不仅如此，《快乐大本营》更高明的游戏策略在于，它通过游戏的滚动将资本形象也裹挟进来，各种产品品牌被巧妙地镶嵌进节目的游戏进程中。可以看到，凭借游戏，《快乐大本营》对各种关系进行了象征性的颠覆；正是这种象征性的颠覆，给电视前的观众带来了巨大的观赏激情。这种观赏激情为人们在时代变迁中变得岌岌可危的本体性安全体验提供了一种新的幻象。因此，《快乐大本营》成为经典综艺节目，根本上是它在释放人们本体性焦虑的意义上握住了时代之手。

《快乐大本营》之后，游戏综艺红遍全屏，其中较有影响力的有《欢乐总动员》《非常周末》《开心100》《超级大赢家》等。事实上，游戏观念对此后综艺节目的影响绝不仅限于那些以游戏为主题的节目。“游戏”作为成功兼顾了正确社会导向与引爆观赏激情的文化策略，几乎具有将所有“现实生活”转化为“好看节目”的能力，现实竞技的游戏化形成了所谓竞技类、知识闯关类节目，私密生活的游戏化形成了所谓真人秀节目，如此等等，人们的现实生活在综艺游戏中变成了一幕幕画面，激发了人们的观赏热情与自我投入。在此意义上，“游戏”不是中国综艺节目的某一类，而是20世纪90年代上半叶以来多种综艺类型的基本策略。①

四、十字路口：当代中国电视综艺的游戏性与公共性张力

21世纪以来，当代中国综艺最新的发展是游戏性有增无减，这其实与人们的时代性焦虑的增加有同步关系。但是伴随着当代中国社会的微妙变化，人们在日常生活实践中也发展出了新的缓解个体焦虑的路径，由此导致电视综艺在未脱离“游戏”惯性的情况下发展出了新的吸引人的“公共”形态。

先从21世纪以来电视综艺游戏形态的惯性膨胀说起，这主要体现在三个方面：(1)主持人的职业化、风格化继续增强，嘉宾评委角色的凸显是综艺主持职业化的进化形态。在传统综艺节目中，嘉宾被设置为“众乐乐”的领头人，即使在20世纪90年代，综艺嘉宾的角色内涵大体也是如此。进入新世纪，嘉宾的角色设置发生了有趣的变化，2004年的《超级女声》对此有明显的体现。《超级女声》设置了嘉宾评委，他们都是代表业界专业水准的精英，他们在游戏中的角色不再是“众乐乐”的领头人，而是要以专家身份对选手与观众表达自己的专业看法，营造公正的理性氛围。然而，有意思的是，《超级女声》中几乎所有的嘉宾评委都扮演了“反理性”的角色，评论感性而充满个性彩色。其实，《超级女声》中嘉宾评委奇特的角色体现，正是主持人职业化与风格化双重矛盾的糅合。他们的存在，以更炫目的方式间离了观众对舞台的幻觉认同，但又引导观众进入了非理性的观赏中。(2)电视观众与综艺节目间的距离日益缩小、电视与互联网的融合促生了强大的节目营销，造成了电视观众对综艺的浸入式接受。以浙江卫视的《中国好声音》为例，这档节目就出色地运用了微博营销。② 电视综艺的微博营销造成了浸入式传播，从而使观众全方位置身其中。同时，电视观众的微博互动又使他们在这

---

① 陈序.娱乐模式：从明星表演到百姓游戏——浅析中国电视娱乐节目的四个阶段[J].新闻记者，2005(2)：71.

② 陶燕，谢文娟.微博语境下的电视综艺节目口碑营销策略研究——以浙江卫视节目《中国好声音》为例[J].当代电视，2013(6)：76-77.

场溢出舞台的“综艺大戏”中成为主动参与者,形成了全民狂欢的戏剧氛围。(3)继续强化综艺节目的狂欢化基调,即欢虐感。综艺节目越发以沉浸式狂欢缓释焦虑。然而,在缓释焦虑的意义上,综艺狂欢所起的效果其实是饮鸩止渴,狂欢必将走向欢虐。湖南卫视的《智勇大冲关》就是一个例子。节目摒弃了复杂的游戏环节和漫长过程,让选手一起潜入玻璃水箱憋气,谁憋的时间长谁获胜。规则如此简单,目的就是为了让观众尽快收获快感。《快乐女声》也缩短赛程,简化赛制,最后的冠军之战更是以 6 轮积分战的方式决定最终的冠军。但这种操作方式让主持人显得有些多余,甚至有人提出“真正厉害的赛制,就是两个人唱完之后石头剪刀布,谁赢了谁就是冠军”。速战速决,欢娱的激情变得速食化,游戏狂欢变成了直接获取感官刺激的欢虐。

综艺欢虐能否真正缓释人们的时代焦虑?抑或只是饮鸩止渴而已?不必理性地从旁指点,身在其中的电视观众对此有感叹:一方面,日常生活滋生的焦虑使他们向往综艺狂欢,另一方面,短暂综艺狂欢后不能回避的现实失落使他们更加沮丧。事实上,电视综艺曾在某个时期给予人们缓释焦虑的力量,在当下却已成为人们产生焦虑的根源:电视综艺凭借巨大的镜像“倒映”能力,将观众裹挟其中,进而使其成为娱乐资本的流通商品,而观众从中得到的却是徘徊于综艺激情与现实失落之间的焦虑,这种综艺焦虑与时代焦虑相叠加,造成了这个时代大众焦虑的复杂化。

人们能否从电视综艺的镜像“倒映”中脱离?这取决于是否有合适的社会契机。我们的答案是肯定的。进入 21 世纪后,当代中国开始了新一轮改革,政治体制改革带来了显见的社会公平,产业结构调整释放出巨大的经济活力,“社会”取代传统“家庭”成为人们重返现实、缓释焦虑的载体,而现代社会的核心在于公共性,因此,社会公共性成为人们缓释焦虑、获取本体安全的新保障。与吉登斯提出的在“反思性监督”中领悟“家—国”一体化而实现本体性安全体验相比,社会公共性所给予人的安全体验没有那么强烈,却更具理性的力量。这种社会变化就体现在综艺节目的游戏性与公共性共有的张力形态上。

仍以《超级女声》为例。《超级女声》将此前电视大赛中通常被隐藏起来的竞争过程予以公开,使得公众在沉醉于"游戏"的同时,无法忽视其中的公平公正问题,而他们的电视观赏行为也就无法完全是"独自狂欢",他们会自然而然地产生与别人讨论的冲动。这种事关公平的争论越到节目后期就越激烈,甚至超过了观众对节目本身的关注。当然,这样的讨论并不具有严格的"公共"意义,但起码由此引发的谈论具有了从"娱乐"向"公共"过渡的迹象。有学者对《超级女声》给予了完全否定,这种否定其实有失公允;谴责综艺的过度娱乐的确必要,但因此无视综艺娱乐中的公共性萌芽却不合适。再如《中国好声音》,这档节目的公共性意味浓厚:它采用盲评的形式,导师背对学员,完全依靠对音乐的感知进行取舍,营造了公平感。对电视观众来说,由此引发的是理性主导的"优劣"评判。它扩展了竞争关系,竞争不仅发生在"学员"之间,更发生在"学员"与"导师"之间、"导师"与"导师"之间,竞争关系的扩展使"游戏"趋向残酷,它引发的不仅是"更好看",更激起了电视观众内心的"是非"评判。谈"优劣"论"是非",《中国好声音》虽仍不脱以激情吸引观众的窠臼,但入于"镜城"的观众已显见地成熟起来了。

同样是高收视率综艺节目《爸爸去哪儿》,也体现出"游戏"与"公共"相缠绕的形态。首先,这档节目仍没有完全脱离综艺"游戏"的路数,这是显而易见的,但它出色地将"成长"与"游戏"结合起来,使"游戏"在人生"成长"的视野中现身,使其既具观赏性又富有严肃的意味。其次,这档节目最值得称道的地方,还在于它的公共性营造。《爸爸去哪儿》的"游戏"其实很简单,几位明星家长带着自己的孩子去完成任务。这其中当然包含凭借明星唤起人们窥私欲的意思,但随着节目的深入,这层指向却慢慢被淡化,人们被更值得关注的事情吸引了:那就是孩子们因"共在"而呈现出的复杂、耐人寻味的交际生态。节目将镜头前的世界完全交给了孩子,围绕具体的任务指向,孩子们将自己完全袒露出来,因个人贪念引起冲突、在自我反省后主动和解、为了共同利益而不得不协商,如此等等,再加上"大人"这一角色的加入,便形成了复杂而真实的人与人"共在"景观;明星们还原为真实的父亲,人们看到的是他们在父亲与孩子"共在"关系中的真实状况。《爸爸去哪儿》出色地展示了日常生活,这种"展示"不是对日常生活奇观化的展演,而是展示了日常生活中富有希望与启示意义的层次。它启示人们：在娱乐激情中无法真正安身之后，我们应当去关注与他人“共在”的日常生活，人与人之间的交际以及在交际中产生的公平博弈与公正之思，才是人们在时代变迁中缓释焦虑、获取本体性安全的真正基础。

第三章　全媒体时代文学艺术形态研究

第一节　发达传媒时代的小说叙事危机

考德威尔曾经对诗歌发表过犀利的批评,他说:“诗在技巧上达到了空前的高水准;但它越来越脱离现实世界,越来越坚持个人对生活的感知与个人的感觉,以致完全脱离社会……大多数人不再读诗,不再觉得需要诗,不再懂得诗,因为诗随着它的技巧的发展,脱离了具体的生活……诗从当初作为整个社会(如在一个原始部落)中的一种必要职能,变成了现今的少数特选人物的奢侈品。”①显然,在马克思主义者考德威尔看来,诗歌的没落,在民众中失去影响力,是诗人的咎由自取。脱离群众就意味着它将失去生机。考德威尔时代诗歌的状况和当下中国小说的状况有些相似:它们都已经失去了曾经庞大的阅读群体,都在日益蜕变为一种小圈子文学。当然,在这个相同的表象下,也有一个不同的原因,如果说考德威尔时代的诗歌脱离群众是因为诗人“咎由自取”的话,那么在今天,小说的状况显然不是作家自己造成的,而是时代发展带来的必然结果。换言之,传统小说已经和我们今天的时代显得格格不入了。

---

① 考德威尔.考德威尔文学论文集[M].陆建德,黄梅,薛鸿时,等译.南昌:百花洲文艺出版社,1995:301-302.

一、媒介的后果：从“文学已死”事件谈起

2007 年，针对新浪博客的“文学已死”事件，编辑设计了一项网上问卷调查。这项问卷调查本身可能有很多问题，但最后的调查结果依然为我们提供了公众对文学的认识和期待、对中国当代文学的态度等一些有价值的数据。如在“你觉得文学在生活中的意义”选项下，认为“很大”的占 67.13%，认为“一般”的占 26.44%，认为“没有意义”的占 6.43%；在“你觉得文学有什么价值”选项下，点击“认识社会人生”的占 61.87%，点击“提高审美能力”的占 26.21%，点击“记录历史”的占 11.92%；在“你觉得中国当代文学……”选项下，认为“一般”的占 48.55%，认为“很没意思”的占 39.84%，认为“很了不起”的占 11.61%。[①] 从这个调查结果中我们可以看到，当有 67.13%的参与者认为文学在生活中意义很大的时候，有 61.87%人把意义价值赋予了“认识社会人生”。换言之，文学能够提供关于这个社会的信息，帮助我们认识社会。事实上，反观 1980 年代，我们会发现，小说之所以能够空前繁荣，很重要的原因就在于在当时，小说完美地回应了读者对文学的这种期待。

但是，在今天这样一个传媒发达的时代，小说的这项功能显然受到了严峻的挑战。在之前，受资讯传播方式的限制，人们获取资讯的途径相对较少，相较于普通读者，作家、知识分子具有某种程度的知识、资源的独占性，他们可以借助媒介寻找有特色的信息资源，然后把这些资源运用到自己的小说中。这样，媒介可以成为作家的一个重要信息来源，而他们的小说也可以帮助读者实现“认识社会人生”的作用。包天笑曾经回忆吴趼人的写作：“我在月月小说社，认识了吴沃尧（吴趼人），他写《二十年目睹之怪现状》，我曾请教过他如何写小说。他给我看过一本簿子，上面贴满了报纸上所载的新闻故事，也有笔录友朋所说的。他说这些都是材料，把它贯串起来就成

① 张宁.公众期待与文学的内部秩序[J].郑州大学报(哲学社会科学版)，2007(2)：97-100.

了。"[1]显然,吴趼人的这种资料收集方式在今天已经过时、落伍了。过时、落伍的原因是发达的传播网络使作家相对于普通读者不再具有某种程度的信息独占性。也就是说,作家费尽心机收集并且运用到小说中的资料很可能早已经被读者阅读过了。另外,小说"认识社会人生"功能的缺失还在于当下信息传递的快捷性。在当下这样一个传媒发达的网络时代,每个人面临的问题不是信息匮乏,而是信息过剩。打开网络,轻轻点击,你可以随心所欲地获得任何你需要的信息。在这样的状况下,文学作品原有的传递社会人生状况的功能失效了。相较于无所不包的网络,小说中传递的知识显得贫乏而狭窄,正如作家李洱所说的那样,"作家的问题是无法给读者提供更多的经验,或者,作家本人的经验还不如读者丰富"。所以在上文所述的新浪博客调查中,绝大多数网友对当下中国文学表示了失望,这显然是由于他们的诉求得不到满足而造成的。事实上,他们对小说"认识社会人生"的诉求永远不可能得到满足了,因为无所不在的网络比小说更能满足他们的这一需求。网络带来的一个极大的进步就是让所有人都可以自由发言,即便你不是专业作家、著名作家,也可以自由发表作品,这就使得众多有自己独特的生活认知的人可以发表自己的作品和言论。这些作家未必有非常好的文笔,但是因为他们有某些独特的生活认知,他们的作品也能够获得读者的认可。

小说话语的虚构性也影响了其"认识社会人生"功能对读者的影响。自1980年代以降,文学向内转已经成为作家的共识,但这并不意味着小说对现实生活的逃避。以莫言获得茅盾文学奖的小说《蛙》为例,小说就指向了计划生育这样一个影响了众多中国人的社会现实。事实上,对于当下现实的批判性关注一直是中国作家写作的一个重要着力点。以底层文学为例,当众多中国作家纷纷涌向这个领域的时候,这一方面表明了贫富分化已经成为当下中国不得不严肃面对的问题,另一方面也表明了中国作家直面现实、批判现实的精神。在批判现实的过程中,作家们的认知显然是深刻的,比如墨白的小说《事实真相》。小说中的来喜是一个农民工,他在城里目睹了一

---

① 包天笑.钏影楼回忆录[M].香港:大华出版社,1971:358.

场凶杀案,但就因为他是农民工,在整个城市都在讨论这场凶杀案的时候,偏偏他对这个问题没有任何发言权,而且更可悲的是,他甚至连讨要自己工钱的话语权都没有。这部小说从物质层面的不平等展开,集中表达了农民工精神的压抑以及话语权的失去这样一个社会现象,远比一般的关注农民工的物质生存的社会报道要深刻得多。但是,相较于网络上热传的新闻报道,这部小说的读者却少得可怜。这不是因为小说不够深刻,而仅仅因为它是小说。“小说是虚构的”这一认知已经根深蒂固地嵌入人们的脑海之中,小说中描述的东西,无论如何惊心动魄,或者让我们唏嘘不已,但只要合上书页,我们就会淡然一笑。因为我们认为,它是虚构的,不是真实的。小说的虚构性导致其天然地成为不具有权威力量的话语。新闻就不同,真实性是新闻最重要的属性,所以,一些社会新闻常常能够给我们带来更为强烈的震动。虽然在发达的传媒时代到来之前,小说一度对读者具有“认识社会人生”的作用,但是现在,人们被海量的资讯包围,小说“认识社会人生”的功能已经失效。作为一种虚构话语,当面对号称“客观真实”的新闻报道的时候,小说即便描述得再真实,在普通读者看来,它仍然是一种虚构。

二、媒介时代的泛娱乐化与文学叙事危机

关于小说的认定和意义,作家、评论家和普通读者的认知显然不同。瓦特把小说的上限定到了笛福、理查逊、菲尔丁时代,认为从他们开始,才有真正的小说出现;而米兰·昆德拉则认为小说的上限是西班牙的塞万提斯,他认为这个时候,小说才开始呈现出应有的复杂性和不确定性,小说才有了小说的智慧,即不确定的智慧。但是在普通读者看来,阅读小说的意义就在于娱乐和获取信息。从中国明清小说以来,直到当下,我们可以看到一个非常清晰的现象:无论《红楼梦》《三国演义》在今天的文学史上有多么崇高的地位,但是在当时之所以能够产生极大的影响,还是因为作品本身的娱乐性。旧红学派中有一个消闲派,专门拿《红楼梦》中的男男女女说事就说明了小说的娱乐性对读者来说是多么重要。张恨水的小说《春明外史》在报纸上连载的时候,出现了读者为先睹为快而到报馆门前排队的现象,这显然也是小

说的娱乐性带给读者的影响。当年梁启超为了宣传新思想,以极其夸张的语言提倡革新小说,“欲新一国之民,不可不先新一国之小说。故欲新道德,必新小说;欲新宗教,必新小说;欲新政治,必新小说;欲新风俗,必新小说;欲新手艺,必新小说;乃至欲新人心,欲新人格,必新小说”。[①] 梁氏极力鼓吹革新小说,显然不是因为小说本身有多么重要,而是看中了小说的娱乐性能够带来大量的读者,从而可以利用小说传递新思想。考察明清以降小说在中国产生的巨大影响,毫无疑问,小说在发达的传媒时代到来之前,在人们的娱乐生活中,一直占据着比较重要的位置。

但是在今天,传统小说的娱乐性已经显得有些不足了。按照尼尔·波兹曼的说法,我们今天所处的时代是一个“娱乐至死”的时代,丰富发达的大众传媒给我们提供了各种丰富的娱乐方式,甚至连教学都是一个娱乐活动。[②] 虽然尼尔·波兹曼是针对美国作出的分析,可是观照我们当下,不难发现,波兹曼的批判对我们同样有效。从《百家讲坛》节目的走红,以及其中诸多主讲人所讲的内容来看,我们发现对于大众来说,听课也已经成为一个娱乐事件。重要的不是借助听课获得某些真知或者启发自己的思考,而是把听课当作一种娱乐方式。所以,主讲人所讲的课程里面包含多少有价值的东西,或者所讲的东西是否正确都不重要,重要的是讲得有趣。这是一种典型的娱乐至死的生存姿态。娱乐之所以能在当下这个时代占据如此重要的地位,和种种娱乐技术的发达密切相关。电影、电视等各种影像深刻地影响了人们的生活,它们在丰富现代人的娱乐的同时,也改变了现代人认知世界的方式,使娱乐成为现代人重要的价值选择。关于学习、读书,我们原本认为这是一件严肃的,甚至痛苦的事情,学习知识需要付出极大的努力,可是现在,大家居然开始幻想借助电视说书人讲述的一段段传奇故事来填补自己的知识空缺。与此同时,当下种种发达的资讯媒介也不断在满足公众日渐高涨的娱乐需求,无所不在的网络带来了各种稀奇古怪的信息,电视制作部门为了迎合大众需求而特意制作了各种娱乐节目,这些节目甚至为了

---

① 梁启超.论小说与群治之关系[J].新小说,1902(1):24-31.

② 波兹曼.娱乐至死[M].章艳,吴燕莛,译.桂林:广西师范大学出版社,2009:122.

博得眼球而不惜以真人秀的噱头造假。一个典型的例子是,石家庄电视台播放的节目《我给儿子当孙子》为了增加收视率,肆意渲染家庭矛盾,刻意放大扭曲的伦理道德观,雇演员来演一个虚假的故事却又打着真实的旗号播出,从而被国家广电总局禁播30日。[①] 面对这种状况,我们在批判相关节目过分媚俗的同时,不得不承认,它们的确迎合了大众无所不在的娱乐需求。与其相比,小说这种文体却在逐渐削减自身的娱乐性。事实上,也许对于作为现代性产物的现代小说来说,娱乐性从来都不是作家关注的重点。因为在当下严肃的小说家看来,小说家是要借助小说叙事表达“只有小说才能表达的东西”(米兰·昆德拉语)。小说家表达对生活的种种微妙的认知,更多的是一种意义指向。小说虽然也讲故事,但是这种讲述不是为了讲故事而讲故事,而是为了在讲述中显现出某种价值取向。小说之所以在20世纪90年代之前能够在很大程度上满足中国民众的娱乐需求,不是因为小说本身富有高度的娱乐性,而是由于当时国人娱乐方式的匮乏。在当下这个娱乐方式日益多样化、公众娱乐需求日益高涨的时代,现代小说已经与公众渐行渐远了。

但是,这不意味着小说家如果能够创作出迎合公众娱乐需求的小说就能带来小说的复兴,或者说,小说家现在都应该去迎合公众的娱乐需求,创作娱乐性极强的小说。目前,在传统的小说叙事日渐萎缩(这种萎缩的一个鲜明表现就是公众开始对小说漠不关心,比如相声演员徐德亮就发文表示最近一届鲁迅文学奖获奖作品他一个都没有读过,这其中可能有对这届鲁迅文学奖的失望,但是也表明了公众对文学的日渐淡漠)的同时,网络文学却开始大行其道。据盛大文学网高层表示,在盛大文学网发表作品的作者中,每年都有数十个年薪达百万以上,这似乎表明小说叙事的春天即将在网上到来。从某种程度上来说,网络文学的出现的确丰富了文学本身,比如小说在网络上就被细化到玄幻、武侠、穿越、都市等十几个门类。而且,网络文学中的确也出现了一批实力不俗的作家和一批优秀的作品,但是仔细观察,

---

① 石家庄电视台雇人演《我给儿子当孙子》频道停播30天[EB/OL].(2011-09-18)[2015-07-08]. http://news.sina.com.cn/2011-09-18/02342317925.shtml.

我们会发现,至少在目前,网络文学的兴盛并不能代表文学的繁荣,反而表明了小说叙事的衰落。就目前的网络文学来看,其繁盛的原因就在于这些作品把读者对小说的诉求,即娱乐和认知,尤其是娱乐,发挥到了极致。如前所述,网络文学把小说细分为玄幻、武侠、穿越、都市等门类,不过是商业化的结果——门类的细分更有利于确定目标读者,从而实现文学商品的快捷出售。例如,网络上的穿越小说有一个共同的模式:一个年轻的女孩,穿越到古代某一时期,被英俊多金、位高权重的王爷或皇子爱上。这种固有、相似的故事模式在网络小说中随处可见,但是仍然长盛不衰,显然是因为这类作品满足了少男少女在当下的某种幻想,这也是网络文学娱乐功能的典型表现。如果说此类文学仅仅是满足了少男少女的幻想,还不算太出格的话,网上还有部分文学以情色为主要表达对象,从欲望的层面满足读者的需求,这显然就是恶俗了。显然,网络小说在当下之所以能够大行其道,是因为满足了读者的娱乐需求。可问题是这些以满足读者娱乐需求为旨归的小说在某种意义上并不是真正的小说。这些作品原创性匮乏、文字粗劣简陋、思想庸俗浅薄,如果一个民族的文学只是这些东西的话,这将是一个民族的悲哀。真正的小说的精神是无法在这些文学作品中呈现的。换言之,泛娱乐时代的到来,人们对娱乐的空前强烈的需求以及种种迎合人们娱乐需求的新媒介作品的出现,使得原本具有一定娱乐作用的小说突然呈现出反娱乐的面貌,从而与普通读者渐行渐远。

发达传媒带来的一系列问题给传统小说叙事带来了危机。“在当下这样一个发达的传媒时代,在我们可以更加便利地获取各种信息资源的时候,对于小说写作这门艺术来说,事情变得更加复杂、困难,而不是更加容易了。”①网络文学虽然在当下大行其道,但就目前来看,网络作家发表的作品证明了这些作品不过是中国传统通俗文学的一个变种而已。换言之,网络文学的勃兴,并不能说明传统小说叙事找到了新的发展方向,获得了新的认可,反而显现了传统小说叙事之困境。在传统小说生态环境被发达传媒破坏殆尽的情况下,寻找传统小说叙事的新的生长点,探寻小说超越传统的娱

① 刘宏志.作家的思想自觉与艺术自觉——由田中禾的近体谈起[J].南方文坛,2012(5):42.

乐功能之外的价值并将之传达给普通读者，显然已经成为我们这个时代必须严肃面对的问题。

第二节　分化及异化——从网络文学到手机文学的嬗变

2004年，千夫长一部4200字的作品《城外》作为“中国首部手机短信连载小说”成功以18万的价格拍卖，之后他又以同样的价格拍卖了《城内》。手机文学以其独特的阅读方式引起了文学界、移动运营商、手机生产商们的广泛关注。与此同时，中国移动通信联合《天涯》杂志、天涯社区，共同开发建设了基于无线业务的文学创作与传播平台——E拇指文学。文学创作者们错愕：原来文学可以这样创作，它是作家写手们创作作品的新平台；移动运营商们错愕：原来手机文学蕴含着如此巨大的商机，因为《城外》不到两个月时间就为运营商带来200多万元的收益；文学图书出版商们错愕：原来文学作品可以这样商业化运作，它是出版文学刊物及图书的新平台；而对普通文学作品读者来讲，他们又多了另外的阅读方式。其实仔细审视一下现状，我们会发现，手机文学之所以变得如此繁荣，资本的运作在其中起了很大的作用。

从网络文学到手机文学，文学的形式从存在载体、创作媒介到观念形态，都在发生深刻的变化。

一、分化：网络文学、手机文学与传统文学的博弈

网络文学的出现冲击了传统的文学体制，使文学的文本、作者和接受者出现了明显的分化，而手机文学的出现则加剧了这种分化。

文本的分化。在众多媒介的冲击下，文学的文本正从单一的纸质文本向更广阔的范围发展，文学文本的多元化时代已经到来。文学与非文学的界限在电脑和手机屏幕中被模糊，网络时代、手机时代的文学文本加强了文学的消费性和商业化倾向。“以互联网为标志的新媒介，从存在方式到表意

体制,从知识谱系到观念形态,对传统的文学实施全方位‘在线手术’,让正统的文学范式遭遇拆解和置换,导致文学不得不面对‘数字化生存’的严峻现实——创作媒介由语言符号向数字符号转变,文本存在方式由‘硬载体’向‘软载体’转变,文学类型出现分化与重组,文学边界日渐模糊,并从物质、时间、空间三位一体上突破传统文学传播的藩篱,实现文学传播方式的革命。”①尤其是以数字电视、移动电视、手机媒体、IPTV、播客为代表的新媒体的出现,进一步把手机文学文本推向一种集合多种功能的“超级文本”。人们可以利用手机收看电视,欣赏音乐,阅读报纸杂志,浏览小说,这种“超级文本”进一步瓦解了传统的文本观念,突破了时间和空间的限制,形成了“无时无地不阅读”的生活场景。同时,由于手机的阅读特点,手机文学文本将向更加短小、精悍、幽默、精练、陌生化的方向发展,而像传统文学文本动辄几十万的长篇巨著在手机文学中的生存空间将被极度压缩。因为手机阅读随时会受到外在环境的打扰,读者很难全神贯注地在手机上阅读长篇文学作品。

作者的分化。手机文学时代的作者群体在无限扩大,从精英写作向大众写作方向发展,作家的良知和写作的使命感会幻化在一种游戏性的符号化表达中,文学的审美性被转化成娱乐化的表达,使命与崇高在按键中被消解,意义与深刻在短信提示音中成为一种不合时宜的信念。手机文学对作者群体带来的更大的分化是手机文学签约作者的出现,比如 E 拇指文学网站上的签约作者有何立伟、刘齐、周晓枫、李西闽、杨莉、林森等,凭借开放的写作和发表平台,作品的传播途径获得了空前的扩张。签约作者的出现意味着手机文学的创作主体更进一步走向市场化与商业化,向商业妥协成为手机文学自产生之初就不得不面对的问题。

接受者的分化。在网络时代,作者和接受者之间的身份变得越来越模糊,接受者能够及时与作者展开互动,可以随时随地展开对文学文本的评论。在天涯论坛里,经常可以看到一部尚未完成的作品后面有成千上万的网民跟帖对该作品发表看法。在媒介时代,人们接受的方式由“读”变为

---

① 欧阳友权.数字媒介文学转型及其学术理路[J].福建论坛,2008(5):87.

"看",接受者愿意选取更具个性化的方式来填补"空白"。媒介既是他们的接受方式,又是他们的评论方式,更具个性化的手机文学作品受到接受者的青睐。与此同时,传统文学作品追求的深度思考、心灵诉求、人文精神和人性关怀进一步受到挑战。

文学与非文学的界限将变得越来越模糊,从这个角度来讲,经典的文学作品界定方式将得到更新,文学的观念也会在手机文学的冲击下进一步调整。

二、异化:手机阅读与文学的产业化

阅读的异化。阅,《说文解字》注:"具数于门中也。"段玉裁注:"具者,供置也;数者,计也;计者,会也,筭也。"[①]读,《说文解字》注:"诵书也。"段玉裁注:"抽绎其义,蕴至于无穷,是之谓读。"[②]阅读合在一起的解释,就是看(书报)并理解其内容。手机文学的出现意味着我们的阅读将变成移动的阅读,这样的阅读毫无疑问不能使人的全部注意力集中到手机上,"移动"是手机的优点,不过却成为深度阅读的缺点。手机"移动阅读"的特点导致手机文学在创作上趋于平面化和短小化,不会去追求深度和高度,而代之以娱乐化与平面化。这样,由于现代人的时间被切割为各种各样的碎片,手机文学的阅读也必将成为一种碎片化的阅读。

文学的产业化和商业化。从第一部手机文学连载作品诞生开始,手机文学就不可避免地同商业化和市场化联系在一起。千夫长说:"对于文学本身而言,手机文学为文学在突围中寻找市场方向和商业定位具有划时代的意义。"[③]他还说:"我要为《城外》做严格的商业规划,叫'一鱼八吃'。出书,马上还要做一本影画书,找著名的演员来拍,拍完了之后出这样一本书,就是图片。再拍手机电影,我最后可能还要把它写成钱钟书的《围城》这么厚的小说,并且要拍成传统的电影和电视,这么运作到最后就不是一个字 100

---

① 段玉裁.说文解字注[M].扬州:江苏广陵古籍刻印社,1981:590.

② 段玉裁.说文解字注[M].扬州:江苏广陵古籍刻印社,1981:90.

③ 千夫长.城外[M].天津:百花文艺出版社,2005:120-121.

块,而是一字千金了。”从千夫长的谈话中可以看出,手机文学自诞生之初就同资本和商业利益紧密结合在一起,但是这也让手机文学在一定程度上散发出浓烈的“铜臭味”。“一鱼八吃”就其实质来讲,就是要打造手机文学的产业链条。这根链条的起点是手机文学作品本身,然后向图书出版、影视制作等方向延展,从而将一部文学作品的商业价值发掘到极致。在巨大的经济利益的驱使下,手机文学将进一步把文学推向产业化和商业化的方向。为了迎合市场的需要,作者的写作空间将会受到相当程度的挤压,文学创作的自由性在市场的压力下将进一步下降。为了获取利益的最大化,手机文学作品将向更多的媒介转移。

随着5G、WiFi的普及和运用,手机与网络的“联姻”将进一步强化其独特的创作方式和传播方式。在这样的发展趋势下,文学作品的创作方式和存在方式必然会发生根本性改变,它们的发展不会让传统文学消亡,但毫无疑问的是,它们会影响未来的文学史写作。

第三节 “互联网+”时代下网络微剧的创作及影响

互联网作为当今影响社会发展的因素之一,对传媒业的影响也日益增加。随着从“+互联网”到“互联网+”的逻辑改变,我们可以看到,互联网不再是作为传统传媒行业的延伸工具而存在,而是逐渐成长为有着一套独立行业标准和运作模式的传播新方式。

2015年7月,中国新兴媒体产业融合发展大会发布了《中国新兴媒体融合发展报告(2014—2015)》。报告指出:“媒体融合不应该只是传统媒体和新兴媒体的融合发展,也包括媒体与人的融合。”

影视剧是一种艺术,也是一种传播手段。在创新2.0的信息时代,传统的传播媒介与互联网互相融合,网络微剧应运而生,成为“互联网+”行业生态的重要组成部分。网络微剧的创作及影响,不仅要放在与传统电视剧的比较中看,更要放置在“互联网+”的大环境下研究。从中,我们可以看到互联网对网络微剧的创作影响,也可以看到网络微剧反作用于市场、网络、观众的影响。

汉字博大精深,“微”字的含义十分丰富。《现代汉语词典》上对“微”的基本解释有6条之多。最常用的字义就是“小”,组词如微小、微型、微观等。一说起网络微剧中的微,更多人脑海中出现的就是“微”的常用义,即小。这是网络微剧的呈现形式给人带来的第一观感。

关于“微剧”一词的定义,此处借鉴董旸的观点:微剧即微型戏剧,指在各种新媒体平台上播放的、适合在移动状态和短时休闲状态下观看或收听的戏剧类型。① 微剧的制作依靠的是各大视频网站或者文化传媒公司,播放平台以视频网站为主,从剧本到最后的作品呈现都可以看作是为互联网网民“量身定做”的。②

一、网络微剧的产生及特点

“微影视”并不是21世纪的产物。在影视早期发展史中,它就已经出现了。无论是卢米埃兄弟的早期电影还是中国第一部电影《定军山》,它们的时长都没有超过30分钟,它们都还达不到一部标准电影的时长。以今天的眼光来看,它们都属于微电影的范畴。不过,“当时微剧形式的出现更多的是受成本和技术的限制,包括很高的影像技术价格,以及很高的胶片生产、洗印、拷贝、放映成本等”③。同时,当时的人们也不知道影视会走向今天的类型细分。

从中国电视剧的发展历史来看,它经历了从单本剧、上下集剧、20集连续剧到50集长篇连续剧,再到80—100集超长连续剧的发展过程。从20世纪80年代中央电视台上下集剧的集中播出,到今天《甄嬛传》《天盛长歌》等鸿篇巨制的开播,可以看出:技术和成本已不再是限制影视发展的问题。

无论是拍摄技术,还是拍摄成本,21世纪出现的网络微剧与前文提到的早期的短篇影视剧是不同的。那么,影视剧的篇幅时长为何从小到大,逐渐

---

① 董旸.试谈微剧创作艺术[J].中国广播,2012(9):61-63.

② 张文澜.国内网络剧的“微”美学初探[J].大众文艺,2014(6):188.

③ 马晓宁.新媒体环境下微型影视剧热的冷思考[J].传媒观察,2015(1):43-45.

扩展到更大,而同时又有一支分流,流回了小呢?

在"首届网络自制剧论坛"上,影评人谭飞说:"30 年前,是评书的一代;20 年前,是电视的一代;10 年前,是电影的一代;现在,是网络的一代。"[①]21 世纪,尤其是近 10 年的时间里,我国互联网发展迅速。可以说,互联网技术的发展催熟了网络剧的产生;而智能手机、平板电脑等可随身携带设备的普及以及 4G、5G 和 Wi-Fi 的发展,使网络剧有往微型篇幅发展的可能。

第 47 次《中国互联网络发展状况统计报告》显示,截至 2020 年 12 月,中国网民规模达 9.89 亿,互联网普及率达到 70.4%,手机网民规模达 9.86 亿,有 99.7%的网民通过手机上网。

网络环境的逐步完善和手机上网的迅速普及,使得移动互联网应用的需求不断被激发。从电影银幕到电视、台式电脑、平板电脑、手机屏幕,人们的观看设备越来越小,而过去进电影院看电影时那种在公共场合下端坐观看的仪式感,也随着播放设备的变小和观看场地的变更而变得越来越弱了。

在新媒体时代,影像更多的是以平板电脑、手机等作为接收对象,而这些播放载体多是"平躺"[②]的,供受众随意摆放或拿在手里。这看上去只是一种观看姿势的转变,但这种转变直接导致了受众的观看心理及审美接受的差异。这种观看姿势的变化,实际上成为一种去仪式化、去崇高感的过程:人们可以通过暂停、快进等功能键来选择看或不看什么,也可以任意选择观看地点,如地铁、公交上。这种去仪式感、去崇高感的过程作用于网络微剧剧本的创作中,便体现出一种去深度和去理性的剧本创作倾向。

除了仪式感、崇高感被消解外,受众观看时间呈现碎片化特征。过去,人们需要花费 1—2 个小时甚至更长的时间来观看电影、电视剧,而现在,人们只利用路上堵车、点餐后等菜、吃饭等各种生活中的零碎时间,便可看完一集甚至几集网络微剧。

随着互联网等技术的普及,越来越多的视频网站公司开始考虑如何利用消费者的碎片化时间,抢占这片新兴的影视市场。

---

① 曾庆瑞.网络自制剧面面观[J].当代电视,2014(1):4-6.

② 高凯.网络剧的现状及发展建议[J].中国电视,2015(9):63.

近几年比较热门的网络微剧有一个共同特点,就是或多或少地借鉴了外国同类影视模式和播出方式。比如,《屌丝男士》的导演大鹏表示:“《屌丝男士》的形式是受《屌丝女士》的启发。”《万万没想到》的编剧结构借鉴了法国超短情景喜剧 *Bref.*(中文译名《总而言之》),语言风格、故事桥段则多是《搞笑漫画日和》①的风格。另外,这两部剧也学习了美剧每周更新的播出模式。

这种超短的喜剧形式并不仅仅取材于外国影视或动漫,在中国古代其实就有“插科打诨”②的传统:科诨是指中国传统戏曲中各种使观众发笑的喜剧性穿插,是戏曲艺术所特有的滑稽表演形式。戏剧理论家李渔把科诨看作是参汤,“科诨非科诨,乃看戏之人参汤也,养精神,使人不倦,全在于此,可做小道观乎?”③

这样的科诨源自编剧者、演员对生活的调侃,以艺术滑稽之“轻”减少生活正剧之“重”。中国观众一直有这样的审“丑”习惯。由此可见,网络微剧并不只是模仿外国的喜剧套路,而是把中国古典戏曲中的幽默延承下来并放大,承担这种功能的演员也不再局限于丑角。

在网络剧《太子妃升职记》中,这一特点就较为突出地显现出来。《太子妃升职记》中笑料包袱的抖出,不是由过去传统戏曲中的丑角承担,而是由主要角色承担;也就是说,本剧的男女主角既是传统意义上的“生”和“旦”,也是“丑”的扮演者。女主角既拥有男性的灵魂,又拥有现代生活的经验,可是,她不仅穿越到了古代,而且成为一个男人的妃子。这两个矛盾使这个人物一下独特起来,性别、身份、时代的不适应自然使女主角成为剧中的搞笑担当。

剧中男女主角的穿着也往丑角方向发展。尽管上身还相对较为正经,可是到了脚,无论男女,都穿着清一色的露趾凉拖。有时,男演员还会在背后插小旗、披蚊帐等,这种设计灵感主要来源于一些国外大牌的顶尖设计。

---

① 厉震林,刘庆.小微之魅——戏剧影视文学的“微”美学研究[M].上海:上海交通大学出版社,2014:49.

② 季国平.科诨与喜剧[J].当代戏剧,2007(3):20.

③ 中国戏曲研究院.中国古典戏曲论著集成(七)[M].北京:中国戏剧出版社,1959:61.

这样的服装道具设置不仅使这部剧特立独行,抓住了观众猎奇的心理,同时,这种中西、古今的冲突本身也可看作是一种幽默,它消解了传统宫斗剧的严肃感和紧张感,打破了传统宫廷生活给人带来的压抑感、沉重感,使忙碌的上班族、上学族的情绪得到了释放,让观众在闲暇时光中得到有效的放松。

除了表达方式的轻松外,网络微剧从受众、题材到人物表现,相对于传统电视剧而言,都显得比较狭窄。从《2015 中国网络视频市场及用户研究报告》①的数据来看,与传统电视相比,网络视频受众多为白领及学生,受众呈年轻化、学历较高的特点。

为了吸引这类受众,制作公司会尽量贴合这一群体的观看口味与习惯,这也正是网络定制剧出现的原因。这些网络剧在筹备之初,就已经做了充分的市场调查和市场研究。他们把目标受众锁定在了白领和学生,所以故事发生的背景经常设定在职场或者学校,前者比如《报告老板》《嘻哈四重奏》《司马 TA 呀》,后者例如《上瘾》《校花的贴身高手》等。

也正是由于片长和观看人群的限定,网络微剧更多地展现的是生活的细节,例如求职、求学、买房、相亲等普通人的生活问题。网络微剧的人物也多以普通人形象为主。另外,相对于传统电视剧中打造人物多面性的塑造方法,网络微剧对人物的塑造相对扁平化,着重打造人物身上最突出的特点。

二、网络微剧的文化影响

(一)从精神胜利到自我矮化

1921 年,阿 Q 形象诞生于鲁迅先生的笔下。阿 Q 的精神胜利法不仅影响着后世作家对同类型人物的创作,而且其内涵在当代再次得到了解构与

① 易观智库.2015 中国网络视频市场及用户研究报告[EB/OL].(2015-12-24)[2016-05-04].http://www.199it.com/archives/421466.html.

创造。

据《新周刊》的报道，阿Q的精神胜利法在当代被延伸和解释为一种自嘲：放下精英姿态与体面身段，保持一种谦恭的姿态，甚至已经到了自我矮化的程度。从中国文化的历史线索来看，中国人拥有一种知足常乐、随遇而安的精神传统，这种传统在每个时期会表现为不一样的形态。

这样的文化现象既体现在网络微剧中，又影响着网络微剧的创作。

通过观看网络微剧，观众可获得一种暂时脱离现实的满足感和愉悦感。丑态的表演、轻松的故事给观众带来了欢乐。另外，互联网文化与新媒体时代所独有的开放性、娱乐性等特点，也培养了网民的观看习惯及审美爱好。他们大多排斥心灵鸡汤，喜欢新鲜有趣的事物，热衷颠覆传统。而网络微剧中的人物恰好被网友所接受，他们从中获得了身份的认同感。这些故事就是他们自己身边的故事，而他们在这些人物身上也找到了某种心理、情感上的契合。

从精神胜利到自我矮化，这种隐匿在文本、影视背后的文化要素发生了改变：从五四运动启蒙话语体系下对愚民的控诉、批判；到如今互联网时代，网民对主流精英文化的对抗，过去被批评为国民劣根性的存在，现在却被解构为消解成功学、心灵鸡汤等符合价值观的存在。过去，是精英文化占上风，他们站在道德和文化的制高点，对阿Q式人物进行改造。而如今网络微剧反过来呈现出一种不屈从于主流文化说辞的态度，甚至是对主流文化表达出不满的情绪。这里呈现出一种观念的颠倒。而颠倒的产生，需要借助尼尔·波兹曼的《娱乐至死》来解读。

（二）媒介即隐喻①，媒介即认识论②

尽管《娱乐至死》出版于20世纪后半叶，探讨的是从报纸时代走向电视时代的过程中，美国人文化心理的改变原因及具体情况。但是，将波兹曼的媒介理论引入当代中国，也同样适用。通过对“媒介即隐喻”以及“媒介即认

① 波兹曼.娱乐至死[M].章艳，吴燕莛，译.桂林：广西师范大学出版社，2009：3.

② 波兹曼.娱乐至死[M].章艳，吴燕莛，译.桂林：广西师范大学出版社，2009：18.

识论”的讨论，可以分析出从电视、电影等大屏时代走向手机、平板电脑等小屏时代的过程中，中国人的文化心理发生了哪些变化以及为何会发生这样的改变。

书中引用了麦克卢汉关于“媒介即信息”的相关理论：“文化是语言的产物，但是每一种媒介都会对它进行再创造——从绘画到象形符号，从字母到电视……每一种媒介都为思考、表达思想和抒发感情的方式提供了新的定位，从而创造出独特的话语符号。”①

波兹曼又在这个观点的基础上做了一些修正和补充。他认为，媒介不是信息，而是一种隐喻。因为前者代表了对于这个世界的明确说明，而后者是用隐蔽却有力的暗示来定义这个世界的。所以，无论采取哪一种媒介形式，它仅仅是人们用来感受世界的一种方式，并不能和直接获得的信息等同，但媒介与隐喻的关系可以帮助人们构建对这个世界的进一步认识。

媒介对人们生活的改变是潜移默化且不易察觉的。可以说，微博、微信、微电影、微剧等所代表的微时代的到来，改变了中国人认识世界、感受世界的基本途径和感悟体会。而且，微电影、微剧的出现，也给传统电影电视剧带来了或多或少的影响。

比如，20 多年前的美国电影《泰坦尼克号》在全球席卷了 21 亿美元的票房，仅中国票房就高达 3.6 亿人民币。可是，2014 年、2015 年分集上映的表现同题材的《太平轮》票房却惨遭失利。记者采访了业内人士对此发表看法，他说：“剧情冗长，分上下集导致观众流失。”一部上下集加起来长达 4 个多小时的片子，对人们的吸引力并不大。

但是，分上下集拍摄却依然叫座的片子并不在少数，比如由漫画改编的系列电影《钢铁侠》《蝙蝠侠前传》；以及经久不衰的谍战题材系列电影《007》《碟中谍》等。这些电影票房突出的原因在于：它们把握住了微剧、微电影无法占有的商机，即画面强烈的冲击感、制作精良的特效等。

那么，为什么同样大牌云集、造价不菲的《太平轮》没有得到相应的关注呢？笔者认为，随着微时代的到来，大多数人关注的更多的是通过网络微剧

---

① 波兹曼.娱乐至死[M].章艳，吴燕莛，译.桂林：广西师范大学出版社，2009：9.

展现的生活中琐碎的小事,互联网给网民提供了一种轻松地接触、感受世界的方法。网民通过这样的媒介,触及的文化也是相对浅层的。当习惯这种媒介以后,难免会对相对深刻的传统影视媒介表达感到乏味、不理解,甚至产生厌烦情绪。

如果说大电影的大情怀不能为在互联网时代成长起来的观众所认同的话,同样,网络微剧也只适用于手机、平板电脑等设备的播放,一旦将其放置到大屏幕上,其原有媒介载体被打破,传播效果也会大打折扣。比如,网络微剧《万万没想到》第一季在豆瓣网站上的评分高达 8.2 分,可是制作成大银幕电影却只有 5.6 分。

豆瓣影评人心生表示,他之前看过同名网络微剧,因为网络微剧时间短,适合台词的快速剪切;而且这个网络微剧走的是“以粗博笑”的模式,这种模式放在网上没问题,但是把那套东西直接移植到大银幕上,就会出现问题,比如故事、台词、布景都不够精良,或者说这样的表达只适合网络,不适合电影银幕。这位影评人不仅指出了从网络微剧到电影的媒介转换的问题,也指出了网络微剧的一些根本问题。

三、网络微剧的未来发展

幽默也可以很隐晦、很高级、很智慧、很文学化,比如,《史记·滑稽列传》就记载了一批能言之士,刘勰的《文心雕龙·谐隐》也谈到了谐辞隐语之重要性。

关于网络微剧的未来发展,除了内容上的创新,技术上的创新也是必不可少的。从目前热门的技术来讲,网络微剧与虚拟现实技术(VR)结合,不失为一种最大的可能。国内不仅出现了 VR 纪录片,而且两会期间,一些官方媒体相应地推出了模拟现实的视频。手机厂商也在不断开发配合手机使用的可穿戴的 VR 设备,可以想象,未来或许会有专门针对多角度、多感官视听的网络微剧兴起,从而达到真正意义上的人与物的互联。

同时,“互联网+”时代提供了媒体资源整合的便利性。许多 IP 资源可以被改编成电影、电视剧。而网络微剧可以利用网络播放的特性和优势,对原有 IP 进行网络化的改编。例如,《甄嬛传》原本长达 76 集,可是出口到美国的版本仅仅有 6 集,极大地压缩了原剧的长度,以迎合当地观众的口味。所以,视频网站可考虑将一些获得了一定口碑的鸿篇巨制,改编为网络微剧,使作品更贴合网民的口味,赋予作品二次生命力。

不过,通过上文提到的《万万没想到》电影的失利可以看出网络微剧的一些根本问题。比如制作成本低、周期短,导致片子从故事剧本、演员选定、道具服装、灯光特效等方面都略显粗糙。另外,某些网络微剧的创作有低俗、色情、暴力的倾向,可能会对未成年观众造成不良影响。网络微剧的创作跟风性太强,导致作品同质化现象严重,如果长期这样发展,很可能造成观众的审美疲劳,使整个行业失去创新力和活力。

网络微剧,是走向精妙,还是走向衰微?这取决于制作方、导演、编剧、后期制作团队的努力,也依赖于监察部门有效的监管与分级制度的建立以及整个市场的良性运营和发展。最关键的是,互联网的数亿用户。用户可以激发各大视频网站的竞争,从而提高网络微剧的创新力。如此,网络微剧或将迎来新的春天。

第四节 "陌生化"与平面公益广告《荷谐》多模态话语

一、公益广告与表意功能

公益广告是为社会公众制作发布的,不以营利为目的的广告。它通过传达某种观念,呼吁大家关注某一社会性的问题,以合乎社会公益的准则去规范自己的行为,支持或倡导某种社会事业和社会风尚。① 要在瞬间吸引公众的关注,并以艺术的方式使其受到感染进而采取行动,需要非凡的创意,而这种创意通常表现为巧妙利用"陌生化"的艺术创作手法,通过多种模态的话语表达显现的广告意图。2014 年全国平面公益广告大赛入围作品《荷

---

① 王多明.中国广告词典[M].成都:四川大学出版社,1996:36.

谐》(见图1)就以简洁的语言和唯美的构图成功传达了生态忧患意识。现以语言学相关理论为基础,对这幅作品进行多模态话语分析,从而观察图像和文字如何运用“陌生化”技巧,达到环保公益广告的宣传目的。

图1　荷谐

“陌生化”是由俄国文学评论家什克洛夫斯基提出的针对艺术创作的一套理论。他在《作为技巧的艺术》一文中指出:“艺术之所以存在,就是为了使人恢复对生活的感觉,就是为了使人感受事物,使石头显出石头的质感。艺术的目的是要人感觉到事物,而不是仅仅知道事物。艺术的技巧就是使对象陌生,使形式变得困难,增加感觉的难度和时间的长度,因为感觉过程本身就是审美目的,必须设法延长。艺术是体验对象的艺术构成的一种方式,而对象本身并不重要。”①由此可见,“陌生化”的艺术创作目的是要通过对人们日常熟悉的事物进行艺术加工和处理,使日常事物获得某种新奇而陌生的审美特点,从而成为具有审美价值的审美对象,最终使得人们的审美体验从日常审美提升至艺术审美。究其实质,无非是剥离审美客体在审美主体意识中的“理所当然、众所周知的和显而易见的东西,从而制造出对它的惊愕和新奇感”②。这一理论鲜明地指出了艺术创作手法创新的重要手段:更新人们对人生、世界的陈旧感觉,激活人们的艺术感知,摆脱惯常思维和日常机械化关系,照亮事物中令人耳目一新的特征,或者赋予新的意义特征。这样,当熟悉的事物被赋予异乎寻常的特质的时候,对于它的关注或艺术感知时间就会相应延长。而这“异乎寻常”的特质正是艺术的创意所在,也是广告的灵魂。

公益广告是一种综合的艺术,广告意图的实现不仅有赖于语言模式,更

---

① 莱芒,里斯.俄国形式主义批评:四篇论文[M].林肯:内布拉斯加大学出版社,1965:12.

② 蒋孔阳,朱立元.西方美学通史(第六卷)二十世纪美学(上)[M].上海:上海文艺出版社,1999:793.

有赖于其他多种样态的交流模式：图像、声音、色彩等。可以说，广告语言是文字语言与非文字语言共同作用的场域。鉴于不同模态的性状差异，尤其是在意义生成和主题呈现方式上的不同，对公益广告《荷谐》的分析方法也有所不同：采用语言学和修辞学的方法分析文字语言模态，采用视觉语法分析图像模态，采用语篇分析法分析模态间关系。

英国语言学家韩礼德列举了一些语言必须具有的功能。尽管这些功能千变万化，但我们仍可以把它们归纳为若干个有限的抽象的功能，即概念功能、人际功能、语篇功能。在这一理论基础上，克雷斯和凡·莱文提出了视觉语法框架，从表征（或再现）意义、互动意义和结构意义来阐释由多种符号组成的语篇的整体意义。国内学者张德禄综合以上研究，提出了以文化、语境、内容和表达四个层面的综合分析框架。① 在这样的框架下，本文对《荷谐》这一作品进行多模态话语分析，进而揭示文字和图像是如何共同作用完成主题意义表达的，而"陌生化"艺术创作手法的运用使得艺术创意更突显了主题，达到了公益广告的宣传目的。

二、对公益平面广告《荷谐》的分析

如上文所述，文化、语境、内容和表达构成四个层面的综合分析框架。平面公益广告《荷谐》在表达层面可以分为文字语言和非文字语言两种模态。对于两种模态下所含意义理解的可能性有赖于文化层面的规约。因为文化层面是使多模态交际成为可能的关键层面，这一层面规定了情景语境的解释力。② 从《荷谐》这一作品的标题可知，作者选取"荷"这一带有鲜明中国传统文化特征的自然物，是希望传达出其内在的象征意义。"荷"除了作为自然物的属性外，在中国传统文化中，还是和平、和谐、合作、合力、团结、联合等的象征。荷花的高洁象征着和谐世界的高洁。同时，"荷"作为词在语音这一物理层面上又与"和"这个词是一致的，通过对"和谐"的自然联

① 张德禄.多模态话语分析综合理论框架探索[J].中国外语，2009(1)：24.

② 张德禄.多模态话语分析综合理论框架探索[J].中国外语，2009(1)：28.

想，使得“荷谐”这一标题产生出另一层更为丰富的社会文化含义：心与物的平衡、人与自然的生态平衡。而这一由联想引申出的社会文化含义正是作品真正的主题。“荷”字的使用匠心独具，使两层文化意义集中于一个主体意象——“荷”。它不仅突出了广告的主体形象，更突显了作品主旨，是这一广告作品主要创意的体现。

文化层面的确立规定了文字语言与非文字语言所共享的情景语境：人与自然。在这一具体的语境下，内容层面的多模态分析又可从意义层面和形式层面来进行。

（一）意义层面的分析

这件作品的文字模态出现在左上角：白色背景突出了墨绿色文字标题“荷谐”和作品的文字：“消除白色污染，还我美丽家园。”在这一文字表述中，“白色污染”和“美丽家园”显示了其概念意义：白色污染指的是难以降解的塑料垃圾，如一次性快餐盒、塑料袋等。“消除”“还我”这两个施动性词语突出了“人”的能动作用，祈使的语气表达了态度的坚决，形成一种引领的态势。此外，字数相等、结构平行的句式特点和语句本身的韵律性，使这一作品具有独特的古典气质，极具吸引力也易于记忆。综合这几点，其语篇意义非常明确：人们只有行动起来消除白色污染，才能拥有美丽家园。

《荷谐》作为一个平面广告作品，其非文字语言的表达就是图像模态，也是其最为重要的媒介表达。根据视觉语法，这件作品的图像意义可以从再现意义、互动意义和构图意义三个方面来分析。再现意义在这件作品中主要是概念再现：灰墨色的河水中，漂浮着一个个以白色污染物为材质的“白荷花”。而这一概念与我们的日常经验相悖，展示出一幅诡异的图景，其象征意义不言自明：白色污染改变了人类美丽的家园。图像的互动意义表现在接触、社会距离和态度三个方面。[①] 当人们注视《荷谐》这一作品时，即建立了自己与它的互动关系，而作品本身展示的含义也提供了一种信息：我们美丽的家园已被白色污染物改变了模样。而这一作品是作为 2014 年全国平

① KRESS，LEEUWEN.Reading images[M].London：Rouledge，2006：149.

面公益广告大赛入围作品在网站上进行展示的,因此它能在近距离与关注它的人建立一种交流关系。同时,由于荷花是作为自然物而被展示、观赏的,因此其态度是客观的,具有知识导向性。在构图意义方面,占据图像主体位置的是漂浮在灰墨色河流上的,由快餐盒和一次性筷子组成的几朵"荷花"。"河中盒"(漂浮在水面上的快餐盒)呼应着文字中的"河中荷",其寓意不言自明:"荷"的消失由"盒"而起——污染是由人们随意丢弃到江河山川的白色污染造成的。灰色的河水不仅代表被污染的水源,更由色差反衬出荷花的"惨白",令人印象深刻,并造成一种客观的凝重的情势。而文字部分以白色为底,突出了广告语,起到了号召的广告效用。综合以上图像模态的话语分析,不难看出整个作品的语篇意义:白色污染物破坏了美丽的自然家园。

(二)形式层面的分析

在形式层面上,不同模态的形式特征相互关联,共同体现出话语意义。① 公益广告《荷谐》中,文字模态与非文字模态相互之间构成了互补关系:为了表达整体意义,各模态分别从不同的角度完成了部分意义的表达,从而构成了非强化关系。然而,两种模态意义之间又存在部分交集的意义,这一交集的意义就是打通两种模态意义的桥梁,也是需要重点突出的主题信息,这样就构成了强化关系。

在非强化关系中,文字模态、图像模态都足以明晰表达各自信息,任一模态的理解都不依赖另一模态。图像模态部分主要突出"污染"这一视觉意义:污染的河流、任意废弃的白色污染物、完全改变的自然景观;而文字部分则重在表达倡导的信息:消除污染,还自然以本来美丽的面目。前者重在描述,后者重在号召;前者针对自然,后者针对人类(关注广告的人);前者展示现状,后者隐含前景(美丽家园)。两种模态分别从各自的模态特征出发,承担各自的表意功能并共同构建起作品的整体意义,缺少任何一方的信息都无法表达真正的主题。在强化关系中,"白色污染"作为两种模态的交集意

---

① 张德禄.多模态话语分析综合理论框架探索[J].中国外语,2009(1):24-30.

义在文字和图像中都有所表述,但是以图像为主,文字为辅,形成了重点突出的艺术表达效果。这一强化关系最明显表现在“荷”这一信息上。在文字模态层面,从修辞上看,“荷”是一个谐音双关。从语音这一物理层面上,它同以下几个字同音:“河”“盒”“合”“和”。而在图像模态上,“荷”、“河”与“盒”(快餐盒)都有直观的表达,所以文字的谐音双关和图像之间的意义叠加不仅加强了“污染”这一主题信息,更进一步在文字层面上恰当自然地建立起更为丰富的词语含义:“合”,合力消除白色污染;“和”,建立美丽和谐的家园。这样文字和图像两种模态通过叠加、联合,共同建构起公益广告的丰富意义,成功传达出主题意象。

(三)艺术创意的分析

成功的广告不能只有鲜明的主题意象和多模态语义表达,还要有使人难忘的广告创意。在《荷谐》这个作品中,作者运用“陌生化”的艺术创作手法,让人们熟悉的事物表现出独特的品质,从而延长了人们审视事物的时间。在人们注目观赏的过程中,作品意义得以再一次被认知、领悟,由此达到广告的宣传目的。

“荷”作为常见并广受中国人喜爱的自然植物,其本身具有丰富的人文含义:“清水出芙蓉,天然去雕饰。”(唐·李白)“出淤泥而不染,濯清涟而不妖。”(宋·周敦颐)“接天莲叶无穷碧,映日荷花别样红。”(宋·杨万里)“荷叶五寸荷花娇,贴波不碍画船摇。”(清·石涛)这些咏诵荷花的诗句,塑造了国人心目中天然、纯洁和美丽的“荷”形象,亦是文艺作品中常有的艺术造型。然而,相对于传统荷花图中“出清水”的“芙蓉”,这里的河水并无清澈透亮之感,只有油腻浑浊之像。而“白荷”既无水润之清又无天然之雅,只有“惨白”“僵直”这种与日常审美经验相反的审美感受。这种审美落差的形成,颠覆了人们熟知的荷花形象。“陌生化”手法由此产生极大的吸引力,达到了广告的第一个目的:吸引人。

陌生化的荷花形象进一步深化了广告主旨,在人们观看审视的过程中达到宣传目的。这一作品中的荷花是以“白色污染物”为材质的“假荷花”!以一次性筷子为花茎,取代“田田”荷叶的是一个个漂浮在肮脏河水中的白色快餐盒！于是，这一反常的构图方法，使得图像由概念显现自然过渡到叙事显现的层面：由于白色污染物的大量出现，环境遭到了破坏性污染。同时，它的互动意义也非常明了："白荷花"僵硬的、非天然的质感使观看者陷入对生态安全的沉思。

这一系列形象完全颠覆了人们心目中美丽自然的风景，这一印象的消失印证了广告语中的"还"；而审美落差所形成的情感，则使"消除"这一言语行动成为观看者潜在的意愿。这样，与日常经验相背离的形象，不仅延长了人们的审美时间，而且图像模态中的陌生化艺术手法也呼应了文字模态中的谐音双关。这一具有丰富寓意的立体的艺术形象有效地将文字模态和图像模态的意义联结，同时将广告的公益信息在人们的观看过程中自然传达出来，通过艺术感召力形成对公益行动的号召。

三、结论

通过对《荷谐》这一公益广告作品的多模态分析，一方面，我们可以看到平面广告中多模态表意的特点，以及模态之间是以怎样的关系相互作用以达到意义的多重附和，共同塑造立体的寓意丰满的艺术形象的；另一方面，从文字到图像，《荷谐》巧妙地使用了文字的谐音双关，同时运用陌生化手法从图像上对文字修辞作出回应，塑造出立体的寓意深远的形象。

第五节　网络时代的旅行书写

——以旅行攻略和个人旅行动态为例

网络时代改变了旅行的形态，也改变了旅行感受写作和再现的方式。按照欧阳友权教授的观点，那些"利用电脑多媒体技术和互联网交互作用创作的超文本、多媒体作品（如联手小说、多媒体剧本等），以及借助特定电脑软件自动生成的'机器之作'"[1]是真正意义上的网络文学。和这种定义相对应,利用网络多媒体手段进行的旅行写作,也是网络时代"游记文学"中最具特点的文本。网络论坛和博客中出现的旅行写作,除了网页、格式和字体造成的书写形式变化之外,文字的结构和组织方式也有较大变化。这种变化相对于近现代以来的文人游记而言,更加注重日常化的个人感受,不太关注文章的历史流传性。

一、个人网络博客中的旅行书写

博客是一种网络日志,按照时间顺序排列,用户可随意发表情感、领悟与思考,并与互联网上的读者进行互动。博客是一种媒体工具,同时,也是作者主体性建立、维持和自我表达的平台。

研究者通过对博客用户的研究,发现博客具有以下功能:自我表达、自我记录、精神宣泄、发表评论和意见、形成和维持社区论坛、消磨时间、专业提升、政治监督、社会监督、信息寻找与共享、知识累积、利益驱动、社交,等等。[2] 博客的文化实践为个人化的写作创造了更为便利的条件,但也使文学性在这种写作中的重要性大大降低了。

博客的写作使旅行者的旅行记录出现了新的局面。一方面,作者和读者的交互性增加;另一方面,摄影图片和多媒体元素的引入使旅行写作的文体发生了转变。同时,网络的开放性和作者的匿名性,使创作的语言、形式都出现了前所未有的自由度。评价写作效果的标准也发生了变化——侧重于公共的而非个人的评价,点击率/流量的多寡而非文学性的高低。除了视频外,博客的多媒体元素还有音乐、动画等,甚至可同时设定超文本链接。这些多样化的元素的应用,对应着文本写作方式和特征的变迁。

与传统印刷媒介中呈现的篇章不同,博客的正文下大多设有阅读计数器。在数量庞大的篇章中,运营方将点击率作为一种评价标准。根据点击

① 欧阳友权.网络文艺学探析[M].北京:中国社会科学出版社,2018:4.
② 张辉.博客交流互动的动机与行为研究[M].武汉:华中科技大学出版社,2017:44-45.

率加载广告,以获得更多收益。对于作者而言,点击率的增加意味着满足感,让其知道自己的写作获得了何种程度的关注。访客和评论者账号的提示,让读者和博主之间进一步的交流成为可能。

以新浪博客为例。网友"京篮老队友"于 2018 年 2 月 18 日发布旅游文章,标题为《埃及旅游观感 13》,正文如下:

> 游船停靠在努比亚人村落前的码头上,大家陆续下船上岸,村落建在小山坡上,进村后的街道是一条集市,卖什么的都有,然后导游黎明带领我们一行进入一家努比亚人的房屋。
>
> 努比亚人的房屋内外墙壁都涂成蓝色,墙壁上有颜色鲜艳的各种图案,非常漂亮。努比亚人的村落由于靠近尼罗河,夏天蚊子特别多,之所以都涂成蓝色是为了防蚊,据说蚊子怕蓝色。一进入努比亚人的村落,立刻就让我想起摩洛哥的舍夫沙万,因为舍夫沙万的房屋墙壁也是蓝色的。摩洛哥人和努比亚人的村落可以说一模一样,不仅房屋墙壁的颜色相同,而且他们无论肤色还是长相都非常相似,努比亚人可谓摩洛哥人的一个翻版。
>
> 这家努比亚人的居室大概已成为一个旅游景点。屋子很大,有个台阶可以通到屋顶。站在屋顶上,尼罗河和整个村落的景色一览无余。女主人很胖,给大家拿出来面包、阿干酱,还有红色的玫瑰茄茶和另一种黄色的茶。去年我在摩洛哥和俄罗斯旅游时就经常能喝到这种甜酸可口的红色玫瑰茄茶,当时我以为它是用水果做的。另一种黄色的茶也非常好喝,导游黎明说是用两种茶复合而成的。在这家门口的集市上卖的玫瑰茄茶大概 1 美元一包,遗憾的是我当时没买,后来在阿斯旺码头上一家小店用 5 美元买了三包玫瑰茄茶带了回来。
>
> 当女主人拿出面包和阿干酱时又让我想起摩洛哥。在摩洛哥我就品尝过这种阿干酱,味道有点像中国的芝麻酱。蓝色的房屋墙壁、阿干酱、玫瑰茄茶,让我不禁把努比亚人和摩洛哥人联系起来,在这些方面,努比亚人和摩洛哥人太相似了! 努比亚人是非洲

东北部苏丹的民族,在埃及南部有一部分分布。古埃及把苏丹称为努比亚,努比亚社会在公元前6000年就已经存在。

屋子里有个铁笼子,里面有一条鳄鱼。努比亚人喜欢豢养鳄鱼,把鳄鱼当作宠物。一个小男孩拿来一条用胶带封住嘴的小鳄鱼让大家拿着拍照。团员们有的坐在屋里休息,有的到屋顶上去拍照,导游黎明则坐在屋里悠闲地抽起阿拉伯水烟,一团烟雾遮盖了他的面部,我不失时机地拍了一张。

参观完努比亚人的家庭后,导游黎明带领我们去当地一家小学校。小学校的建筑物具有鲜明的埃及风格,由于我沿途拍摄而走在了后面,进入教室时大家都已坐好。老师是一位个子较高、长得瘦瘦的努比亚人,由于迟到,老师站在门口用板子象征性地打了我几下手心,打完后我用英语说"谢谢",逗得大家哈哈大笑。

其实这是导游黎明特意安排的一个趣味性很强的"节目",努比亚老师在教室里教大家用努比亚语说1—10的数字,老师一个一个地教,大家跟着念。现在努比亚语只存在于努比亚人的村落,在埃及其他地方已很少见。老师教了一会儿便叫一个"学生"念一遍,结果"学生"磕磕巴巴地没念对,于是老师叫那个"学生"站在黑板前罚站,逗得大家又是一阵哄堂大笑,教室里洋溢着愉快的气氛。

导游黎明站在黑板前用埃文书写了"伟大的中国"几个字,大家报以热烈的掌声。"上课"结束后,大家在教室前和老师合影留念,并纷纷向老师赠送礼品,我把带去的一捆铅笔和圆珠笔送给了老师,大家都说这是很好的礼物。在愉快的气氛中,一堂努比亚语学习课结束了。

在去码头的路上,我们碰见了一位长得黑黑的努比亚老大妈,几位女团员纷纷和她合影,当然,拍照是要给小费的。在船老大和导游黎明的搀扶下,我们一一登船,那位老大妈站在码头上一个劲地挥手跟我们告别。

游船在尼罗河上行驶了一会儿后,导游黎明指着船舷右侧岸上的一个红色建筑物说，那就是影片《尼罗河惨案》中酒店的外景地，听他这么一说，大家纷纷用手机和照相机拍了起来。

日落西山，尼罗河河面上映出美丽的晚霞，景色十分漂亮。探访努比亚人村落之旅结束了，尼罗河美丽的风光、努比亚人村落的古朴，给我们留下了深刻的印象。①

以上文字记录了旅行团的游踪，叙事角度与传统游记相同。但文章并不重视文辞的修饰和意境的创造，也不重视书写的章法，而是表现出彻底通俗化的写作思路。在书写对象方面，作者较为重视自己未曾体验过的事物，并由这些对象入手，进行文化接触和比较。旅行体验当中，涉及文化上的比较视野，作者以惊奇为主要感受，同时展开具体的对照：如埃及和摩洛哥两国文化的比较，埃及食物和中国食物的比较。前者体现为旅行中不同地点体验的比较，后者则是作为中国旅行者的“自我”与“他者”文化之间的比较。

语言教学、语言习得以及文化翻译是现代文化交流的重要途径，而它们在此蜕变为一种旅行中的文化表演。作为一种展示对象，电影《尼罗河惨案》和旅行景点的关联，代表着不同媒介形式之间的相关性。这个内容透露出当代旅行中具有后现代特征的“电影旅行”征候。电影旅行的含义是：旅行者受到电影和电视剧拍摄地的吸引，以其作为旅行目的地，从而获得“验证电影/电视剧”的消费快感。② “书写—展示”的表演色彩更加浓厚，共同依赖于旅行本身的商品性。

由于高精度摄影设备的应用，一般游记作品中的景物描写已让位给照片的直观再现。写景状物，本来是传统游记的必备内容，但更加生动的摄影作品将其取而代之。作为景物描写的“残余”，文字叙述的景物呈现越发显得单薄稀缺。照片的大量出现，让博客上的旅行写作显现出“景点集锦”的特点，旅行体验本身的独特性被置于可有可无的位置。相应地，人物外貌和体态的描写，在博客写作蓬勃兴起的年代也不再是旅行书写的要点。

---

① 京蓝老队友.长人：埃及旅游观感 13[EB/OL].(2018-02-18)[2019-02-18].http://blog.sina.com.cn/s/blog_4b9557c40102yf1d.html.

② 沙普利.旅游社会学[M].谢彦君，孙佼佼，郭英，译.北京：商务印书馆，2016：72.

此外,技术条件的变迁也是影响博客旅行书写的一个重要因素。在智能手机诞生之前,博客用户书写的工具主要是台式电脑。这种工具本身的特点决定了博客不是日常生活的一部分,它具有某种仪式性。而自从可以用手机方便地写作博客以来,旅行书写也从旅游线路和感受的记录开始,逐步形成观念上的"地方认同",反映了人们对旅行过程的回味。传统文人游记、日记中的旅行书写和博客中的旅行书写的异同请见表1:

表1　不同旅行书写的比较1

	传统文人游记	日记中的旅行书写	博客中的旅行书写
文体特征	散文体	散文体、日记体	散文体、图文对照体
再现景物的方式	文学描写	简化的文学描写、图表	文学叙述,图片呈现
议论/评价方式	直抒胸臆,留白或暗示性表达	直抒胸臆	直抒胸臆或留白
抒情方式	借景抒情	直抒胸臆	借图抒情

二、旅行攻略中的旅行书写

"攻略"一词最早是用于描述军事进攻的书面用语,后因为电脑游戏的普及,用来指代记录游戏技巧的文本。它的作用是通过玩家之间对"通关技巧"的分享和交流,减少自行摸索通关策略造成的时间耗费,以增加游戏的愉悦感。这与旅行的情况类似,在旅行中,记录旅行过程、办事程序及相关经验的文本,也被称作"旅行攻略"。

旅行攻略主要分为两种:一种是个人旅行攻略,是个人书写的真实旅行记录;另一种是计划性旅行攻略,它是旅行商品提供者(如旅行社)设计的关于旅行计划的描述。

这些旅行攻略可以视作网络旅行书写中最具展示性的文本,它在叙事及传播方面具有以下特征:

第一,旅游攻略往往包含了旅行景点的清单及流水账式的书写和记录。

第二,旅游攻略的叙述视角较为单一,缺乏文人游记的文化视角,不会将文化观察的深度当成侧重点。

第三，语体特征方面，多采用口语化书写，适合交流和共享，文学性弱于文人游记。

第四，借助多功能网络平台传播，并与读者保持一定的互动性。

第五，图文并茂，整合多种媒介元素，以吸引读者的注意力。

第六，有关同一旅行地或线路的多个攻略可构成个性化体验的系列。

旅行攻略中最常见的多媒体形式是图文对照。作者使用图文手段向读者分享信息，调动读者的认同，使他们获得阅读的快感。以文字为中心的传统“文章观”，不但已经让位于数字化时代的图文叙述，而且文学性大大减弱，仅留存下修辞性。可以说，图像引发的直观的视觉冲击，有别于传统文学中由文字引发的感悟和想象。

旅行攻略兼有实用性和审美性，它会更多地加入旅行者的个人表达，尤其是关于旅行花费（时间或金钱）的“经济学表述”。“时间/金钱的压缩技术”是旅行攻略的核心内容，也是具有后现代征候的旅行文本。如果说技术层面上，发达的交通工具如飞机、高铁等不但参与了旅行者移动过程中的时间压缩，而且进一步把旅行的主体由旅行者转换为旅游者，那么攻略就意味着旅游者实际上也是游戏者。虽然这种旅行书写的自我认同感依然存在，但不是写景状物的美感，而是可分享和自我体认的快感。旅行攻略被第三方转载和利用的目的，也往往具有功利性和商业性。

以携程网的巴黎旅行攻略为例，以下这篇署名为“三江游人”的文章，标题为《巴黎记行》，内有这样两段文字：

> 第一次乘地铁，准备买1—2圈的一天票，在购票窗口比画了半天也没有搞清楚，翻《旅游英语》找到说明，纸条写上1—2Mobilie递入，成功。第二天买了全部行程所需的日票，每天直接使用。无论在地铁里或是大街上，对照地图找目标是必须的。每当这时总会有热心人主动过来给予帮助，主动问询时，无论老少都会更加耐心细致。语言有障碍，沟通还是可能的，只要目标明确简单。地铁在上下班期间也很拥挤，人流密集，行色匆匆，大家都克制、礼貌、谦让，目光相视时还会报以微笑，这和法航飞机上空嫂的微笑一

样，让人感到温暖。

旅游经常会遇上一些不确定的事，这次在巴黎就差点与卢浮宫失之交臂，去了三次方得观瞻。第一次去因下雨临时改变行程，到玻璃金字塔外问了半天，才知道当天是法定闭馆日，行程计划中虽避开但没有注明才出此差错。第二次是按行程计划前往，人聚不得入，有人说是因为当天巴黎所有博物馆罢工，第二天开不开还不一定。第三次去终于正常开馆，巴黎之行得以圆满。

这些内容包括个人旅行经历中值得总结和分享的信息，也包括一些独特的心得。文字中“攻略”的味道体现在旅行过程中的不断尝试。人的行动与行动的效果，以及旅行体验的成就感，是游记重点介绍的内容。“尝试——不成功——成功”，这种写法很有游戏体验的味道。

还有些旅行攻略是网站或旅行社招揽顾客的手段，这些文本中的文学性更少，基本成了旅行指南或时间表。以马蜂窝网站的法国旅行攻略为例，计划性攻略文章更具有公文的色彩。文本内部通常按游玩攻略、交通攻略、餐饮攻略、住宿攻略等分为几大段落，并按照日期排列。攻略设计的天数取决于旅行计划的天数。马蜂窝网站将文章展示为“第一天”（D1）、“第二天”（D2）等分日期的描述，加上一些外文地名，体现出语言混合的面貌。比如巴黎四日行之一：

第一天的游玩攻略：今日参观巴黎市区的著名建筑与美术馆。以卢浮宫为起点，从贝聿铭设计的玻璃金字塔进入卢浮宫，这里是顶级的艺术品海洋。下午在杜乐丽花园附近歇脚，走过协和广场上的方尖碑，再来到亚历山大三世桥。塞纳河上的桥不在少数，这却是最华美的一座。晚上可以泛舟塞纳河上，乘船游览两岸风景，并在游船上品尝地道的法式大餐。①

在这种描述段落之后，附有表格与图片，标明每个景点的计划游玩时

① 三江游人.巴黎记行[EB/OL].(2018-03-04)[2018-06-09].http://www.mafengwo.cn/mdd/cityroute/10171_3369.html.

长。这种文字的首要目的是把“旅行商品”本身的效率最大化,将旅行体验的“深度”与“独特性”让位给“丰富性”。

交通攻略的内容则更加数据化,如同一篇精心设计的产品说明书:

巴黎从内向外可分为小巴黎与大巴黎两个区间。小巴黎的范围为1—2圈,相当于国内城市的1—2环,大巴黎的范围则为3—5圈。在巴黎游玩的主要景点(巴黎圣母院、卢浮宫等)都集中在2圈内,但是也有像凡尔赛宫、巴黎迪士尼这样在4、5圈的景点。

巴黎的交通卡与这种区间的划分息息相关,购买前需要先选定自己要去的区间或站点。交通卡分为次票、天票、周票三种,适用的交通方式包括:地铁(Metro,14条线)、有轨电车(Tram,4条线)、公车(400条线)、捷运(RER,分A—E5条线,其中次票只在2圈内可以使用)。地铁与公交足以满足游人的出行需求。

次票:站与站之间的单次交通票,使用范围基本限定在1—2圈内。买得越多折扣越多,通常来说,一次性买10张的折扣力度最大。单次票价为1.8欧,10次票价为14.1欧。

天票:在选定日期内可以无限次使用的交通票,以圈为单位,圈数越大,可到的地方就越远,票价在7—16.6欧之间(2015年数据)。购买前需根据自己的游玩范围来选择。但此票不适用于机场交通(接驳车等)。

周票:以周一至周日为一个单周,这周内可无限次使用的交通票。使用范围覆盖1—5圈,总价26.5欧,其中5欧为卡费。周一至周四可以购买本周周票,周五、周末只能购买下一周的周票。但此票不适用于机场交通。

如果在巴黎游玩的这几天不跨周,那么周票是最划算的选择;如果跨周,2圈内可以购买10次票,2圈外则直接购买相应圈数的天票,这样搭配可以省下不少银子。

今日行程基本依靠步行,无须乘坐地铁。搭乘游船时需要回到奥赛码头,从协和广场或亚历山大三世桥步行可到达。

这些文字记录了旅行交通方面的相关数据，使得旅行攻略承担的产品信息得到了凸显。表2对传统文人游记、旅行攻略中的旅行书写及博客中的旅行书写进行了比较：

表2　不同旅行书写的比较2

	传统文人游记	旅行攻略中的旅行书写	博客中的旅行书写
文体特征	散文体	散文体、图文对照	散文体、图文对照
再现景物的方式	文学描写	图片呈现	文学叙述，图片呈现
议论/评价方式	直抒胸臆，留白或暗示性表达	对行程中经济性/快感的评述	直抒胸臆或留白
抒情方式	借景抒情	因旅行快感而感叹	借图抒情

除此之外，旅行攻略还有一个文化特征：因为更侧重商业价值，所以它比博客中的旅行书写更不重视个性。现代性推进的过程包含了一种至关重要的文化变迁，即真正的个性开始让位于大众消费的需求，比如对旅行问题的考量。大众倾向于认为相同的群体会在旅行中产生相似的品位和文化态度，这种趋向也迎合了资本的需求。视听过程、审美过程和旅行本身的流行文化特质借此联系在一起。旅行攻略和团队出行的游客手记一样，不可避免地包含了对少数标志性景点的迷恋。推崇自由行的旅行者的旅行方式是个人化的，但传统旅行中的个性化内容却逐步被置换成一种基于经济学的综合考量，旅行的个性化不可避免地走向模式化。因此，自由行或背包客的旅行生活及书写记录，并不是旅行经济内涵的终结者，而恰恰是它的延续。

三、微博和微信中的便笺式旅行书写

微博是博客之后兴起的可即时发布动态的网络应用程序。微博可视为博客的“小型版”和“移动版”。用户可使用电脑、手机登录微博发布即时动态。这些动态包括文字、图像、视频、网址链接等信息，并可以设定观看权限。相对于博客，微博更侧重于阅读者和作者之间的联系与互动。

从微博发展的历程来看，Twitter是第一个在全球范围内得到广泛应用的微博，于2006年在美国上线。中国的知名微博有：饭否、腾讯微博、新浪微博和网易微博等。2010年之后，微博的发展开始进入瓶颈期。2014年之后，随着一些微博应用的陆续退出，新浪微博获得了市场主导地位，其用户数量多于其他平台用户数的总和。“微博”已成为新浪微博的专称。

从2015—2016年的数据来看，新浪微博搜索量最大的是新闻资讯，占18%。旅游资讯约占4%，比重虽不甚高，但考虑到微博巨大的用户数量，这也是一个十分可观的数字。①

智能手机的应用为微博的兴起提供了必要的条件。从形式上来看，智能手机是麦克卢汉所讲的“热媒介”中最吸引人的一种。它的广泛应用让人更加自我，疏离了现实中人与人的关系。按照汪民安教授的论述，手机可以看成新出现的人类感知器官。“手机或许不是人的一个单纯用具。实际上，它已经变成了人的一个器官。手机似乎长在人们的身体上面。它长在人们的手上，就如同手长在人们的身体上一样。”②微博的迅速流行，与手机的智能化发展分不开。

旅行者发布的微博正文一般包含图片和文字，体现为两者的交融。甚至在大部分情况下，微博侧重于图片的视觉呈现。旅行者在微博表达旅行体验的时候，图像的重要性远远超过了文字的重要性。有时候文字只起到点缀和提示的作用。微博上的“旅行书写”成了一种符号收集活动，被收集和展示的符号既包括旅行者自身的符号，也包括景物的符号。智能手机的普及、发达的网络信号、便捷的微博应用程序，使旅行经验的书写和分享变得越来越简单。旅行者可以随时发布照片和旅行心得，也可以随时将其删除。旅行书写的可操控性变得更强了。

如“风景精选”账号发布的一条微博，包括九张巴黎风景照片，文字内容是：

> 【游巴黎必做的九件事】1.在巴黎铁塔下安静地休息；2.漫步香榭丽舍大道；3.寻找爱情；4.找一个地势高的地方俯瞰巴黎；5.在左

---

① 首都互联网协会.中国微博发展报告（2015—2016）[M].北京：人民出版社，2017：59.

② 汪民安.论家用电器[M].郑州：河南大学出版社，2015：111.

岸喝一杯露天咖啡;6.在街头的甜品店邂逅惊喜;7.在博物馆耗掉一个白天;8.找一家有情调的餐厅品尝法式料理;9.在塞纳河边享受阳光。

这是鼓励自由行的旅行者尝试的一种旅行方式。而发布这种内容的目的,是为了进行有关旅行的推广。由于大部分旅行者缺乏消费的决断性,因此他们很可能依赖这种图文并茂的推广手段。这种文字致力于塑造一个完美的休闲胜地或审美乌托邦。旅行书写就此成了市场营销的一种形式。

再如,“奋斗 ing 的小草”发布微博。内容包含反映一家人去法国旅行的 9 张照片,文字为连载长微博,每篇最后都有“未完待续”的字样。第一篇的文字是:“近年第一次选择了旅行过年,目的地是法国。全程 14 天,除去路上的 4 天,先在巴黎之外的昂热等地开车跑了 5 天,然后在巴黎徒步逛了 5 天,算是比较全面地感受了法国这样一个兼具浪漫历史和现代气息的老牌发达国家。”旅行地的评价包含了不同于想象中的法国印象,这是基于旅行地与固有印象的差异性表达。

实话实说,下飞机的第一印象非常差。我们从机场租车直奔凡尔赛宫,途中经过巴黎市区的老旧街区,墙上是毫无节制的胡乱涂鸦,路旁是随处可见的垃圾,完全是一副破败的三线城市的样子。然而随着旅行的逐步展开,从法国乡间的静怡风光,到昂热郊区朋友的热情款待,再返回到巴黎的历史荣光,法国的真实景象一步步向我展开,对法国的评价也开始一路走高,回归正常的期望。

微博的书写中往往包含不常见或不规范的汉语用法,但发布者和阅读者并不介意。

这种呈现是公开的,与此同时,微博的转发功能让每个用户都可以成为旅行书写的分享者。转发、评论和点赞的功能设计,强化了自我认同的可能性。微博用户的自我认同,建立在“我”对自身的印象与他人对“我”的印象之互动的基础上。作为旅行写作主体的“我”,创造了对于旅行的自我表述,这种表述以及作为主体的我,因这种呈现活动而得到了认同。

用户还可以将文字转成图片,再以图片方式进行分享。这种做法推动了旅行书写中的文字向图像转化。

当发布长微博在技术上成为可能之后,“打赏”的互动方式出现了。这两种做法都突破了微博最初140字的正文限制,让微博能够承载更大的信息量。微博原本有显示点赞和转发数的功能,后来又增加了显示点击量的功能。它可变成一种排名的次序,或成为运营方优先推送的内容,使一篇阅读量比较大的图文成为“被推荐”的对象,从而使更多用户浏览到该微博。

与微博不同,微信是基于智能手机应用的即时通信工具。微博的本质是带有社交属性的媒体工具,而微信的本质是带有媒体属性的社交工具。

除了微信公众号以外,大部分微信展示的旅行信息只对朋友圈公开。微信的转发和分享的功能,能够便捷地把自己感兴趣的内容推送到朋友圈。

微信朋友圈可分享的多媒体内容包括:图片、小视频、网页、网络游戏、动态广告等。另外,微信公众号提供了一种新型的信息分享手段。它对原创性的保护策略比博客和微博更规范和有效。

至“抖音”兴起之后,文字之于图像的意义进一步退缩至提点和引发的层面,几乎成为一种附属物。在这种情况下,文字的旅行书写已经被视频所替代。正如人类学家詹姆斯·克利福德所说,现代社会是流浪者和旅行者带着希望旅行并建立各种联系和体验速度的一个新的流动世界。[①] 微博、微信和抖音中的旅行记录,以及旅行本身的面貌,都在这个数字化时代发生着改变。

---

① 特赖布.旅游哲学:从现象到本质[M].赖坤,张骁鸣,李军,等译.北京:商务印书馆,2016:104.

第四章　全媒体时代的类文艺形态研究

第一节　类文艺形态的文化语境和技术基础

在全媒体时代类文艺形态的语境中，全球化是一个不容忽视的背景。同时，技术及文化条件的变迁导致的语言变迁，也改变着类文艺形态的面貌。它们参与了由不断增长的物质财富与文化形式构成的现实的丰富性积累过程。这种丰富性几乎创造出一种整体性的幻觉——全媒体时代的个体，时时刻刻生活在物质和文化的"节庆风味"当中。消费品、象征物正越来越失去节制，以自我的生产累积出令人应接不暇的丰盈，充满曲折离奇意味且海量的戏剧性故事在网络空间成为常态，上演了一场场新的狂欢。与巴赫金的狂欢不同，全媒体时代的这种狂欢无法脱离商业资本的逻辑，也无法背离本土化的语境。

一、全球化语境

如果说"现代化"和"现代性"着重描述的是一个不可逆转的时间进程的话，那么"全球化"则着重描述的是不断蔓延的空间性。王一川指出：可以用"全球化"（globalization）专门描述"发生在经济领域之中的全球一体化"，可以用"全球性"（globality）专门描述"文化领域出现的全球各国之间相互参照、冲突、激励、共生等状况，主要涉及多种彼此不同的民族之间宇宙观、道德、心理、社会、语言、审美和艺术等领域的全球性依存状况”①。现代化和现代性是时间性的,全球化是空间性的,而空间归根结底是时间的表征。从这个意义上说,隐藏在全球化背后的是现代性,全球化实际上只是不断发展的现代性在空间上的投影。

一般来说,经济全球化裹挟的基本文化倾向有五:(1)人口流动造成的种族融合;(2)跨国公司推动的技术交流;(3)股票资金的快速周转导致的金融一体化;(4)传媒的综合、图像与信息的集中;(5)意识的同一化。② 对于文学而言,除第二种和第三种倾向以外,其余三种与全球化时代文学的言说方式密切相关:种族融合带来了全球化时代文学言说的混成性,传媒的综合带来了文学言说的图像性,而意识的同一化则悄然消解着不同文化之间的差异,使民族性成为文学言说的一个重要主题。

“全球化”是“现代化”发展到一定程度出现的一种经济趋势和文化趋势。“现代化”在最初并没有强调全球一体化的意思,“现代化”的主体是“民族—国家”(nation-state)。“民族—国家”由前现代社会走向现代社会,经历了一个现代化的历程,其建立和发展所必需的主权领土、法律制度、经济基础都在这个过程中形成和发展着。而“全球化”则超越了“民族—国家”的限度。全球化并没有固定的主体,而是体现为众多“民族—国家”之间的交往关系。陈晓明认为:“现代性是一个强大的历史进程,它无疑具有活生生的历史实践品格,显现为一系列推动和主导历史变革发展的事件和运动,它的物化成就就清楚地体现为民族—国家、主权与疆域、工业主义、高度的技术物质文明、经济体制与秩序、行政组织、法律程序,等等。”现代化和现代性都为全球化在物质或者思想文化方面奠定了基础。

同时,在思想文化领域,与经济现代化和经济全球化进程密切相关的就是对现代化和全球化的反思,这也是现代化发展的题中应有之义。文学作品当中就融入了这些反思的观点。一般来说,“现代化”在文学创作中引起

① 王一川.“全球性”境遇中的中国文学[J].文学评论,2001(6):22-27.本文暂时沿用包含经济和文化两方面内容的全球化概念。

② 关于五种文化倾向的观点由阿巴杜埃(Arjun Appadurai)提出,转引自乐黛云,张辉.文化传递与文学形象[M].北京:北京大学出版社,1999:328.

的反思是笼统地针对“人性”和不断增长的物质世界之间的关系的反思，这种反思往往在“城—乡”“人—物”的向度上展开，试图探寻普遍意义上的“人”存在的合理性。而“全球化”在文学中所引起的反思则往往由普遍性回归到特殊性，在“中心—边缘”“全球化—民族性”的对立之中展开。在众多的文学作品中可以看到，全球化时代的文学精神不仅表现为对人的普遍性的关注，也在突出和强调人的民族性。所谓“民族”，按照斯大林的观点，是“人们在历史上形成的一个有共同语言、共同地域、共同经济生活以及表现于共同文化上的共同心理素质的稳定的共同体”①。而民族性就隐藏在语言、地域、经济和文化心理之中。有的学者对全球化时代民族性的发展前景持乐观态度。他们认为，全球化并不会消除民族性，相反可以提供更广泛和更深层的文化交往机会，各种外来文化在民族有选择的扬弃中可以促成新的民族精神的生成。②

在全球化时代，“民族性”成为文化思想领域的关键词。民族性在文学中以本土化或者其他方式表达出在全球化境遇中对民族发展前景的思考。文学主要在巩固和发展民族的“共同语言”和“共同心理素质”两方面发挥作用。这种巩固和发展的过程，需要在与其他民族或者异文化的交往当中实现，而全球化时代文化间的交流，必然需要某些交往规则作为保障。这种规则的建立过程，同样也需要在交往的过程中逐步完成。随着全球化的发展，民族之间在经济生活方面的共通性会不断增加，文化交往规则的建立是完全可能的。而文学作品在文化意识方面的超前性则可以为交往规则的建立提供某些思考。这样，全球化时代的文学文本在寓言性之外，又普遍具有一种建立规则的诉求。

根据“民族”的定义，民族语言是民族性的一个不可或缺的要素。以语言为疆界的不同民族文化，其感知社会存在的方式也各不相同。全球经济一体化在不断冲击着民族经济，意识的同一化进程又从价值观和行为方式等方面消解着民族心理特质。在语言方面，文化的发展必然要求有一门“共

① 中国大百科全书总编辑委员会《民族》编辑委员会.中国大百科全书·民族[M].北京：中国大百科全书出版社，1986：302-304.

② 曾庆元.全球化语境与文学的民族性[N].文艺报，2003-01-14(3).

通语”作为交往的便利工具，这也是世界经济市场提出的必然要求。毫无疑问，英语正在成为全球化时代的“共通语”，它在世界性的传媒中挤压着其他语言，在媒体空间中不断扩张。而民族语言作为生活的重要中介，不是瞬间就可以改变的。这时，民族特有的语言文字似乎就成了全球化进程中的一个瓶颈。民族化的文学写作，特别是第三世界国家的民族化文学写作，往往就成为质疑和反思全球化的重要手段。

这种质疑和反思的角度，与现代性发展的趋向一致。作为一种观念或思想方法的“现代性”，分为“第一次现代性”和“第二次现代性”。“第一次现代性”是由神义论转向人义论，即“用人自身的实存或属性作为现世制度与人心秩序的合理性根据”①。而“第二次现代性”则是转向语言，即悬置人的实存或者属性，“只让语言来规定或显示（思想）事实能在的限度”②。这种倾向在现代民族文学的写作中也有所表现：一方面，民族文学可以以宗教信仰为支点，在全球化的侵蚀面前高扬独立的精神；另一方面，民族文学不得不以民族语言文字作为另一支点，用以描述和书写民族的特殊性。

民族语言的基本单位是民族语词。通过语词的组合和替换，文学性才开始在民族文学的文本中滋生蔓延。不同民族语言中的语词是不同民族文学的特殊质料。语词原本就是建造文学巴别塔的石料，而语词的差异性则代表着文学言说方式的差别。这种差异性在短期内是不可替代的，它与民族意识和审美倾向联系在一起，处于比较稳定的状态。众所周知，一种语言中的语词往往无法在另外一种语言中找到完全对应的另一个语词。也就是说，这个语词是对民族性的不可替代的言说。也许这就是巴别塔寓言的另一重含义：出于同一性的诉求而建造的巴别塔，在修建的过程中恰恰证明了某种不可替换的差异性。这种含义对民族文学而言也同样适用。而文字作为语言的书写形式，它的出现使社会存在与文化分离开来，使文化系统相对独立于其他社会系统，并使文化能够世代传承，维持民族记忆的连续性。而且“在文字出现之后，人们不再依靠记忆传播文化，从而使那些相互隔绝的

---

① 张志扬.偶在论[M].上海：上海三联书店，2000：1-4.
② 张志扬.偶在论[M].上海：上海三联书店，2000：1-4.

环境产生交流,调节社会各集团之间的关系”①。随着民族性在事实上的不断消解,文字就越来越成为保持民族性的重要方式。这样,民族的语言文字在全球化时代就成了有多重价值的存在:作为民族文化承载物的语言文字、作为一种反思工具的语言文字、作为一种有意味的时空形式的语言文字。

许多当代作家都强调民族语词的特殊性,所谓“美文不可译”,这是他们在自己的作品中经常有意无意提及的一句话。这句话在逻辑上似乎和“新批评”关于构架和肌质的说法类似。诗歌语言中,不可以转换成散文的部分是诗歌的特性所在,这说的是同一种语言中两种文体之间的不可通约性。这种不可通约性在不同语言书写而成的文学作品中则更是自然而然的事情。语言间的这种差异性经常被看作是不可逾越的文化鸿沟,也在文学空间中标示出了民族意识的疆界。英语作为一种可能的世界“共通语”,短期之内也无法消除这种民族语言的差异性。但另外一种“共通语”则可能做到这一点,它就是图像。在全球化时代,语词在不断地被转换成为图像。与语言相比,图像更像是一种世界“共通语”。当电影和电视在媒体空间中传递着来自不同民族的影像时,语言之间的差异性就几乎被忘掉了。人们慢慢体会到,图像是更加容易接受的作品,它与语言作品比较起来更具优势。而且视觉传播媒介是一种复合体,它可以集中文学的故事架构,记录更为逼真的图像和声音,在受众面前展开一个时空。毫无疑问,文学作品和图像作品之间的竞争是传播媒介之间的竞争,最终获胜的强势媒体必然能赢得更多的受众。王国维当年说的“写景则在人耳目”“写情则沁人心脾”主要关注的是语词结构的艺术作品。这些审美感受需要在文学阅读的想象性中完成。而影像作品的接受则更为直观,更契合随心所欲的本我精神。王国维说的“一代有一代之文学”这句话放在如今的语境下,更容易让人体会出一个残酷的艺术辩证法:当一代文学创造的“有意味的形式”变成了可以无限复制和克隆的模式时,潜伏的文学危机就在颓败和惶惑之中浮上水面。面对不再“陌生化”的文学和声光乍泻的图像世界,读者还会不会选择文学?这是

① 胡格,韦尔特.现代化理论的社会学基础[M]//谢立中,孙立平.二十世纪西方现代化理论文选.上海:上海三联书店,2002:18.

每个文学创作者都要面对的一个问题。

面对全球化时代文学的民族性问题,很多作家利用自身理解和驾驭语词的能力漫游在不同的文化之间,体验着用不同的语词描述世界的方式和可能性。文学文本中,民族语词之间的比较可以看作是一种文化对话。在这种对话中,来自不同文化和不同民族的语词可以互文现义,呈现出民族心理的特殊意味、理趣或者形式。此类作品揭示的不同语言之间的对应关系昭示着文化的某种“可通约性”,而语言之间难以转译的微妙韵味则代表着民族文化经久不散的独特奥秘。这是一种文化交往的理想状态。这样,全球化时代的文学在民族性这一问题上,又生发出一层新的意味。

而与文学领域相比,大众文化领域呈现出众声喧哗、多语言混成的趋势和局面。无数利用网络论坛和社交平台发出声音的个体,都把“使用特别的语言”和“运用网络空间中的熟语”结合在一起,试图与他人共处,或自说自话地讲出自己的故事。这是大众文化层面上“叙事—文学”形态面临的重大变化。

二、技术条件

在21世纪的今天,全媒体的感知和沟通方式(即时通信、远程在场)的普及为艺术发展提供了更多可能,也为不同的媒介形式提供了文艺展演平台。文学和艺术本身的气质、风格和形式由于电子技术的发展而被改写,更由于全媒体时代的来临而具有不同于以往的面貌。卡斯特(有人译为卡斯特乐)在《千年终结》中说:“工业革命把店主与工匠们编入大组织、大工厂。信息时代恰好相反,它打碎大组织,重组为网络,个人在其中流动,一辈子不换工作,接新活儿……总之,能把握住不确定性,在工作及家庭中不断调整自己的人,生活会允满兴奋与创新。把握不住的人则将生活在一个恐怖的世界里,因为一切都不可理解、不可控制。”①

① 卡斯特.千年终结[M].夏铸九,黄慧琦,等译.北京:社会科学文献出版社,2006:437.

(一)电视

卡斯特这样谈论电视:“其一,电视经历了数年发展后,已经成为社会的文化中心;其二,电视传播根本上是一种全新的媒介,特征是充满诱惑力、拥有刺激感官的模拟现实能力,只需耗费最少的心理活动便能够轻易沟通。”①政治与娱乐、艺术与生活,在电视中都被混在一起了。电视的发展也衍生出各种带有艺术性的视觉形式、叙事形式和叙事结构。

(二)互联网

互联网的形成是网络社会开始的标志。“‘超文本’(Hypertext)和元语言(Meta-Language)的形成,历史上首次将人类沟通的书写、口语和视听模态整合到一个系统里。通过机械与社会脉络之间的崭新互动,人类心灵的不同向度被重新结合起来……将文本、意象与声音整合进同一个系统,在开放且可以获得读取路径的条件下,于不同的地点和选定的时间里在全球网络上互动,这种做法确实彻底改变了沟通的特性。”②技术和媒介的变迁导致了沟通语言的变迁。手机和电脑键盘造成了以英文字母排列方式构建文字输入行为的局面。尽管汉字依然具有独立发展的系统,但汉语拼音输入法的按键排列方式是以英文打字机最初设定的排列方式为准的。经典的打字机设计,让全世界的电脑键盘向着标准化趋近,向着英文的键盘格局趋近。移动通信手段让这种键盘可以简化到方寸之间,同时,字符本身的排列也使当代“新象形文字”的出现有了可能。

(三)界面

高清晰度显示屏的大量生产与应用,使远距离信息传输的逼真度极大提升,这进一步改写了远与近的关系。维瑞里欧说:“由于电脑、电视和电话会议使用屏幕界面,至今不见其深度的图文演变为一种‘距离’、一种新表现的景深、一种无须面对面的可视性,古老街道上的迎面相遇被抹杀消失了。

---

① 卡斯特.网络社会的崛起[M].夏铸九,王志弘,译.北京:社会科学文献出版社,2001:412.

② 卡斯特.网络社会的崛起[M].夏铸九,王志弘,译.北京:社会科学文献出版社,2001:406-407.

在这种情况下，位置差异逐渐模糊成融合和混乱，失去了客观界线，建筑元素开始在电子世界里漂浮游荡，没有空间范围，但是表现出在瞬间扩散的奇特临时性。从此以后，人们再不会被有形障碍或时间、距离所阻隔。随着计算机终端与视频显示器的使用，这里和那里的区别再无任何意义。”①当巨型电视以都市地标的身份呈现影像时，城市的方向和艺术现象本身的空间边界也变得模糊难辨了。而且，它们将继续虚化，成为数字和电脑所编制的媒体形态。维瑞里欧说：“作为不具有任何时间统一性的地点整体，城市消失在由先进技术的暂时性组成的体制的多样性中。标示城市形状的不再是一条划分此地与彼地的分界线，而是变成电脑编制的时间表。”②时间被空间化了，而原有的城市空间则被数字化和界面化了。人们原先利用黑白电视，后来利用电脑、高清电视、智能手机等设备来审视社会，并在各种融合了艺术因素和新媒介因素的文本中接受文化及感官刺激。

(四)移动网络

移动网络是21世纪以来传输数据的便捷手段之一。笔记本电脑、平板电脑、智能手机、Wi-Fi的日益普及，使移动网络的个体性与集体性相得益彰。汪民安曾阐释过手机的哲学价值和文化意义，但其论述似乎仅涵盖非智能手机时期。③

三、美学及文化条件

(一)触觉—视觉

吉尔·德勒兹延续了一个美术史和建筑史研究主题——触视觉。在他之前的触视觉，主要存在于古代浮雕艺术领域当中。由于欧洲古代美术史

① 维瑞里欧.过度暴露的城市[M]//汪民安，陈永国，马海良.城市文化读本.北京：北京大学出版社，2008：178.

② 维瑞里欧.过度暴露的城市[M]//汪民安，陈永国，马海良.城市文化读本.北京：北京大学出版社，2008：178.

③ 汪民安.论家用电器[M].郑州：河南大学出版社，2015.

作品并不遵循今天意义上的欧洲透视法，因此艺术史家对古代艺术的讨论倾向于理论方面。

德勒兹的研究进一步引起了人们对本雅明建筑艺术观点的再理解。他认为，在建筑物提供的感知特征中，同时融合了视觉和触觉的方式。这提示研究者，当用三维技术营造出虚拟的都市景观时，它们不但以建筑物的形式提供视觉特征，同时又具有一种潜在的触觉特质。它们是为了人的视觉感知方式而创造的媒体作品，却不仅限于视觉。高清晰度显示屏及其相应的互动手段，使网络世界中的人际交流变得极为方便，美学特质融合了视觉性与触觉性。

（二）听觉

在大部分情况下，听觉在全媒体时代依然从属于视觉感知。利用即时通信软件传递声音极为便利。而网络直播中的声音更参与了“触视觉”主导下近距离社群关系的构建。直播中夹杂在音频中的杂音，既是现场感的一个组成因素，又能够让接收者发觉自己是在与空间上距离遥远的他者联络。此时，这种特殊的声音使听觉不能与“触视觉”形成统一。可以说，听觉因素是网络直播的消解因素。

（三）经验

本雅明在《机械复制时代的艺术作品》中描绘了技术条件下手工艺术的灵韵的消逝，以及这种现象背后人类群体经验的变迁。西班牙社会学家曼纽尔·卡斯特认为，生产、经验和权力关系参与构建了人类社会。生产是“人类为了得到好处而使用和改变物质（自然）而采取的行动，依社会决定的各种目标来获取产品，（不均等地）消费其中的部分，并为投资而积累剩余”①。经验是“人类主体对自身所施加的行动，由人类的生物性与文化认同之间的互动所决定，并与他们的社会与自然环境有关”②。

---

① 卡斯特.网络社会的崛起[M].夏铸九，王志弘，译.北京：社会科学文献出版社，2001：18.

② 卡斯特.网络社会的崛起[M].夏铸九，王志弘，译.北京：社会科学文献出版社，2001：18.

第二节 类文艺形态的类别和特征

一、短信

短信(SMS)是移动通信的形式之一,也是20世纪90年代至21世纪初最重要的无线通信形式。短信文本是字数有限的叙事体。短信小说的产生是小说史与媒介文化交叉融合的产物,叙事行为、词语和语言本身都在发生某些变化。在这些变化尚未充分发酵,也并未酝酿出普遍使用的叙事样式之前,技术的进步就找到了替代它的形式。源于亚文化群体(尤其是青年人)的短信语言,已经与网络流行语言走向同步了。无线通信技术中的多媒体功能使用户利用彩信分享图像和音频成为可能。图文并茂的网页式表达虽然很难在21世纪初的手机屏幕上实现,却呈现出手机叙事的多重可能性。

发生这种变迁的技术和物质背景,是手机本身的进步和多样化应用。20世纪90年代,移动电话在中国内地开始逐步发展。2004年,中国的移动电话用户已达3.34亿。① 在这种背景下,短信成为当时人们社会生活的构成项。而在各种网络应用普及的今天,短信已不是社会信息传播和接收的主要形式,它或以"通知"的形式成为社会管理机构(政府、机关、党群)进行个体管理和宣传的手段,或以承载"短信验证码"的文本参与到网络应用的身份注册以及在线金融活动当中。

二、电子邮件

电子邮件是网络时代最便捷的应用之一。受到网络传输的限制,它最初并没有得到大规模推广。而在20世纪80年代相应的技术条件成熟之后,

① 卡斯特尔,费尔南德斯-阿德沃尔,邱林川,等.移动通信与社会变迁:全球视角下的传播变革[M].傅玉辉,何睿,薛辉,译.北京:清华大学出版社,2014:18.

电子邮件和个人电脑一起走向大众化。每个人的电子邮件地址变成个人信息中不可分割的一部分，具有标志性的“@”符号以特殊的方式喻示着个体远程在场的可能性。同时，在个人对多人、多人对个人之间的交互性得到一种便捷的互联网沟通方式的支持后，网络社群时代随之到来。小说、诗歌、语言游戏等文本形式，可以得到批量的传播与分享。

电子邮件是网络时代的书信形式，围绕它的普遍应用，产生了新的文化特征。它改变了传统信件往来构成的交流方式，消解了“鸿雁传书”营造的深情款款的慢节奏生活方式。经过长时间的发展，电子邮件还可借助“附件”添加分享更多的文件、音频、视频，通过改变背景制造出邮件传播效果中附加的美学特征。电子邮件保存时间的延长，形成了电子邮箱内个人书信的“编年史”。写电子邮件时，发件人可以充分运用键盘上英文符号的不同组合，制造各种简易的“表情”，用以作为情感表达的手段。这些裹挟着些许艺术性的媒介实践，是游走于类文艺现象外围的文本形式。

三、虚拟社群

虚拟社群（Virtual Community）是全媒体时代网络社会群体的一个特殊现象。虚拟社群有别于现实生活中的社区，它并不依赖于血缘关系，而以网络意义上的“邻里”和“朋友”关系为脉络，形成根茎式的无中心结构。全媒体时代的虚拟社群相对于网络社会尚不发达时的虚拟社群，有自己的新特点，如虚拟身份的完备性、互动方式的多媒体性，以及基于智能手机和通信网络的可移动性等。虚拟社群空间中运用的各种艺术性元素，参与了社群的凝聚力和群体性的塑造。这种虚拟社群在网络上的表现具有代表性。BBS 是一种俗称电子公告牌的网络交流空间，用户可借助不同板块发布消息，与他人展开交流。BBS 的应用软件形式与网页形式相比，在传递信息和表现力方面各有优势。比如前者能够在文字信息和互动性之间保持较好的结合度与平衡，后者能更好地呈现文字与视频相结合的文本。BBS 可以视为网络论坛的一种形式，而虚拟社群则是功能更加齐全和体系化的网络论坛。

这些论坛上用户之间的交流和信息分享，形成了一套特殊的“叙事法则”。叙事的素材首先是一套特别的文本形式。以论坛中的“帖子”为例,除去标题和正文,签名档和表情包分别代表着个性化与模式化的文本因素。用户的使用行为也在文化仪式性中容纳了某种叙事性。输入论坛网址、用户名、密码、图形验证码或手机验证码之后,个体就获得了进入虚拟社群的机会。登录次数、登录时长、登录地址、发帖数量、回应数量、站内信、站内通知等,共同建构了一个微小的个人网络生活记录。图标、贴图、动图则是交流过程的点缀物。

在身份方面,虚拟社群的匿名性制造了与现实生活拉开距离的乌托邦氛围,创造了一种逃避现实的可能性。这在观念上滋养了全媒体时代与媒介密切相关的艺术性与文化性。社群成员的网名和签名档,同样是自我表达的特殊方式。它们在全媒体时代网络用户的自我形象设计与展现中,承载着特殊的目的和功能。

四、MSN 和 Gtalk

MSN 是微软公司开发的即时通信工具。这一应用于 1999 年上线,2014 年正式退出中国市场。MSN 的电脑客户端提供了文字、音频和视频沟通的便捷方式,并支持多种语言,一度受到办公一族的喜爱。MSN 网络表情的运用让沟通的过程更生动有趣。

Gtalk 全称为 Google Talk,是谷歌公司开发的即时通信工具。它能够与其他即时通信工具连接,让用户可以使用多种通信工具聊天。Gtalk 聊天界面的可调换性使其更加具有个性化的色彩。同时,Gtalk 还支持多种聊天语言以及人机互动,这与 MSN 相比,是一个功能上的进步。另外,它的优势还体现在与智能手机的结合上。

五、QQ 和微信

中国腾讯公司开发的 QQ 软件,是提供在线即时交流的平台,并先后发展出网络相册、社区、游戏等更为丰富的功能。由于交流活动本身对语言有经济性和功能性的要求,因此 QQ 聊天中开始出现各种较为新鲜的语言现象。这影响了 QQ 使用者群体的语感和语用风格。某些亚文化群体(如中小学生或灰色产业群体)有可能利用现有的语言形式(汉字、拼音、数字等)创造出属于他们的词汇和语用方式。这是全媒体时代的隐语或秘密语。语言使用者基本遵循着现有的语法结构、方言形态或专业术语系统,但在词汇的“音—意”“形—意”关系上刻意进行了变造,使其仅仅符合使用者群体的需求和约定,从而达到隐秘交流的目的。这既是语言本身的社会变异,也具有修辞方面的研讨价值,并且为社会流行语的丰富增加了可能性。

与网络论坛相比,用户更改 QQ 签名档是一件非常容易的事情。因此 QQ 签名档语言的变化比网络论坛用户的昵称与签名档的变化更能反映全媒体时代流行语本身的变异。按照语言学研究者的观点:QQ 签名档语言综合了日常生活词汇和新潮网络词汇,夹杂语气词、感叹词和拟声词,风格上显现出以口语语体为主体并吸纳其他风格语言形态的面貌。①

2011 年,在移动通信技术发展的推动下,腾讯在 QQ 的基础上进一步研发出微信软件,使基于智能手机的通信工具发展到新的阶段。微信是以个人通信终端为基础,沿电子空间中的人际关系网络展开活动的平台。微信以电子邮件、手机号码为身份注册标识,支持跨越不同通信运营商和不同操作系统的通信,并有数量众多的功能性插件。微信的各种功能强化了网络时代语言的风格和特色,并为这种风格的继续发展创造了条件。微信的分享功能使朋友圈、群聊中的交互行为增加了很多包含艺术元素的信息和文本。微信的界面以及媒体运作方式充满了个性化特征。

如果说智能手机已经成为一个人体的“信息器官”或“电子义肢”,那么微信的通信、视频、音频、金融、服务等多重功能,使它变成了集中展现手机与网络功能精髓的应用程序。

2013 年,微信平台区分了组织用户和个人用户。个人公众号就此开始变为大众表达和分享的重要渠道。微信公众号文章的撰写、发布、分享与赞赏,打造出信息分享的便捷手段,也造成了公众感知方式、叙事方式的调整。在公众号平台上进行叙事活动的方式,一方面延续了网络论坛上贴合大众

① 潘红彦.QQ 签名的社会语言学研究[D].广州:广州大学,2013.

趣味的言说手段，另一方面由于更为普遍地应用了图文结合的叙事策略，能够在短时间内对社会新闻时事展开讲述和评论。这对新闻界原有叙事方式产生了有力冲击。赞赏功能也改变了传统媒体的稿费制度，让公众号文章撰写者能够直接得到来自读者支付的报酬。而那些转发量巨大、受到普遍关注的公众号文章，还能够为公众号运营者带来广告商。

于是，为了提高经济效益，公众号文章的撰写者们发展出了一种旨在推广商品、具有广告性质的"软文"。这种文字不像普通商品推广的文章那样直白地介绍商品信息，而像是电视广告中具有叙事性文字的翻版。"软文"的叙事性旨在以叙述的悬念或趣味调动读者阅读的欲望，强化他们的阅读快感，以便在文末突然抛出商品的资料和信息。知名公众号"六神磊磊读金庸"上的推广文章，就有这种风格。从叙事形式上看，"软文"以随笔为主，结尾处带有某种"欧·亨利式"的意味。这是在资本和商业影响之下生发的修辞创造力，具有一定的文体学意义。

六、博客

博客是一种网络日志，其中的文章和信息标明了发布时间，并按照时间顺序排列。用户可随意发表他们的情感、领悟与思考，并与互联网上的读者进行互动，成为网络虚拟社群生活的一部分。博客作为一种媒体工具，也因写作、阅读和互动功能而具有社会行动的意义。与此同时，博客的写作也是作者主体性建立、维持和自我表达的手段。

较早的天涯博客、新浪博客、网易博客、博客中国、牛博网、博客大巴等博客运营平台，都有各自的特点，在21世纪初的15年间引发了用户的广泛关注。新浪博客曾因韩寒、徐静蕾、郑渊洁、当年明月等文化名人的入驻，吸引了大量的读者。网络名人效应刺激了读者阅读和评价的积极性，也让微博一度成为大众网络阅读流量的集中地。

与此同时，博客读者的阅读动机和目的呈现出多样化的面貌。研究者发现，博客用户和访问者的动机一般有以下几种：自我表达、自我记录、精神宣泄、提供评论和意见、形成和维持社区论坛、消磨时间、专业提升、政治监督、社会监督、表达/归属、信息寻找与共享、知识累积、利益驱动、社交等。[①]博客的文化实践,为个人化的写作创造了便利的条件,同时使文学性在这种写作中的重要性降低了。

以旅行者的网络书写为例,博客的写作让旅行者的旅行记录出现了新的样式。一方面,作者和读者的交互性增加;另一方面,摄影图片和多媒体元素的引入使旅行写作不但图文并茂,而且文体上也发生了转变。同时,网络本身的开放性和作者的匿名性,使创作的语言、形式都出现了前所未有的自由度。评价写作效果的标准也发生了变化,侧重于公共的而非个人的评价,重视点击率/流量的多寡而非文学性的高低。除了图片外,博客还包含音乐、视频、动画等多媒体元素,可同时设定的超链接有相册、友情博客、常用网站、流量统计及其他网络应用程序等。这些元素的应用对应着文本写作方式和特征的变迁。

七、推特(Twitter)和微博

推特是一种微型博客应用软件,于2006年诞生于美国洛杉矶。它在人际关系中的信息共享方面,具有电子邮件和MSN等无法比拟的优势。推特使真正意义上基于个人的实时网络文字直播成为可能。与即时通信工具比较,推特使人际关系的互动性以更新颖的交互方式呈现出来,并将这种互动性转化为商业价值。在网络用户的互相追随(Follow)中,人们各自的生活史与生活动态被联结在一起。更重要的是,照片和视频分享功能的应用与普及,吸引了人们更频繁地发布与分享信息,并以照片美化、拼接及渲染功能参与推进了网络时代的日常生活艺术化(审美化)。

中文版的微博应用,最初包括饭否、叽歪、腾讯微博、新浪微博和网易微博等。由于新浪微博在2009年前后不断壮大,“微博”如今已经成为新浪微博的专称。与推特一样,微博比社交网站应用更能吸引青年人的关注。用户利用零碎时间进行自我呈现和自我认同。这种利用碎片时间的方式改变

---

① 张辉.博客交流互动的动机与行为研究[M].武汉:华中科技大学出版社,2017:44-45.

了网络空间中“休闲活动”和“生产劳动”的边界，增强了用户的黏性和凝聚力。在彼此共存、对话当中，微博成为社群聚合的一种手段。志趣相投的人们（如艺术家、文学爱好者、旅行者等）可围绕微博组织线下社会活动。他们彼此之间的信任、熟悉和亲密，有可能产生一套彼此相近的语言风格，这给艺术实践和社会文化实践带来了新的可能。

八、脸书（Facebook）、人人网

社交网站（SNS）是借助朋友关系拓展社会关系的网络，是整合了多重服务功能的综合性平台。Facebook 网站创立于 2004 年，是世界上著名的社交网站。Facebook 与 YouTube、GoogleVideo、推特等一起，组成了社交网站矩阵，在世界范围内影响巨大。

Facebook 提供了社会交往的一般空间，也提供了商业和政治角逐的空间。私人生活领域和公共生活领域在其中相互交融。但由于隐私的输入和储存，用户的姓名、性别、年龄、地址、职业和受教育程度都有机会成为公开的信息，这给现实生活中的用户造成了精神困扰或安全隐患。

人人网是 Facebook 的中国本土化形式，原名“校内网”，以在校学生为主要用户群体，后拓展至全社会。它吸收了 Facebook 的个人空间及互动机制优势，以及更早时候在中国出现的“同学录”式网站（如 5460 同学录和 ChinaRen 同学录）的某些架构。在个人身份的呈现上，人人网采用实名制的方式，使个人的信息分享活动成为主体性建构的一部分。动态的发布者和信息的分享者几乎时时刻刻都在传达“我是谁”的观念，而身体却超乎社群之外，体现出在时空意义上的特殊性。

第三节 基于不同符号类型的类文艺形态

一、网络新俗语

探讨网络流行语的兴起，需要追溯不同的技术源流和使用群体。当键

盘输入法制造出各种基于英文书写符号的表意符号时，网络语言也在进行着本土化的尝试。语言作为交流手段，对信息沟通的要求导致它出现“经济学”趋向——如果条件允许，人们总是试图用更为简略的符号表达相对丰富的意义。但就一时兴起随即退出流行语范围的新俗语而言，它是在特定时间内，由于人们大量使用而具有约定俗成意义的词语。

缩略语是其中最常见的形式，如喜大普奔、人艰不拆、累觉不爱、不明觉厉、男默女泪、细思恐极、何弃疗……虽然没有证据表明这些新俗语全部起源于网络，但媒介形式本身发展到全媒体时代，任何流行语的本质首先都只能是网络用语。“喜大普奔”发挥了弗洛伊德式的缩合语法，建构了词语的压缩性。每一个新俗语既可以展开成为一句完整的话，也可以作为这句话的名片或代言。在话语实践活动极为丰富的背景下，这些被压缩的词语大多并不包含古代成语的典故指向性。它们与古代历史文化中记载的言论或事件没有直接联系，无根基的“经济性”是它们的文化特征。这种特征导致它们会迅速褪去陌生化和新鲜感，沦落为陈词滥调。

为了理解新俗语形成的基础，第一，需要考虑语言本身的特征。从经济性与私密感的角度观之，拼音缩略语是一种比较特殊的形式。网络空间中，书写者出于隐藏某些信息的特殊需求，往往会对人名和事件进行符码化或密码化的转换，以规避某些责任或问题。如在网上谈论明星的隐私或“内部消息”，明星的名字往往会被写成拼音缩写。这种形式将造成阅读和理解过程的延长，网络的窥视愉悦感就此得到满足，如“AB”“HG”“LBB”等。它们相比那些被不同领域网络用户熟知的名称更具神秘色彩，如流行音乐领域中的“MJ”（迈克尔·杰克逊）和NBA中的“MJ”（迈克尔·乔丹）。由于并未直说其名，发文者既不需要承担法律责任，也可轻易摆脱明星粉丝的网络攻击。这类代称并不产生修辞意义上的余味或诗意。

第二，出于隐藏政治敏感词而进行的称谓转换，会因政治本身的多义性而在表达过程中展现出多种可能性。

第三，出于谐谑目的而进行的称谓转换，有时会与第二种情况相互交叉。如将日本称为“霓虹国”，既对应了日语的发音，又保留了鲜明的视觉经验；将俄罗斯称为“战斗民族”，凸显了中国大众视野中的俄罗斯文化形象。

第四,需要考虑全媒体时代的语言传输技术因素。电脑或手机键盘的输入法,往往由于模糊音设置、词语联想、刻意设计等因素组合出不同于一般的词语和组合,再通过反复的运用和接受而走向固定表述,如“神马”“河蟹”“歪果仁”等。

二、段子

笑话是民间文学形式之一。段子则是宴席、网络论坛、即时通信工具中广泛出现并被大量转发的文本。前者通常具有叙事文本的外观,而后者既可能包含叙事段落,也可能仅仅是一段押韵或形式上较为整齐的语言。从文化机制上看,全媒体时代的段子可以成为在传播过程中不断被改写的文本。这种改写、填充、修正可能造成原有意义的畸变,形成大众文化中具有狂欢色彩的文本序列。这种改写的过程类似本雅明在《讲故事的人》中提及的口头故事在传播过程中不断被改写的过程。而从文化传统来看,段子还承担了一部分原本由民谣承担的文化功能。民谣一贯被封建时期的民众视为民情的风向标。[①] 如在《诗经》兴观群怨的社会功能中,“观”和“怨”就凸显了社会管理者与民众之间围绕社会状况形成的“文化—政治—情绪”交互关系。有研究者利用词语组合的方式构建了“网络民谣”的概念,但民谣侧重于口头传播效果中的韵律感,与段子同时可容纳叙事性、散文式的内容相比,后者的内涵更为广泛。在对比“网络笑话”、“网络段子”和“网络民谣”等几个概念时,我们可以发现几个概念侧重点的不同。从包容性的角度来看,“网络段子”既兼容了笑话的幽默性,又同时容纳了“妙语”的修辞性,甚至可以兼顾叙事性和韵律性。

段子的文化价值一般集中在两个方面:自娱自乐和批判现实。两者之中,前者的价值集中于审美和叙事方面,后者则更具有社会文化意义。前者在全媒体时代的娱乐价值必然通过各种技术手段和平台向网络用户群体扩展和蔓延,形成群体文化狂欢的文本形式。后者由于暂时无力改变现实,于

① 郭远.网络民谣警世价值研究综述[J].昆明理工大学学报(社会科学版),2017(3):88-94.

是采用讽喻、冷嘲、自我贬低等叙述策略，使段子变得可笑。这是现实社会状况、法律规章、人情冷暖的感性判断的结果，这种判断普遍反映在段子的韵律感和叙事性上。

三、表情符号

时至今日，表情符号已成为人们在全媒体时代沟通过程中常用的表达方式。它们最初是处在不同地点的人们面部表情的补充物、虚拟的替代物，利用一个黄色的系列表情图代表对话者的喜怒哀乐。后来表情图的构成包括以明星、影视角色、政客等名人或卡通形象为主要素材的一切趣图，以匹配全媒体时代人们对趣味沟通形式的追求。

常见的网络表情符号有以下几种：第一，即时通信系统自带的微型图标，它们分属于不同的主题；第二，卡通图片表情，有时会附加文字或图像特效；第三，影视剧截屏或新闻人物图像表情，往往带有文字或图像特效。

从图像形态上来看，表情符号大体可分为静态和动态两个类别。静态表情中最常见、传播最广泛的是影视剧或名人笑脸图，如著名的“姚明笑”“金馆长笑”“张学友笑”等。“金馆长笑”是直接截图形成的图像，“姚明笑”常常以实景照片和白描漫画形象出现，“张学友笑”则由搞笑卡通画风格与明星张学友的五官样貌拼凑而成。动态表情是全媒体时代网络表情符号变迁中的新增内容，它代表了图像截取技术和图像清晰程度之间的平衡。那种配合文字的影视剧动图表情，既是一个具有替代作用的“公共表情”，又是一个微型的“叙事”。制作动图是互联网设计、运营过程中的一个技术环节，其运作支撑起即时通信工具中社群活动的互动性和趣味性。与之相对，现实的人际交往中表情的丰富性远不及网络表情。尽管前者是个性化的和具体的，但后者的广泛应用使前者显现出相对单调的特点。

由于图片、动图和基于两者的表情可以由用户随意添加到自己的表情库当中，表情图、表情包也有了病毒式传播的可能。不仅如此，网络用户还可通过“斗图”的方式展示表情图的丰富性。这种能够留存和分享的表情，推动了使用者的网络表情应用活动与现实中的表情相分离。

另外,用户还可自制表情包,这种自制表情包是摄影/摄像作品的再利用和再改造。

四、网络 CG 绘画

网络 CG(Computer Graphics)绘画是为了迎合市场而创作的艺术品。那些源自神话和传说的玄幻形象在网页中不断涌现,混杂了久远时代和异域空间,将观者引入一个从未被发现的世界,在这里展开奇幻世界中的视觉旅行。它们往往依托动漫、传说或古代绘画中的元素和主题,用数码技术进行翻新和再创造。这些作品极少首先以印刷媒介的方式与大众见面,它们的意义"飘荡"在网络的动态空间之中。如此,电脑绘画、互联网和印刷画册之间的关联引发了对如下问题的思考:这种用电脑技术绘制而成,又主要借助电脑和网络进行传播的 CG 画作,究竟与传统绘画有何异同?新兴的电脑绘画技术及其展示方式,有无催生新的群体感知体验与消费的可能?

以青年 CG 画家张旺的绘画为例,这些作品大都与中国传统文化有关。其创意通常来自上古神话、民间传说和志怪小说,又吸收了佛教和道教的诸多形象,创造出一个玄幻形象的谱系。创作这些电脑画作的手段,并非是简单的"换笔",即由传统的画笔、颜料、纸张、画架、画框和展室调换为鼠标、电脑画板、高清液晶显示器和网站,而是代表着一种新的技艺正在传统技艺的基础上兴起。这些电脑绘画作品都具有艺术作品的典型特征,同时又与网络时代的大众文化与消费活动有着密切的联系。于是,因阅读和消费这些作品而引发的群体感知体验,理应从这些作品的笔法、结构、风格与媒介中寻找。

人物服饰线条的绘制是中国古代人物画的重要造型手段。弗朗索瓦·于连曾论述了中西绘画中的身体形式与文化观念的关联,阐释了衣饰线条与身体形象之间的相关性。于连认为,中国传统绘画的观念非常注重人物所处的时代与社会阶层,而人物的服饰呈现正是其时代与社会身份的标志。"吴带当风"式的描绘凸显了角色的身份、气韵与神采,更呈现了中国传统社会中"身体性"臣属于"主体性"的艺术观念。《古典与玄幻》一书中的《爱上齐天大圣》是张旺早期的作品，在主题上受到时尚电影作品和网络小说的深刻影响，着力塑造一种角色之间“爱而不得”的精神状态。其中女性角色服饰方面宽大的形态与飘逸的线条与其说是“身体在场”的呈现，不如视为对身体与欲望的遮蔽。本雅明所说的“一见钟情”渗透了现代欧洲都市因流动性造成的稍纵即逝的人际关系与感知体验，而全媒体时代的网民交往则因网络表演与人格面具而造成更为模糊暧昧的社会体验。在这一意义上，《爱上齐天大圣》中形象与手段之间的矛盾性隐约对应着因网络交流的超空间性而产生的新的“一见钟情”或“最后一瞥之恋”。《龙女》中的形象似乎可视为作者本人对《爱上齐天大圣》一画的反思与修正，画面上渗透着阳性气质的铠甲、兵器和龙纹水印，与女性的身体与服饰线条相结合，呈现了形象创意中有意为之的“拼贴”（Mix & Match）思路，刻意营造了超越现实时空的奇幻感觉。这一作品的创意源自《柳毅传》，虽然无法完全展示那篇风格瑰丽的唐传奇的精髓，但借助电脑重塑的力量，作品与传奇故事形成了遥远的互文。画集中《狐仙》的特殊性则并不在于与《聊斋志异》文本的互涉，而是《诗经 · 月出》这篇作品与《聊斋志异》小说集的通用角色之间的拼贴。在此，绘画不仅拟仿了诗歌中的经典情境，而且成为黏合不同文学作品的视觉手段。文学读者与绘画欣赏者感知经验的交汇，展开了新艺术消费的可能。

面孔的描绘是绘画塑造人物的另一途径。作品中面孔的造型通常会提供罗兰 · 巴特所说的“刺点”（Punctum），即以独特的冲击力而产生令人感兴趣的细节。[①] 张旺作品中令人注意的刺点之一是某些形象面孔上的筋肉形态。这些男性化的妖魔面孔通常会令人联想到西方神怪电影中的某些形象，尤其是《国殇》的人物面孔造型与好莱坞电影《木乃伊》的相似性，在酷怪的体验中引发了画迷和影迷的双重迷恋。此类面孔的价值并不在于它们表明了形象的人性或非人性的身份，而是在观者的观赏中于人与非人、绘画与电影之间，提供了流动不拘的形式魅力。这一人、鬼、神的集合体，因面孔上五官的关系、裸露且并无皮肤遮蔽的筋肉，以及与作品相匹配的文字而得到呈现。观者在这种面对面的注视中，将神怪面孔的造型同那些细密繁复的

---

① 巴特.明室[M].赵克非，译.北京：文化艺术出版社，2003：67.

盔甲与衣饰纹理缝合于一处。它们共同参与了酷怪之“型”的塑造。刺点之二是角色的眼睛。女性化角色(如《龙女》《狐仙》《山鬼》)的眼睛塑造试图表现出中国绘画中明眸善睐的古典神采,但这一系列作品中的七位阳刚角色的眼睛除《二郎》《大德》以外,一律只勾勒眼睛而不画瞳仁。当中国传统绘画中的“传神之物”付诸阙如,习惯欣赏传统人物画的观者会将注意力转向弥散于铠甲衣饰兵刃中的幽冥之气,以及在繁复的纹理线条中的“玄幻洛可可”建筑风格。刺点之三是画面上的水印标记。在《国殇》《马面》《判官》《夜叉》等作品画像砖风格的水印中,作者又将新的玄幻形象引入画面。它们与居于画面中心的主体形象相对应,提供了某些若隐若现的视觉主题,同时可视为作者在作品中留下的独特印记。这些作品中的刺点不仅令视觉艺术品的观者产生兴趣,而且具有扩展的能力,让一种独特的氛围蔓延于作品之中。

使用简笔造型的作品中大量出现的空白更为明确地提示观者:这些作品同时具有艺术性和商品性。《佛前鱼》《鲁达醉意》之类,虽然拟仿了“生气远出”的古典画风,但并未于离开工笔绘画之际凸显出数码绘画的独创性;而《荷之精灵》与《少年心事》两作在《佛前鱼》《鲁达醉意》的基础上透露出更多的民间情趣。这一方面固然源于《荷之精灵》《少年心事》两作的视觉主题,更重要的则是作者借助数码渲染的手段创造出了年画式的视觉风格。作为艺术作品,它们是作者自主性的呈现,包括对笔法、风格和主题的选择;作为文化商品,它们则要迎合消费者的需要。创作者以电脑绘画的技法来应对这种双重性,游走在新艺术形式与文化消费活动之间。那些大量使用的空白,本是中国传统绘画的经典表意手段,在此又化为文化商品所需要的独特情趣与格调。此外,在中国传统绘画作品中相映成趣的形象、纹章与题画文字,在以上作品中仅余下形象和纹章。能够与绘画产生互涉关系的文字,则游离于画作之外,成为观者探索作品意义的提示。而即便只是一种提示,也在画作的网络传播中一再被缩减。这些随时可能变为网络游戏角色的形象,正在成为独立于文字之外的自足体,漂浮于读图时代的消费文化语境之中。

本雅明有关机械复制时代的论述表明,媒介的更新提供了现代文化前进的契机和动力,也必然引发艺术作品的创制方式、存在方式与感知方式的变迁。

在创制方式方面，本雅明时代以摄影和电影为代表的新兴艺术作品，是利用机械和光学原理进行复制的。它们去除了维纳斯塑像式的独一无二性，衍生出大量可供全社会消费者共享的视觉艺术品。而数码时代的复制技术则建立在对高清显示器、电脑芯片、大容量存储器和互联网的操作之上。电脑与互联网普及之后，如何利用电脑来创作富于民族性的绘画作品，是中国电脑绘画者着力思考与实践的一个问题。毕竟，当代电脑绘画创作不仅是个人趣味情致的感发与再现，还应关联到绘画作品在文化产业中的独特价值。全球化背景下的文化产业发展需要不断涌现的新形象与新创意，而民族传统文化的延续也需要能够被广泛接受的文化符号集合体以及与之匹配的媒介手段，国与国之间的文化竞争更需要建立在文化交流与融通基础上的形象创新性。数码时代为以上设想的实现提供了相应的条件，而电脑绘画的特殊性也在此体现出来：首先，作者在 CG 作品的绘制过程中可不断尝试多种表达的可能，并且以量化的方式对表达方式进行调整，这与中国传统绘画在创作中体现出的“不可重复性”大不相同。其次，绘图软件中的各种滤镜与特效工具是作品风格形成的重要因素。它们并不是单纯的技术因素，而是提供了技术、主题和感知方式相互结合的新契机的媒介因素。

在存在方式方面，数码时代的电脑绘画与电玩、游戏、网络媒体具有共生关系。20 世纪八九十年代街机电玩中的角色形象与动作风格深刻影响了当代中国电脑绘画的创制，它们为中国绘画者带来了源自日本及欧美的文化刺激。中国绘画者在经过短暂的模仿之后，开始将目光转向本土的绘画传统。当代网络媒体则为他们提供了全新的传播、消费与互动的平台，使他们的作品以远超于本雅明时代的速度进行传播，特别是网络游戏的扩展性和互动性推动了公众对电脑绘画的消费，并且加速了电脑绘画的再生产。甚至因电脑绘画作品在城市广告与商铺装潢设计中的广泛应用，绘画者本人也会不经意地漫步在由自己作品构成的城市空间之中。至此，本雅明在《机械复制时代的艺术作品》中论及的“夕阳中的树枝”的独一无二性在数码时代已逐渐消逝，取而代之的是数字媒体的超量复制和新型数码作品的远程在场。不过,张旺等 CG 创作者还是借助打印技术在输出数码绘画之后再盖上个性化印章,以此来保存其作品。这一从数码复归于印刷的制作过程使他们的作品重新获得了“独一无二性”。除此之外,张旺的 CG 作品还以封面或插图的形式参与了传统的印刷文本(如小说)的传播过程。

在感知方式方面,数码复制时代的艺术作品提供了新的接受方式:受众由欣赏传统绘画式的外在“静观”变为“置身其中”,由较单纯的视觉接受过渡到“触觉—视觉”接受,即触觉与视觉互相渗透的接受方式。这种论述原本是美术史学家用来概括古代埃及绘画与浮雕所体现的感知特征的。如里格尔所说:“浅浮雕完成了眼睛与手的最严谨的相接,因为它的元素是平的表面。这种平面能够让眼睛变得像触觉一般,甚至它可以赋予眼睛一种触觉的功能,或者更确切地说,一种触觉般的视觉……”[①]这种感知特征在当代 CG 作品欣赏中的重新浮现,一方面是由于这种造型艺术作品中的特殊透视法,即 CG 绘画作品中形象与背景之间的关系如古埃及绘画一般,既分开又统一在一起,借助线条凸显出对象的体型。不难看出,在数码艺术作品的欣赏过程中,接受者的眼睛成了兼具触觉功能的感知器官。另一方面,这种感知方式的产生源于当今因符号的过度生产所造成的感知变迁。于是,受众对 CG 绘画的感受在各种新媒介的传播中最终溢出了画框和电脑显示器,漂浮在赛博世界中。这些具有神话韵味的 CG 作品渗透了尤利西斯式的旅行者目光,串联起有关东方与西方的文化形象,是一种形象与感受的拼贴、混合与融汇,共同创造出一个奇幻的审美空间。

艺术作品的新型复制方式引发了新的感知体验,也引发了作品、作者、世界和受众的新式互动。流行小说、报刊广告、城市广告牌、大型购物中心、电脑网络游戏等,都是信息时代新生产线的组成部分。当今文化生产线生产的产品除书籍、报纸和杂志之外,还有网络上的文字和影像。与传统绘画相比,CG 绘画虽然可借助网络媒体为更多人所共享,但它们的形象、创意与制作依然是由较少且较为分散的创作者所掌控的。这些数码时代的“手艺人”,不再如乡土时代的手艺人一样,处于家族式组织与师承关系的社会网

① 德勒兹.弗兰西斯·培根:感觉的逻辑[M].董强,译.桂林:广西师范大学出版社,2007:143.

络之中,而更多依靠网络媒体和制作软件来创作。在这个意义上,CG 绘画所提供的视觉形象,不仅是 CG 绘制者的创作结晶,也是他们的创作活动与网络其他文化形式之间互动的结果。其中特别值得注意的是,CG 绘画与当代奇幻文学之间的密切联系,两者在艺术形式和传播方式上形成了互文与互补,共同推动了网络时代文艺创作的新发展。

与这些创作者之间的互动活动相关的是创作者与受众的互动。如同报纸媒体以“读者来信”等方式提供作者与读者的互动活动一样,当代网络媒介支持更为复杂的互动活动,同时加速推动文艺受众向文艺创作者转化。尽管电脑绘画的难度和专业性限制了大众成为真正的创作者,但个人网络空间中的留言、评论和转帖却不折不扣地成为大众与电脑绘画者进行互动的有效形式。同时,由数码绘画与动漫、网络游戏等新文艺形式的关联可知,数码绘画推动了受众对角色或形象的认同,引发了网络时代虚拟角色扮演的日常生活实践。这种实践引发了当代时尚消费的新体验,也提供了网络文化产业发展的新契机。而在其与传统文艺形式的关联中,CG 绘画通常以小说或杂志插画的形式出现,展现出强大的适应性,可视为能够同时适应网络媒介和印刷媒介的艺术形式。

张旺的 CG 绘画在对古代神话和古典文学作品的拟仿中呈现出建构在历史感之上的奇幻感,并用移置与拼贴等手法进行“仿史记”式的私人描绘,勾勒出一个乌托邦世界。我们或可将那些电脑玄幻空间中的神怪形象视为文化旅行中的视觉景观,在欣赏与品味中走入一个注重直觉感受瞬间迸发的超现实艺术世界。《山鬼》《刑天》之类的作品,某种程度上是用电脑绘画的形式转译《山海经》《楚辞》《聊斋志异》等文字作品中的形象。可以说,凝聚在中国古典文学作品中的历史感,以及那些挥洒自如的文化拼贴与交融的手段,都是这些作品中奇幻感的来源。这个乌托邦世界的版图中既刻印了中国古代神话与古典文学作品的印记,也因吸收了外来形象与符号而呈现出浓厚的异国情调,这成为奇幻感的另一个来源。西方文化语境中的“异国情调”,大多与种种关于东方的想象密切相关。这种文化想象十分易于推动有关东方的“静止的他者”的印象的形成,因此在引发受众惊奇与迷恋之余,也导致了他们对超越空间与时间的向往和憧憬。在此,视觉作品中的异国元素,在提示空间感的同时,通常也会提供历史感和乌托邦式的永恒感。张旺说:“这种新型的高科技艺术创作平台,既使我体会到前所未有的酣畅淋漓的创作状态,任想象力在笔端/荧屏自由驰骋,从容快乐地实现自己种种奇思怪想,又使我在这崭新的艺术门类中,以自己的方式向中华传统艺术致敬。”[①]在这个意义上,张旺同其他画家一样,“以自己的方式概括了绘画史”[②]。

综上,在观者的反复凝视和品鉴中,这些迷人的作品始终洋溢着形象的新鲜感。它们的魅力肇始于最初的一瞥之间,又具有乌托邦式的持久魅力,并借助数码时代的媒介手段不断游离于画室、画展和画册之外。观者或可借用布勒东的诗句来描绘它们令人难忘的原因:“永远作为第一次。”

---

① 张旺.古典与玄幻:张旺 CG 作品集[M].天津:天津人民美术出版社,2007:70.

② 德勒兹.弗兰西斯·培根:感觉的逻辑[M].董强,译.桂林:广西师范大学出版社,2011:143.

第五章　全媒体时代的“微”文艺形态研究

第一节　无“微”不至：当代微文化解读

在博客技术先驱伊万·威廉姆斯（Evan Williams）2006年创建的公司Obvious推出Twitter业务后，世人的目光便被吸引至“微博”这样一个新名词上。2009年，“微博”以绝对优势成为年度世界最流行词。Twitter的成功引起了我国网络公司的兴趣。从2007年5月非主流媒体的尝试①到2009年8月新浪网开通微博内测版，再到2010年我国四大门户网站（新浪、搜狐、网易、腾讯）开通微博服务，微博在中国逐渐流行起来。

微博继承了博客为用户提供信息分享、传播及获取等功能，更具备使用终端便携、输入内容简洁、可及时更新等优势，因此，它有比博客更广阔的市场。随着微博功能的不断完善，“织围脖”②成了许多人的一种生活习惯，尚简、崇微逐渐成为人们的一种生活理念。在这种“微”观的影响下，微小说、微电影、微视频、微童话、微剧本、微简历、微新闻、微营销、微公益等“微”现象纷纷出现，形成了蔚为壮观的“微”文化。网络上“微”大军阵容渐趋庞大后，又延伸至现实社会，其涉及的领域渐多、包含的内容范围渐广，可谓无“微”不至。那么，为何会有如此众多的文化现象被冠以“微”名？它们产生

① 王兴创办饭否网。
② 指在微博上更新内容。

的原因是什么？背后又有着怎样的文化逻辑？它们的走向当如何呢？本文将立足于当下，从共性（各种微现象）与个性（微小说）两个方面尝试对微文化进行解读。

一、何谓微文化

国家语言文字工作委员会对“微文化”的解释是：由于微博这一网络平台的产生和普及而衍生出来的注重向个体和微观发展的文化现象。这一定义主要从物质基础与精神指向两方面对微文化进行界定：首先，微文化是基于微博的产生与普及而衍生出来的；其次，它的精神指向是向个体和微观发展。

严格来讲，“微文化”的概念在中国的提出要早于微博。20 世纪 90 年代，一支名为“微”的乐队就已经在北京的酒吧中借歌声传播他们的微文化理念。主唱麦子在 2006 年开通了名为“万物本微 · 人类微文化交流”的新浪博客，在 2008 年出版了哲学书籍《微的哲学》，旨在介绍其“生命本微”“微即温暖”的哲学思想。而我们这里所说的微文化则是由多种微现象和诸多微字头概念构成的一个集合。这些概念中有些是《微的哲学》中提到过的，比如微公益、微关怀等。这部分微文化闪烁着麦子说的“微即温暖”的人文色彩，而这些之外的微文化，如微小说、微电影等，更多的是基于其产生方式或形式之微，其中是否蕴含人文色彩则需要根据其内容做进一步探讨。

由于目前对微文化还没有一个统一的、明确的定义，而其本身又包含着诸多不同领域的以“微”命名的概念，我们暂且将微文化定义为：一种由微博衍生而来的，暗含了尚简、崇微观念的各种因产生方式或形式微小而被冠以“微某某”之名的诸多个体所共同形成的具有时代特色的文化现象。

微文化是一个集合体，涉及人类生活的各方面。根据个体命名的原因，微文化大致可分为两类：

（一）基于微博命名的微文化

在构成微文化的诸多个体中，大部分个体的命名是基于微博这一平台而产生的。根据微博在其形成过程中所发挥作用的不同，这些个体又可分为三类。

第一，以微博为创作平台形成的微文化。随着微博技术的不断发展，使用者得以用多种方式去表达自我。在表达内容上寻求突破也成为“微粉”们彰显个性的重要方式之一，这样就形成了更高层级的表达——创作。文本创作上出现了微小说、微简历等，视听创作上出现了微视频。这些微形式在不断被认可的过程中逐渐向网络之外延伸。于是，微小说不仅在微博上发布，也在一些纸媒上刊载；微简历是如今许多求职者制作求职信息的方式；而微视频更是有了突破性发展，产生了具有完整故事情节，能够在各种新媒体中移动播放的微电影。微博作为创作平台，形成了多种旨在表达自我、传递信息的微文化。

第二，以微博作为联系工具形成的微文化。我国新媒体领域的知名研究学者陈永东认为：微博是一种通过关注机制分享简短实时信息的广播式的社交网络平台。既然是社交网络，那么它必然有重要的社交功能。微博将人们联系在一起，各种关系表现为各种微现象，种种微现象叠加，便形成了一定意义上的微文化。比如，微博 110、微博问政、微博议政等将权力机关、行政人员与普通民众联系起来，形成了政治领域微文化；微博招聘使企业与应聘者及时、有效联系起来，形成了商业领域微文化；还有利用微博萌生、培养、传达彼此爱意的微爱情。以上种种微文化的形成都与微博有着密切关系。

第三，因具有微博的某种特点而被命名的微文化。前两种类型的微文化均是在使用微博的过程中形成的，还有一些微文化并不与微博发生直接的使用关系，而是因为具有微博的某种特点被命名的。比如，建立在微博基础上的微访谈、有字数限制的微投诉、有微博特色的用于叙述事件或表达感情的微博体，等等。

以上三种类型的微文化命名均与微博有着密切关系，它们或因为微博的使用而命名，或因为具有微博的特点而命名。总之，都是“微博”这一核心所衍生的微文化。

(二)因形式微小命名的微文化

尽管微文化的兴起确实极大地受到微博的带动,但现实中也有很多微现象的命名并不与微博发生关系,而仅仅是因为相对于该现象的"母体"而言,其范围、形式更加微小、细致、具体。比如"午美族"①们喜爱的微整容、心理学研究的热点——微表情、互联网小金额支付——微支付、积少成多的志愿行动——微公益,还有微喜剧、微新闻等。这些微文化均因形式微小而被命名,但又都有着集腋成裘、聚沙成塔的宏大目标。尤其是提倡个体行动,立足于用小爱改变世界的微公益,更是彰显了麦子"微即温暖"的哲学理念,闪烁着人性的光芒。

以上是从命名角度对微文化所做的分类,但在具体实践过程中,这种分类不是绝对的,因为事物是不断发展变化的,原本某一类微文化可能会随着时间的推移或分类依据的改变而在归属上发生变化。比如,微小说从网媒回归到纸媒之后,其与微博的关系就发生了变化,形式之微同样对微小说的命名有一定影响。另外,在研究微文化的过程中,绝不可以望文生义地将新近出现的所有微字头概念都归入微文化,比如微单②、微耳③、微针④就是不同领域的某种新技术或者新发明,而非我们所说的微文化。

二、微文化背后的文化逻辑

蔚为壮观的微文化几乎已达到无"微"不至的程度,这种无"微"不至不仅可以用来概括微文化整体涉面之广,同样也适用于解读其中的个体现象。在构成微文化的诸多个体中,微小说因形成时间早、发展速度快、参与人数多、影响范围广而堪称微文化之典型。此处就以微小说为范例,立足当下语境,对微文化产生的文化背景和精神指向做一简单探讨。

---

① 指利用中午的时间去医疗美容机构美容,以达到保养身心目的的白领一族。

② 索尼公司的商标,指没有反光镜与五棱镜的单电相机。

③ 一种让听到细菌的声音成为可能的激光技术新设备。

④ 一种美容方式。

(一)后现代主义思潮影响下的无“微”不至

后现代主义思潮自20世纪中期产生之后就在争议中深刻地影响着人类生活的各个领域。微文化作为一种文化现象,势必受到这一思潮的影响,而微小说作为一种新型文体,更是在多方面印刻着后现代主义理论的痕迹。

作者无处不在,内容无所不涉。“那种以单一的标准去裁定所有差异并统一所有话语的‘元叙事’已被瓦解”①,法国哲学家利奥塔德如是说。他将后现代主义看作一套价值模式,去中心、多元论、消解“元叙事”是其表征。后现代社会是一个提倡多元化的社会,尤其在自由度较大的网络世界中表现得更为明显。后现代主义表现在以微小说为代表的微文化中便是创作者无处不在,内容无所不涉。综观微小说的作者,早已不仅是文学家、记者之类的社会文化精英,而是包括各行各业人士在内的广大民众。任何一个会使用微博的人,只要有创作愿望和创作灵感,便可以成为微小说的创作者。科技的进步使创作的门槛降低,而后现代社会不再要求创作者表现宏大主题,于是依托于网络这个公共空间的微小说写作就成了一种大众文化行为。“人人都可以成为艺术家”②,以新浪网两次微小说大赛获奖作品的作者为例,两次大赛几乎囊括了各行各业的人士。正因为作者身份的多元化,作品也在不经意间变得多元化。即便是同一主题的作品,也可能因作者身份的不同而具有不同的特色。微小说的这种特点同样也适用于微电影、微视频等网络微文化。

读者参与创作,解读不再单一。哈桑强调后现代艺术是一种行动和参与的艺术。③ 尽管微小说是一种语言性文本,但由于网络的开放性、互动性,使它成为一个非静观的对象。渴望参与的读者不会被动地接受微小说给予自己的内容、结构、思想等,而会运用主观能动性对文本进行解读。如今的读者可以通过评论来表达自己的感受,还可以用“赞”或者“转发”来表明自己的立场,甚至有的读者会受到文本的启发而进行自己的创作。在“作者—

---

① 朱立元.当代西方文艺理论[M].2版.上海:华东师范大学出版社,2005:372.

② 欧阳友权.网络文学概论[M].北京:北京大学出版社,2008:107.

③ 朱立元.当代西方文艺理论[M].2版.上海:华东师范大学出版社,2005:383.

读者—作者”这种双重身份的转化中,微文化被更多的人知晓并接受。

后现代知识追求“不稳定性”,排斥稳定系统和决定论。“想象力”是后现代知识最为推崇的,它可以包容整个后现代的知识领域。具有了不断创新的想象力,就具有了将分离的知识进行系统组合并清晰表达的可能。① 正是因为这种想象力的影响,加上身份的不同,读者才可以对微小说进行多元化解读并及时反馈。因为文本的意义是无限的,它永远处于与理解者的对话的意义生成过程中。② 后现代主义打破了中心论和权威论,以更宽广的气度去包容事物,微小说乃至其他微文化个体正是这一文化逻辑的现实运用。

(二)微文化的精神指向

尽管微文化的精神指向需具体问题具体分析,但就其共性而言,是指向个体和微观发展的。下面,仍以微小说为例进行分析。

选材细微,表达个体。微小说是属于大众的,具有平民性质。广大民众创作的微小说具有消解神圣的倾向,远离了崇高、伟大的叙事主题,转向对自身生活的书写。这正如哈桑指出的后现代主义带来的转折一样:它不再对精神、价值、终极关怀、真理、美善之类超越价值的事物感兴趣。相反,它是对主体的内缩,是对环境、现实、创造的内在适应。后现代主义在琐屑的环境中沉醉于形而下的卑微愉悦之中。③ 于是,在微小说的叙事中,话语权回归广大民众,使其可以与精英、权威们在同一平台上表达自我。

参与互动,合理交往。哈贝马斯的交往行为理论构建了一个美好的“新理性”图景:通过对话、交往获得具有共识的价值观,通过理解获得合理的意见一致的真理,通过社会成员之间的相互理解、和平相处达到社会和谐的目标。④ 以微小说为代表的微文化由于兴起于网络,而网络环境又具有极强的交互性,因此,人们在参与过程中不再像看电视那样被动地接收信息,而是可以直接回应。布希亚德提出的“传播与回应的不均等关系”在一定程度上

① 朱立元.当代西方文艺理论[M].2 版.上海:华东师范大学出版社,2005:373.
② 朱立元.当代西方文艺理论[M].2 版.上海:华东师范大学出版社,2005:385.
③ 朱立元.当代西方文艺理论[M].2 版.上海:华东师范大学出版社,2005:381.
④ 朱立元.当代西方文艺理论[M].2 版.上海:华东师范大学出版社,2005:370.

变得均等。于是,交往趋于合理,有利于构筑更加和谐的社会关系。

以小搏大,释放压力。贝尔指出:在后工业社会,科技与文化的变化成为社会动荡的根源。外部世界的迅速变化导致人在时间感和空间感方面出现错乱。人们长时间处于机器、工业发展所带来的快节奏生活中,精神高度紧张,本能的欲望又促使其寻找突破口,从高密度的时间链条中寻找间隙来释放压力、紧张和焦虑。此时,网络的全时性便给受众提供了这个机会,[①]让人们可以随时从网上寻找慰藉,为人们提供了一种减压途径。同时,受众可以对网络信息进行过滤,选择自己感兴趣的、对自己有意义的小部分内容,[②]从而获得精神的愉悦。此外,长期处于压力中的人们内心充满表达的欲望,表明自己的态度与观点是人们的心理需求。但快节奏的生活并不允许人们长时间在网上浏览。于是,随着微博的大热,篇幅短小、内容精练的微小说、微电影等就成为人们的“宠儿”。它们给人们提供了快速阅读、短时创作的途径,在都市压力生活中给人以释放的出口,使人得到一定程度的解脱。

微小说让人们在惜字如金的氛围中感受语言文字之美;微电影将人们对生命的感悟浓缩在几分钟的视听语言中。这些微文化尽管形式微小,但在简单的文字、声音背后却有着浓郁的生活气息和丰富的人文色彩。而像微公益之类的志愿行动更是践行着“勿以善小而不为”的理念,循着“微即温暖”的哲学思想,在个体微小的行动中表现出极大的人文关怀,为改变世界贡献着绵薄但持久的力量。

三、微文化发展前瞻

随着现代科技的不断发展,人们的生活理念不断更新,尚简、崇微的微观念逐渐深入人们的生活。在微理念潜移默化的影响下,微事物不断涌现,在此基础上形成的微文化也被越来越多的人所接受。

---

① 聂庆璞.网络叙事学[M].北京:中国文联出版社,2004:66.

② 聂庆璞.网络叙事学[M].北京:中国文联出版社,2004:68.

（一）发展走向

纵观微文化的发展过程，其发展走向大致有以下三个趋势：

涉面渐广，无“微”不至。微文化自网络中兴起，之后由虚拟的网络世界延伸至现实世界，以微小说、微电影为代表的网络微文化发展至囊括微营销、微访谈、微公益、微关怀等诸多个体在内的微文化阵容。在多个个体的合力推动以及微观念的日益渗透下，微文化必将以微小的形式指涉巨大的社会生活领域，最终呈现出无“微”不至的局面。

日益规范，融入主流。尽管微文化指涉范围渐广，发展势头良好，但不得不承认的是：当今的微文化阵容中存在许多不规范现象，蔚为壮观的微文化也并未被主流文化完全认可。微文化自网络中兴起，网络本身的开放性为其自由发展提供了可能，但与此同时，也出现了鱼龙混杂的现象。不过，纵观文化发展历程，几乎任何一种文化都经历过不被认可的阶段，然后由非主流逐渐融入主流，乃至最终成为主流文化。社会各界对微文化的关注，必将促使其加强行业自律，而政府对网络微文化的管理，也会促使微文化趋于规范，从而使微文化由精英眼中的非主流逐渐融入主流，成为主流文化的重要组成部分。

精英推动，“草根”为本。由网络兴起的微文化，因为网络的开放性与包容性而发展成一种涉及诸多领域的大众文化，因而也具有强烈的平民意识与草根性。但是，我们并不能因此否定精英的力量。无论是微小说、微电影之类的网络文艺创作，还是微公益、微关怀之类的社会公益活动，精英的推动力与号召力都是巨大的。而微文化本身所具有的包容性使得精英与草根相互理解，并逐渐融合。因此，微文化将在精英与草根的合力推动下获得长足发展。

（二）需要克服的障碍

总体而言，笔者认为微文化有着健康、光明的发展前景。作为在后工业时代兴起的微文化，其自身印刻着诸多后现代主义的光辉色彩。不过，微文化在发展过程中，也必须克服一些可能出现的障碍。

杰姆逊提出,后现代主义的特点为深度模式被削平、历史意识消失、主体性丧失、距离感消失等。① 具体表现为真理被搁置不顾,整个世界成为一堆关于表述的文本,思想不复存在,只有写满纸张的文字,文本的不断翻新代替了对意义的追寻。② 同时,本源的丧失导致“复制”的盛行,人们习惯于一味地接受而拒绝思考,整个社会成为一个“由他人引导”的社会。略显浮躁的时代氛围使许多人在面对网络微文化时,并不会特别地思考其深意。而对于尝试创作的人而言,也常常会落入堆砌文字或简单拼接图像的窠臼中。至于像微公益之类的极具人文关怀的活动,尽管具有极大的人文价值,但在快节奏的后工业社会,其推广与普及还需有更大的力度。

由微博衍生而来的微文化具有一种注重向个体和微观发展的精神指向。然而,这种精神指向仅是就其形式及浅层内容而言的,并不能完全涵盖微文化的全部意义。微文化的最终价值指向并非个体与微观,而是远大于题材本身的社会生活,是借个体行为反映社会的行为准则与价值取向。因此,微文化若想获得长足发展,必须有足够的深度与广度,在各种表达形式中努力发掘更深远的意义。

处于后工业时代的微文化有其产生与发展的必然性,并且具有强大的渗透力。尽管其在发展过程中也表现出一些不足,遭遇到一些障碍,但每一种文化都是在肯定与否定、优点与不足的合力中曲折发展的。我们有理由相信:在将来的日子里,适合快节奏生活、符合现代人生活理念的微文化一定会以无“微”不至的覆盖面,以小搏大,改变世界。

第二节　微信时代的文化场域与文艺形式

一、微信的文化场域

高速发展的新媒介技术改变了当下的媒介生态环境,而以微博、微信为

① 朱立元.当代西方文艺理论[M].2版.上海:华东师范大学出版社,2005:376.

② 朱立元.当代西方文艺理论[M].2版.上海:华东师范大学出版社,2005:377.

代表的或公开或私人的社交媒体在逐渐改变人们的阅读方式的同时,也在调整大众传媒时代的阅读取向。在互联网时代,人们的信息来源不再局限于各大权威门户网站。这是个人人皆可发声,甚至发声必有回响的时代。我们每天在微博、论坛等各类社交平台上接收无数新闻。信息来源渠道之丰,一方面避免了因为信息不对称导致的偏听偏信,另一方面也加大了对信息真伪进行辨别的难度。当大媒体平台的公信力下滑,充斥在生活各个角落的诸多信息难辨真假时,有大批忠实粉丝的"意见领袖"或是有特色的个人公众平台却在逐步用自己的言行来影响其阅读群体。这种摆脱了传统的出版模式,依存于个人判断的信息产出方式被美国新闻学会媒体中心的谢因波曼和克里斯威理定义为"自媒体"(We Media)。

与微博、博客等公开的社交网络不同的是,微信是一个私人化的社交平台,朋友圈是通过自我选择组合成的内部"关系资源"。美国社会学家马克・格兰诺维特在研究社会关系时提出了"强弱关系理论",对强弱关系的定义主要从互动频率、感情深度、亲密程度、相互回报这四个维度来考量。

微信朋友圈基本是以"强关系为主,弱关系为辅"的模式运作的。这个模式在社交互动上的意义毋庸置疑,但在阅读分享的功能上却有待商榷。微信用户最开始的好友基本上都是现实生活中认识的人。其中互动频繁的朋友就构成了朋友圈里的"强关系"链,而那些互动不积极的人则逐渐变为朋友圈里的"弱关系"链。另外,微信的互加好友需要得到双方用户的允许,朋友圈也有屏蔽和分组显示的功能。微信用户可以筛选自己的朋友圈群体并分类,之后他们在朋友圈的分享可以对应相应的目标阅读人群。

在这个信息输出与接收的过程中,其实朋友圈也相应地形成了自己的场域。法国社会学家布尔迪厄认为社会中存在各种各样的场域。场域的存在是为了给各种资本的相互竞争、比较和转换提供必要的场所。布尔迪厄认为经济资本、文化资本(信息资本)、社会资本和象征资本(符号资本)是场域竞争的四大资本。在微信场域中,文化资本无疑是一个竞争力最大的因素。信息输出能力和话语引导能力决定了人们在微信场域的受众群和影响力。

随着互联网技术的发展,人们在工作、生活中的各类社会关系都延伸到了网络世界。微信是网络社交的典型代表。微信作为一个无门槛的社交媒介,似乎不存在资本区隔。但其实在微信场域中,资本区隔是一个叠加作用,一个人在现实生活中的社会角色和朋友圈的信息传播质量与频率共同决定了这个人在朋友圈中的层级关系。现实生活中的“资深”或“权威”人士能增加其在朋友圈发布内容的可信度。在强关系链中,积极活跃、言之有理的输出者更能掌握朋友圈的话语主动权和意见导向。在弱关系链中,由于那些互动不频繁、不太亲密的朋友在生活中的重合度较低,反而能使彼此接收到来自不同世界的信息。朋友圈的转发、分享其实遵循了自媒体自下而上、由点到面的多向传播原则。一个有效内容激活了一个人,等于激活了一个高黏性群体。可以说,朋友圈里的“意见领袖”比微博等公共平台上的实名制“大 V”更具说服力与信赖感。

如果说朋友圈的输出者是在建立网络世界熟人圈的个人品牌,那么微信公众号的发布与接收则更具多样性。一部分公众号平台是知名纸媒为扩大业务范围新设的,如极具品牌效应的文学期刊《小说月报》《收获》。在互联网传媒的冲击下,这些传统期刊不得不作出调整来挽回流失的读者群,由此催生了一批能更好地承载文学多样性的媒介。

为何在弱关系链条中,微信公众号依然能产生极强的信任感?我们从其订阅机制就可初见端倪。微信用户对于订阅号的选择基本上都是基于个人需求或是和自己有相同兴趣的人的有效推介,这就喻示了用户对订阅号的初步信任。在这种信任机制下,订阅号的文章无疑比一般文章更具有说服力与感染力。阅读体验好的订阅文章促使受众在阅读后参与平台互动,甚至分享到朋友圈进行二次传播。弱关系链条中的良性互动转移到强关系朋友圈中,更有助于订阅号受众群体的发展壮大。

而微博作为公开的社交平台,会主动地模拟用户的兴趣点,并为用户推介各种各样“你可能感兴趣的人或文章”,甚至随着商业资本的注入,各类广告变得越来越多,越来越放肆与隐蔽。放肆是指广告开始分割用户的阅读页面,隐蔽是指广告伪装成“被你关注的人”,使用户在无意识间进行阅读。这种妄图左右用户阅读选择的做法,减少了他们使用这个平台的自主权。因为无论是商品还是思想,当其推介需要使用资本手段时,都不得不让人怀疑它的真实性与可信度。而在微信程序设计里，订阅号并未在这个陌生的"输出者—接受者"的弱关系链里掌握主动权，订阅号对信息的筛选、分类需要充分考虑到受众的反应。只有及时根据受众的反馈来调整内容，才能保证文章的阅读量、转发量、互动频率达到一定量级。订阅号如果一直无法满足订阅者的阅读期待，就很可能被订阅者取消关注。在这种单向的订阅机制下，订阅者拥有更多的自主权。

二、微信订阅的文艺形式

因为微信公众号平台对文字、图片、视频等超链接文本的承载能力很强，使得平台文章的编辑更为自由。美妙的诗歌因为音频而有了具象的表现，学界热点因为视频而变得更为直观，丰富的彩色插画一定程度上迎合了年轻受众的阅读习惯。在资讯大爆发的时代，如此庞大的图文信息承载力让微信公众号在拓延话题广度与挖掘内容深度时更显从容。同时，快节奏生活和碎片化阅读决定了微信发布的文章不能过长、过于艰涩，所以在文学类公众号平台上，短小隽永的散文成为主流。诗歌类公众号平台也重新在这个"遗忘诗歌"的时代夺回一城。"为你读诗"是诗歌类公众号的领军者，它之所以受到大众喜爱，是因为"读诗"这一纸媒时代较为少见的艺术形式较好地做到了"给灵魂片刻自由"。从歌手、诗人到小提琴家，各行各业的人每晚十点定时为大家诵读各种各样的诗歌。在静谧的夜晚，从容地听一首诗，确实是这个时代已经遗失许久的一种乐趣。新媒体的声音传播功能使读诗真正地做到了闻一多先生所说的"音乐美"。

同时，书评类公众号也占据了文学类公众号的半壁江山。人们用手机进行阅读，时间是零散的，阅读环境是嘈杂的。人们不可能在这种状态下去读鸿篇巨制或是学理深奥的学术文章。轻松化的手机阅读反而给书评类公众号提供了一个良好的生存环境。"新京报书评周刊"就是其中代表。它既不是死气沉沉的自我陶醉，也不热衷于追逐娱乐狂欢下的噱头与头条。它每日发布两三篇针对热点、富有文艺气息的高质量文章，秉持着"严肃而有趣"的风格，聚集了一大群有质量且有忠诚度的粉丝。同时，微信的即时反馈对于书评类刊物的辅助作用非常大。开放评论模式使读者与编辑能够即时互动。每篇文章下的前 50 条评论甚至可能形成一个小型的文学论坛，读者们能够了解志趣相同的人的阅读体验，编辑也能及时了解当下人们的阅读品味和情感倾向。这种即时的双向交流比传统的“答读者信”更具时效性，也更直观。

除了依靠有影响力的刊物运行微信公众号之外，还有名人打造的微信公众号平台。如写《盗墓笔记》的南派三叔的微信公众号就是典型代表。短短三个月，该公众号就有 40 万人关注。南派三叔借助微信公众号更深刻地进入了粉丝的日常生活，也为由自己的作品衍生出的一系列电影、网剧产品聚集了大量人气。此类名人公众号正是利用新媒体平台打造个人品牌和作品品牌，并最终影响人们的消费行为。

截至 2020 年 11 月底，全球微信用户已突破 12.1 亿。每天有 10.9 亿用户打开微信。大量的文字在微信朋友圈流传，无论是个人生活状态、内心感悟还是佳作文章都得到了相当数量的阅读，微信朋友圈和公众号的传播力和影响力已不容忽视。移动互联网的即时、移动、互动特性加上微信特有的内部场域交流和外部场域沟通的模式极大地促进了文学的传播。

微信的登录界面，曾遭到许多用户的调侃：“在这个巨大的蓝色星球上，踽踽独行的个人究竟站在世界的哪个经纬度？”这个意味深长的界面和王安忆对文学的说辞有些不谋而合：“一个人面对着世界，可以与大家携起手，并起肩，共同战斗。而他面对着自己的内心，却是孤独的，外人无法给予一点援助……全凭自己去斗争，去摸索。而文学就是为这些个孤独的战场进行艰难而努力的串联与联络，互相提供消息，以期告诉世人，他们并不孤独，整个人类就在他们身后。”①现在的微信不仅是情感的交流，还有各类思想的碰撞。虽然随着科技的进步，阅读的方式在不断变化，但是文字的力量是永恒的。

---

① 王安忆.香港的情与爱[M].上海：上海文艺出版社，2013：卷首语.

第三节 微信与中国古代文学的创作与传播

21世纪以来,随着互联网和智能手机的广泛运用,传统媒体与新媒体之间不断融合,信息传播手段和方式不断丰富。在平面媒体(如报纸、杂志)、影视媒体、网络媒体等各类传播工具的冲击下,图、文、声、光、电等全方位、立体化的传播内容结合互联网、手机等多种传播手段,不断改变着文学存在的形态。

从早期的青铜器皿、竹简木牍,到后来的纸质印刷、广播影视,再到如今的互联网和手机,这些媒介无一例外地改变了文学的存在形态并促进了新的文学样式产生和繁荣。比如印刷术的出现促进了书籍的印刷和传播,并促进了小说的繁荣;广播、电影、电视的出现推动了广播文学和影视文学的诞生和繁荣;网络的出现促进了网络文学的诞生和繁荣;智能手机的出现催生了手机文学的诞生;而微博、微信的出现则在更广范围内催生了"微文学"的诞生。所谓"微文学",主要指以微博和微信为平台发布的文学样式,以短小、即时创作、互动性强为主要特征。尽管有新的文学样式产生,但其实,微博、微信等平台对文学最重要的影响恰恰不在文学方面,而是在对文化现象的传播上。截至2020年11月底,全球微信用户已突破12.1亿。微信正以自己独有的传播理念和交流方式深刻影响并改变着文学的创作和传播。

一、微信与中国古代文学的泛化和创作

早在2002年,徐亮就指出:"小说和诗歌的衰微,文学向大众传媒的转移,表明我们已进入了泛文学时代。"①文学的发展,总是随着时代的发展而发展,刘勰说:"文律运周,日新其业。变则堪久,通则不乏。"新的媒介出现、

① 徐亮.泛文学时代的文艺学[J].浙江大学学报(人文社会科学版),2002(1):53.

文学与其他艺术的交互融合,促使文学的边界日益模糊,并造成了泛化。微博的出现,产生了"微博文学";微信的出现,又产生了"微信文学",按照欧阳友权给出的定义,"微信文学是指在微信平台上承载的文学作品,它可以是用户通过微信创作并发布的原创文学作品,也可以是在添加为微信联系人的朋友圈、微信群、微信公众号中读到的文学作品。前提是:它们都必须蕴含文学内容,具备文学的特质,有着文学的基本品格,如能够以形象化的文学技法塑造艺术形象,以生动的、富于情调的文字(或许会有视频、音频元素)创造人文审美性的想象空间,给人以情绪的感染或价值观念方面的启迪"①。这个定义其实就指出了微信文学的三大传播渠道:朋友圈、微信公众号和微信群。微信是社交性应用平台,并非为了文学而设计的。文学的泛化为如何界定微信中的文学带来了困难,朋友圈、微信公众号、微信群中发表的带有文学性质的随笔感想、纪实叙事、段子笑话等是否为文学作品,在一定程度上还存在争议。

就古代文学而言,一般有两个常见的衡量标准,一是以时间为界,凡在1911年辛亥革命之前产生的文学作品、作家、文学事件、文体类别、文学运动、文学流派、文学理论以及文学研究等都属于古代文学的范围。这个以时间划分的古代文学属于广义上的古代文学,但这样的划分同时带来了一个新的问题,即1911年后作家创作的古代诗词、文言文作品能不能视为古代文学,如毛泽东、柳亚子等创作的大量古诗词。二是以文体来区分,由于五四运动之后白话文代替了文言文,那么凡是创作的古诗词、赋、曲、文言文散文和小说,均可纳入古代文学的范围,笔者在这里采取第二种标准。

古代文学在当代仍然具有重要价值,因为它重视现实,追求真善美。古典诗词所营造的"象外之象,景外之景"的审美意境仍然深深地影响着我们。在微信时代,文学的"泛化"仍在延续,这主要体现在:

(一)微信签名中的古诗词

微信有一项添加个性签名的功能,主要是为了体现个人的性格、兴趣

① 欧阳友权.微信文学的存在方式与功能取向[J].江海学刊,2015(1):196.

和爱好,有时候则是签名人某一段时间的心情展示。因为个性签名有字数限制,因此有的人就会把一些古典诗词当作自己的个性签名。如“花自飘零水自流。一种相思,两处闲愁”“花开堪折直须折,莫待无花空折枝”“此情可待成追忆,只是当时已惘然”“曾经沧海难为水,除却巫山不是云”,等等。个性签名中古诗词的出现从一个侧面反映了微信时代古代文学的泛化。

(二)微信中结合时代特点换用古诗词

中秋佳节是我国传统节日,吃月饼、赏月是民间传统习俗。微信中许多人巧妙地将古人的诗句进行了改写,如将李白的诗句改写成“床前明月光,有饼没包装。举头望明月,低头闻饼香”。将杜甫的诗句改写为“细草微风岸,今年礼物多。何物能摆阔?月饼最出色!”将孟浩然的诗句改写为“秋眠不觉晓,人人放假了。赏月饭桌上,月饼知多少”。将柳宗元的诗句改写为“品饼蓑笠翁,独过中秋节”。这些改写其实反映了当下人对现实的诸多看法,充满着调侃和戏谑。

(三)用文言文写成的微信

微信作为传递信息的平台,内容形式自由。如有人用文言文写了一条微信:

先生如晤:

吾,师之徒也,名健豪,习信息学奥林匹克竞赛。自吾学此,已满期年,未为校得一金一银,由是惭愧不已。今幸闻辽宁省集训,可会天下英豪,共勉于大连大学继续教育学院。吾已应,顾吾念之,师昔命尔等留言于去时,而今情势危急矣。须臾不敢怠慢,徒此去当增益吾所不能,尽力而为,以光恩师于天下,耀吾门于四海。若有苟且图乐、碌碌终日等天地不容之举,师可治徒之大罪。愿吾师知吾之难也,吾此去时初九,事毕将往天府之国会世外高人,计以廿四而归。吾有师长张先生为伴,与同门兄弟,恩师不必为吾等多忧，定无身心之患。望恩师谅之，愚徒不胜感激。

于健豪

乙未腊月初二

这是大连市第二十四中学高二学生于健豪向任课教师写的请假条。请假条原本是应用文体，不属于文学作品，但这条微信采用古代书信体的格式，模仿了《陈情表》中两难的笔法，表达出个人对相关事件的态度和看法，写得言真情切，诙谐而幽默，因此我们可以将其视为文学作品。

此外，人们还用古诗词来“翻译”一些网络流行语，如“也是醉了”被翻译成“行迈靡靡，中心如醉”（出自《诗经·王风·黍离》），“主要看气质”被翻译成“请君莫羡解语花，腹有诗书气自华”（出自苏轼《和董传留别》）。

微信中存在的这些文学现象，在一定程度上传播了古代文学，扩大了古代文学对普通民众的影响，模糊了现代文学与古代文学之间的界线，是当前古代文学泛化的另一种表现形态。

二、微信与中国古代文学的传播

微信作为新的社交互动应用平台，其传播兼具综合性和多样化的特点。微信公众号分为个人号和企业号，在传播应用上，兼顾文字、图片、音频、视频等多媒体介质，同时还有评论互动、点赞等功能，尤其是点赞功能，可以使发布者获得经济收益。以上特点使微信公众号在传播古代文学时具有非常丰富的表现力。数据表明，微博的用户弱关系、强热点传播特点构成了广场式传播，而微信的用户强关系、热点直线传播构成了客厅式传播。就传播方式来说，微博是涟漪式传播，一传十，十传百，效率高；微信更多是直线式传播，用户将喜欢的内容推荐给朋友，更具有亲和力。两大平台因不同的优势，成为如今人们获取资讯的重要渠道。

微信公众号于 2012 年 8 月上线，目前约有上千万个公众号。在微信功能的使用调查中，公众号的使用率排名第三，仅次于收发消息和朋友圈两大功能。由于公众号的数量及类别涉及商业机密，微信开发商没有公布相关数据。笔者以诗词、古典、古代、中华、古籍、书社、诗经、汉赋、唐诗、宋词、散曲等作为关键词进行搜索，得出初步结果：以“诗词”作为关键词搜索，有207个，以“古籍”作为关键词搜索，有76个；以“书社”作为关键词搜索，有198个；以“诗经”作为关键词搜索，有47个；以“汉赋”作为关键词搜索，有5个；以“唐诗”作为关键词搜索，有90个；以“宋词”作为关键词搜索，有73个；以“元曲”作为关键词搜索，有14个；以“明清小说”作为关键词搜索，有2个。由于与其他类型公众号有交叉，因此在剔除非文学类公众号和交叉结果之后属于古代文学类公众号应当更少。根据以上结果可知，古代诗词类的公众号最多。古代文学类微信公众号也有个人和企业机构之分，开通的目的基本都为普及、传播中国古代文学知识，培养人文和审美情怀，弘扬传统文化。如“每天读一点中国古典文学”公众号的功能介绍为：“中国古典文学私享阅读，读一点，却不止一点。每晚我们共聚，尽览中国古典文学之大美。”

值得注意的是，个人和企业机构公众号存在一些明显的区别：个人的文章发表很大程度上是出于个人的兴趣爱好，公益性目的更强。受个人时间和精力所限，个人公众号持续性较差。企业机构公众号出于宣传推广的目的，大致可分为以下几类：(1)期刊、出版社建立的公众号，如《文学遗产》、《文学评论》、《文史知识》、上海古籍出版社、中华书局、浙江古籍出版社等建立的公众号。(2)文化节目建立的公众号，如河北电视台文化节目《中华好诗词》建立的同名公众号，每篇文章阅读量都上万。(3)文化培训机构建立的公众号，如“唯美散文诗词”(建立者为深圳市宝安区西乡美文赏析工作室)、“诗词文学”(建立者为广州助赢教育信息咨询有限公司)、“诗词联盟”(建立者为深圳市夏花冬雪文化传媒有限公司)等。企业机构公众号以传递、普及、推广古代文学知识为基本诉求，然而在吸引忠实用户定期关注之后，会凸显其商业目的。如某科技公司建立的“诗词世界”的介绍为，“立足原创，打造精品，本平台设有如下栏目：名家诗选、海外诗吟、诗坛资讯、诗社雅集、诗评诗话、学诗医诗、校园诗人、书画诗人、女诗人专刊、企业家诗人”。除了推广诗词知识外，该公众号还开展诗词创作培训班，分为诗词写作基础课、高级课、赏析课、参赛指导课等。

笔者调查发现，个人建立的古代文学类公众号保持每周更新的不到三分之一。与此相对,企业机构建立的古代文学类公众号由于有较好的人力物力保障,能保证持续更新。现代人每天都处于海量信息的包围中,可以想见,古代文学类公众号的运营将日趋吃力,同时获得忠诚度和活跃度较高的用户的成本将更高。大数据表明,微信公众号平台从 2012 年 8 月上线至今,红利期已经过去。目前,微信公众号运营难度越来越大,获取用户的成本越来越高,用户黏性和阅读量越来越低,但这并不影响用户对于公众号的刚性需求。随着公众号红利期的结束,用户对高质量的内容和服务的需求将更加凸显,因此如果想做好一个公众号,必须加强对内容创意的打造。

三、微信与中国古代文学的创作

微信中,中国古代文学的创作集中体现在诗词创作上,其主要通过朋友圈、微信群、公众号等渠道来传播。微信朋友圈的传播方式主要以熟人传播为主,范围相对较小。微信群是一种群聊方式,参与者众多,对建群没有限制,但对人数有基本的限制。与 QQ 群不同,微信群不能通过搜索群名方式查找,因此,目前全国到底有多少个以古代文学为主题的微信群,我们无从得知,但以古代文学为主题的微信群毫无疑问是存在的。

古代文学作品如果需要在微信中获得更多的认同和推广,就需要借助微信公众号。如号称拥有 100 万用户的“诗词世界”就搭建了一个原创诗词平台,不仅每天推送高质量诗词文章(年阅读量高达 2 亿次),还为广大诗词爱好者和写作者提供了诗词查找、格律测试、诗文编辑、诗词答题等方面的工具和游戏,极大地促进了诗词的传播与写作。平台不时发布征稿启事,鼓励用户积极投稿。如名为“丽君”的用户曾发表作品《一剪梅 · 重庆天梯》:

> 曾记堂前稚眼迷。如火红衣,菡萏冰肌。古藤深处落相思,软语斜阳,偎倚天梯。
>
> 雨过茅檐栖绿苔。三两家禽,一处樊篱。灯前交咐有情人,独木桥边,月待侬归。

“诗词世界”让众多诗词爱好者的作品通过平台得以传播,反过来,也增强了用户黏性和公众号知名度。

除了新媒体平台广泛收集古诗词外,传统媒体也行动起来。2015 年华中师范大学出版社就在微信公众号上收集了 600 余首诗作,并结集出版,形成了微信创作与传统出版的有机结合。

微信时代的古代文学创作除了上述提到的之外,还出现了关于古诗词的接龙创作。如唐代诗人韦应物有一首诗《简卢陟》:

> 可怜白雪曲,未遇知音人。
> 恓惶戎旅下,蹉跎淮海滨。
> 涧树含朝雨,山鸟哢馀春。
> 我有一瓢酒,可以慰风尘。

2016 年 2 月 22 日,作家杜子建宣称自己非常喜欢"我有一壶(瓢)酒,足以慰风尘"这两句诗,向网友寻求续写补充,并承诺续得好就送酒,最好的送拉菲葡萄酒。于是这两句诗迅速在微信、微博上传播开来,短短 3 天时间转发量近 10 万,评论超过 2.3 万,阅读量超过 300 万。其中转发量较高的是:

> @夜帝王 NW:我有一壶酒,足以慰风尘。尽倾江海里,赠饮天下人。
>
> @翩竹:我有一壶酒,足以慰风尘。醉里经年少,乍醒华发生。沧浪星野阔,月涌浮骚声。我恨鸿翼轻,难渡天下人。
>
> @马旗 3:我有一壶酒,足以慰风尘。脚踏星汉履,漫步上昆仑。望眼不见仙,低眉叹伊人。却见春枝里,斜倚桃花君。

四、结语

古代文学微信公众号的建立者动机不同,有纯粹出于个人爱好设立的,也有出于商业目的设立的。由于资金充足,出于商业目的设立的公众号更新速度很快,几乎可以做到每天更新。但出于个人爱好设立的公众号,由于个人时间、精力有限,更新频率一般较低。

文字与音视频交融的内容丰富了我们认知古代文学的方式，但内容缺乏原创性也是现有古代文学公众号的硬伤。

由于每个人每天会接触海量的信息，究竟有多少精力能认真阅读古代文学公众号，是一个未知数。同时，这些公众号上还存在不少知识性错误，如果读者过于依赖手机阅读，那么就会不知不觉地陷入错误知识的陷阱中。

由于微信采取点对点的传播方式，虽然有精准投放的特点，但也因此使内容无法获得更大范围的传播。在微信群中，人们更乐于接受和传播时事类视频，古代文学的传播范围十分有限。而发表在朋友圈的创作一般也只能收获一些“赞”和简短的评论，可见，微信中古代文学的创作和传播将更多地依赖于公众号。

对古诗词的续写和改写，体现了国人对古诗词的热爱，但我们应警惕哗众取宠的改编。如今，诗词的写作不再神秘，人人均可参与，人人都可以成为诗人、词人。他们的作品“微诗词”通过朋友圈、微信群、公众号改变了当代诗词创作的生态，并进一步改变了当下古代文学的样态。

第六章　全媒体时代流行文化研究

第一节　流行文化含义及发展趋势

近年来,随着科技发展的日新月异,尤其是互联网时代的到来,传统媒体与新媒体之间日益融合互通,整个社会逐渐步入全媒体时代。全媒体时代下不断涌现的新媒体形态、媒体之间的混融交叉以及围绕媒体出现的广泛产业化,都从文本形态、创作主体、接受群体、文化价值等方面对流行文化产生了广泛而深刻的影响。本文从全媒体时代视角出发,对现代传媒与流行文化的互动共生关系、发展演变趋势及其对社会成员的影响等问题进行全面综合研究,试图从文艺学、人类文化学、心理学、传播学等学科的综合视角深入探究现代媒介发展趋势、受众审美观念的演变与流行文化的内在关系,从而为流行文化的学术研究提供新的维度和视角,进一步拓展文艺研究的广度和深度。

一、全媒体时代及流行文化的含义

(一)全媒体时代

2009 年 6 月,中国人民大学新闻学院彭兰教授在《媒介融合方向下的四个关键变革》中明确提出“全媒体”的概念。她认为,全媒体不再是单落点、单形态、单平台，而是在多平台上进行的多落点、多形态的传播。所有媒介形式不再以单一的形式存在，而呈现出媒介载体多元化的交织状态，并因此引发了一连串的媒介反应。在科学技术不断发展的今天，随着网络的盛行，各种新媒体也纷至沓来，如数字杂志、移动电视、数字电视、数字电影、触摸媒体等。在新媒体技术的不断更新与发展中，各种信息媒介逐渐打破了行业界限，相互融合共生，逐步进入了全媒体时代。

全媒体时代为最大化地满足人民大众的信息需求，通过文字、声音、图像等多种信息表现手段，利用大众传播媒体如报纸、广播、电视、电影、图书等多种媒介，并通过这些媒介的终端的相互融合，最终使任何人在任何时间、任何地点，不论以任何载体都可以获得任何想要的信息。各种媒介形式针对不同受众的不同需求进行重组与融合，对大众日常生活的方方面面产生了重要影响。因此，研究人员把这种被全媒体信息覆盖的时代称为全媒体时代。

（二）流行文化的含义

简单地说，流行文化就是人们日常生活中被大多数民众所接受的世俗文化。李兴武认为："所谓'流行文化'，就是在大众中流行的文化，它是伴随西方后工业社会发展起来的，以流行趣味为引导，以商品经济为基础，以大众传媒为载体，以娱乐快感为目的的世俗的大众日常生活文化。"①从这个定义中可知：流行文化不同于主流文化、精英文化，它是属于被大多数人接受且能够在大众中迅速传播，并在社会文化系统中具有鲜明个性色彩的特殊文化。流行文化的表现形式多样，内容丰富，比如流行音乐、时尚装束、影视文化、网络文学、动漫视觉以及各种流行的生活方式、生活品位、消费观念等，呈现出前所未有的大繁荣景象。流行文化的出现丰富了人们的生活，对人们的思想和行为产生了重要影响。在流行文化的时尚大潮中，各种流行文化形式不是独树一帜、各自为政的，而是你中有我、我中有你。

---

① 李兴武.流行文化中的美学问题[J].社会科学辑刊,2002(6):137.

二、全媒体时代中国流行文化的发展趋势

(一)生产方式多样化

陈立旭认为:“不同的传播媒介是文化生产力的一部分,既是文化生产力的内生变量,又会对既有的文化形式、文化风格进行改变。”[①]改革开放以来,中国政府对报纸、广播、电视、电影、图书等大众传播媒介进行积极扶持,打破了“文革”时期的媒介封锁。随着大众传播媒介的增多,中国文化迅速复苏,文化的发展也步入了正常轨道。如今,随着科技的进步,传统媒体与新媒体的深度融合使信息生产传播手段日益丰富,这极为有力地促进了中国文化的生产、传播与发展。

20世纪90年代之前,政府和权威文化机构是流行文化的主要发布者,普通民众作为流行文化的接收者,只能被动地接收信息。

在全媒体时代,高科技的渗透缩小了媒体之间的差距,弱化了公众在文化传播中的不平等身份。流行文化的生产传播打破了传统信息时代“信息源—接收者”这一单向的生产传播渠道,各种新媒介形态的出现使公众“反客为主”,成为流行文化生产的主体。公众借助新媒体技术,改变了流行文化的单向生产传播,将流行文化的生产传播开辟为双向甚至是多元生产传播,有力地促进了流行文化的发展。以视频文化为例,像腾讯网、搜狐网、新浪网等各大门户网站都拥有视频播放器,用户只要进行简单的注册和登录就可以将自己拍摄、制作的视频作品上传至网络,与大家共享。随着互联网的普及和数字化技术的发展,特色各异的视频网站如雨后春笋般兴起,它们与各大门户网站并驾齐驱,期望在网络阵容中拥有一席之地。其中最具代表性的网站有爱奇艺、咪咕视频等。各种视频网站的出现,一方面为民众提供了更多观看视频的途径,为流行文化的传播提供了有利的条件;另一方面也为网民提供了更多上传作品的渠道,为流行文化的发展提供了平台支持。

---

① 陈立旭.现代传媒业与文化领域的革命[J].中国文化产业评论,2003(1):175.

此外,以博客、论坛、微博、微信为代表的网络互动媒体逐渐在中国生根发芽,充分调动了大众对流行文化创造的积极性,为流行文化的生产传播创造了得天独厚的条件,诸多流行文化就从这里酝酿、成熟、传播。因此,在以互联网为代表的全媒体时代,流行文化作为一种传播迅速、流通广泛的动态文化,在各种媒体的参与下,加快了自身的生产传播。

(二)营销渠道多样化

彭兰教授指出:“全媒体是一种业务运作的整体模式和策略,即运用所有媒体手段和平台来构建大的报道体系。”①在全媒体时代,新旧媒体相互融合共生。全媒体作为涵盖了人类视觉、听觉、触觉等全部感官的媒介体系,用丰富的媒介手段、广泛的信息传播,有力地开拓了流行文化的传播营销渠道。

广告作为现代最具传播力的流行文化先锋之一,在传统媒体市场日趋饱和的状态下,借助新媒体技术,在全媒体时代得到了充分的发挥,获得了较大的市场竞争力。曹祎遐说:“在全媒体时代,媒体管理者与经营者开始思考全媒体的营销整合方案,以期有效地将传统媒体和新媒体有机地结合起来,发挥全媒体优势,使之成为市场影响力最大的媒体组合。”②如今,无论是打开门户网站还是视频网站,广告信息无处不在,这就是以互联网为主的新媒体介入流行文化的营销手段。

广告与流行文化密切相关,许多流行文化在广告“无孔不入”的裹挟下得以传播。随着科技的不断创新,智能手机逐渐占领通信市场,一种新型文化营销方式走进大众生活。目前,中国手机市场的智能系统大致分为三种:安卓系统、苹果系统和 Windows 系统。程序供应商通过与各手机制造商达成协议,将应用程序以无法删除的方式添加到用户的手机中,从而实现对手机用户的潜在营销。在全媒体时代,流行文化的商业属性表现得淋漓尽致。由于流行文化本身属于动态性的文化,网络的发达与新旧媒体的融通,使得

① 王春枝.全媒体时代舆论引导的跟进策略[J].新闻爱好者,2012(1):9.
② 曹祎遐.打造“全方位整合”,迎接“全媒体时代”[J].新闻大学,2012(4):149.

流行文化迅猛发展,其营销渠道也随之更加广泛。

在全媒体时代,新媒体和新技术带来了媒介艺术形态及艺术审美的巨大变化。一方面,借助全媒体的强大推动力,文学、影视、音乐、动漫等流行文化载体在表现形式上发生了突变,各种媒体为承载流行文化的生产传播作出了重大调整,艺术表现形式和人们的文化生活变得极为丰富,文化产业得到发展壮大;另一方面,受经济、文化全球化影响,各种媒介的相互融合与流行文化载体的发展演变使各种社会思潮、价值取向相互碰撞,并呈现出越来越复杂的交流状态。如今,流行文化作为中国文化建设中的重要组成部分,如何使其更契合大众的信息与精神需求,如何坚持以社会主义核心价值体系引领时代潮流与凝聚社会共识,是我们面对的新课题与新挑战,也是我们在新形势下亟待解决的新问题。因此,全面系统地研究全媒体时代下流行文化的发展趋势、本质特征、基本规律等,对于在政治上坚持用社会主义核心价值体系引领日益多样化的社会思潮、最大程度地凝聚社会共识,积极培育和践行社会主义核心价值观,扎实推进社会主义文化强国建设;在学术上进一步探讨媒介对艺术形态的影响方式及其内在规律,不断提高现代传媒的教学和研究水平;在实践上不断提高对流行文化的引导、规范和管理水平,帮助有关部门制定出更加科学的政策,以不断壮大其产业的规模化、集约化、专业化水平等,都有十分重要的意义。

第二节　流行文化表现形态之发展演变

一、文学表现形式与流行文化的发展演变

随着全媒体时代的到来,文学表现形式在各种媒介融合的新形势下发生了许多变化。文学借助手机、平板电脑等新媒体终端进行传播,为受众提供了独具特色的文学服务,多元化的传播渠道有力地推动了文学的发展。全媒体时代下的这场“文学变革”,使得文学文本、文学的审美取向以及文学营销等方面较之传统文学发生了许多变化。诚如金慧敏所说:“一切以印刷

媒介为基础的现代精神生活形式——它们以‘距离’、‘深度’和‘地域性’为生命内蕴——所面临的深刻的存在论危机，即使算不上一个终结，亦堪称一次脱胎换骨的转型。”①而在这场文学变革中最具有代表性的是网络文学与手机文学的兴起与发展。

（一）文学文本丰富多彩

在新媒体技术下，出现了电子杂志、移动电视、触摸媒体等多种媒介载体，它们对人们的日常生活产生了重要的影响。表现在文学上，首先是文本形式的变化。在纸媒时期，文学主要以纸质形式呈现于大众面前，铅字排版印刷的内容成为人们的主要阅读对象。在全媒体时代，随着媒介形式的相互渗透，网络、广播、电视等相互融合，文学文本出现了纸质版、电子版等多种样式。TXT、CAJ、PDF 格式的网络文学作品比比皆是，“看电子书”成为一种流行时尚。网络的出现，为作者和读者消除了壁垒，开辟了新的交流途径。正如欧阳友权教授所说：“网络已经拆卸了编辑、印刷厂、发行商、权威批评家、有关权力部门等几乎所有的文学传播壁垒，这意味着所有网民都可以尽情地写作、发表和欣赏文学作品。”②一般认为，20 世纪 90 年代末台湾网络作家蔡智恒的《第一次的亲密接触》为中国网络文学的开端，之后十多年又陆续出现了邢育森、今何在、明晓溪、当年明月等著名网络作家。网络作家的大批出现掀起了网络文学的热潮。“‘起点中文网’每天有超过 3 亿的 PV 流量、千万计的用户访问量，每天保持 4000 万字以上的作品更新，短短几年，网站已积累原创文学作品超过百亿字。女性文学网站‘红袖添香’有注册用户 240 万，储藏的长短篇原创作品总量超过 192 万部（篇），日浏览量最高超过 6400 万次。‘晋江原创网’的简介上写着：网站拥有注册作者 26 万名，超过 30 万部线上作品，平均每 2 分钟有一篇新文章发表，每 10 秒有一个新章节更新，每 2 秒有一个新评论产生。”③这些数据表明，有人愿写，有人愿看，网络文学存在很大的发展空间。网络文学已成为一种新的文学形

---

① 金惠敏.媒介的后果[M].北京：人民出版社，2005：187.

② 欧阳友权.网络文学论纲[M].北京：人民文学出版社，2003：154.

③ 欧阳友权.新媒体文学：现状、问题与动向[J].湘潭大学学报（哲学社会科学版），2012（6）：91-92.

式,而这些原创文学网站的蓬勃发展也将网络文学一次又一次推上高潮。

另外,手机终端移动设备技术一直处在不断改进的状态之中,手机以及各种触摸媒介逐渐成为传播网络文学的有力载体,手机文学随之诞生。之前,手机文学都是向纸媒购买连载权,定期对手机文学更新。现在,随着各种媒介形式的发展,手机文学大部分是请专业人士写的。随着科技的发展,手机信号不断增强,手机上网的速度越来越快。手机凭借极强的便携性成为各大城市公交、地铁等交通工具中人们阅读网络小说的利器。手机文学发展得如火如荼,一种崭新的文学样式诞生了。

(二)审美取向雅俗共赏

随着网络文学和手机文学的流行,全媒体时代下文学的审美趣味、审美价值发生了许多变化。冒建华认为:"文学的本质特性是文学的审美属性,而文学的审美属性必须反映人的现实生存状态,呈现崇高、优美和壮美的美学风格。"①在鲁迅、茅盾、巴金、老舍、曹禺的那个年代,文学作品的审美价值在于是否以关注人的生存状态、反映现实生活和揭露封建腐朽为己任。随着时代发展和科技进步,网络文学与手机文学的审美取向更多体现出大众化和娱乐化的特点。

网络文学集视觉、听觉、触觉于一体,一改往日传统纸媒的阅读方式,使读者将阅读作为一种全身心享受,达到了"悦读"效果。另外,网络文学中日常俚语和网络流行语的使用使很多读者乐此不疲,其语言的大众化和趣味性充分调动了读者的阅读兴趣。在全媒体时代,文学的审美取向从美学圣坛走向了日常生活审美。

二、电影、电视表现形态与流行文化的发展演变

在全媒体时代,新媒体技术的不断更新与进步,促使电影、电视表现形态发生了许多变化:电影在新媒体技术下呈现出"大电影"的趋势,电视则出

---

① 冒建华.全媒体时代的文学形态和文学价值[J].中国现代文学研究丛刊,2011(8):196.

现了许多新的节目形态。电影、电视节目通过不同的载体播放,不仅使自身得到了有效的传播与推广,还使各种新媒体获得了巨大的经济利益。由此可见,在全媒体时代,影视流行文化与新媒体之间是共生并存的。

(一)创作主体的变化与技术革新同步

从影视创作主体来看,在之前的电影行业,电影创作者和消费者是截然不同的两个群体,但都为电影事业的发展作出了巨大贡献。而“全媒体时代,它的最本质的特征就是平等,或者说是消除不平等,它模糊了传统的创作主体与消费者的严格界限,缩小了各种媒体之间的差距”①。

随着时代的不断进步,电影必须由专业人士完成已经成为历史,越来越多的普通人借助新媒体技术加入了电影创作的队伍中。

新媒体技术的不断创新以及创作主体人员的多样性,促使影视艺术形态发生了极大变化。比如微电影这种新的艺术形态就是在全媒体时代下形成的。得益于网络与电影、广告的交叉融合,筷子兄弟执导的《老男孩》于2010年10月28日在优酷网首播。这个40多分钟的短片的点击率与好评率之高超出了人们的想象,获得了巨大的成功。这个广告创意促使了新的影视艺术形态——微电影的产生。从此之后,微电影这种新生的流行影视艺术一发而不可收,成为广告商和影视爱好者优先选择的艺术形式。

电视方面,以电视新闻为例,新闻信息的制作也发生了许多改变。随着新媒体技术的发展,DV拍客、“手机党”以及信息互动媒介的增多,电视新闻的及时性远远落后于新媒体。借助各种各样的新媒体,信息接收者的身份“易客为主”,成为许多一手新闻信息的发布者。种种事例表明,传统的电视媒体节目制作与新闻发布在速度上远远落后于互动性强、灵活度高的新媒体。更多的信息接收者凭借新媒体技术参与到信息制作的过程中。全媒体时代下创作主体发生变化原因主要有三个:第一,随着人们物质和精神生活的丰富,大众的欣赏水平与审美观念有了很大的提升;第二,科技的发展与进步,使得影视制作设备与软件更加容易上手操作;第三,人们的思想观念

---

① 杜永明.全媒体时代的电影转型[J].现代传播,2012(3):19.

得到极大解放，大众期望将自己的艺术创作以各种形式进行传播与共享。

从影视的创作形式上看，由于新媒体技术的不断发展，高科技更加广泛地应用到影视创作中。《星球大战》《侏罗纪公园》等为科幻电影开辟了道路。近年来，3D 模式和 IMAX 模式的出现，再次掀起了科幻电影新高潮，如《阿凡达》与《2012》都刷新了票房纪录。为了与国际接轨，中国电影人充分利用高科技，不惜斥巨资创作了一部部不同于以往电影形式的“大片”，如《英雄》《卧虎藏龙》《金陵十三钗》《狄仁杰之通天帝国》《唐山大地震》《一九四二》等。其场面的规模化、明星的集中化以及制作的大手笔化颠覆了以往中国电影的表现方法，不仅给观众带来了视觉盛宴，也给中国电影界注入了新鲜血液。

然而，技术具有双面性，一方面，数字化满足了观众的感官需求，另一方面也存在着影视内容匮乏的缺陷。有的作品过于注重画面的精良以及技术的炫丽，而忽视了影视内容的逻辑性；有的作品漏洞百出，缺乏对人性的思考和对人类生存境遇的关怀，成为一堆堆没有内容的空洞画面。因此，如果我们只沉浸在高科技的画面中而置影视内容于不顾，那么这种新兴的影视文化在竞争中迟早会消亡。

（二）运营模式的调整

随着新媒体技术的不断革新，影视创作主体、表现手法等方面发生了许多变化。同样，影视行业的运营模式也为适应新媒体的快速发展，一改传统运作经营策略，适时作出了相应调整。

在全媒体时代，跨媒体传播与媒介融合使电影业成为一个综合生产制作、宣传营销和衍生品开发的整体系列产业。近年来，随着文化全球化的发展，衍生品文化逐渐成为电影产业的重要组成部分，如玩具、音像制品、邮票、电子游戏、主题公园等。影视衍生品在电影产业中所占的比重越来越大。如《哈利·波特》系列小说被翻译成 60 多种文字，畅销 200 多个国家和地区，10 年销售量高达 3.25 亿册，市场价值近 60 亿美元。时代华纳购买了它的电影版权，第一部电影票房收入高达 9.84 亿美元。全球三大玩具制造商——美泰、乐高与孩之宝分别以数千万美元的价格购买了哈利·波特系列玩具与文具的经营权，市场上出现了哈利·波特万花筒、铅笔盒、飞天扫帚、魔法帽等500多种玩具与文具。据统计，《哈利·波特》带动的相关产业的经济规模超过2000亿美元，其中衍生品的收益占总量的70%以上。杜永明说："好莱坞73%的电影收入靠衍生品，《星球大战》'三部曲'票房总收入为18亿美元，其衍生品入账则超过45亿美元。迪士尼动画电影《狮子王》前期投资仅为4500万美元，却收获了7.8亿美元票房，衍生品收入更是高达20亿美元。"[①]在中国，衍生品开发得较好的是动画片系列，如《蓝猫淘气三千问》《喜羊羊与灰太狼》《熊出没》，等等。营销人员借由少年儿童对动画片的喜爱，开发相关的服装、玩具、文具等系列衍生品，取得了良好的经济效益，成为影视文化中新的流行趋势。由此可见，好莱坞电影营销模式的成功对中国影视产业发展有着极大的启迪作用，对中国影视作品的后期开发有很大的借鉴意义。

2014年在全球走红的美剧《纸牌屋》，第一、二季总共26集。借助网络传播的快捷性，该剧一播出，便受到了包括美国在内的40多个国家观众的热烈欢迎。这部借网络制作播出的电视剧改变了传统的电视剧播放模式，满足了网民的观剧需求。《纸牌屋》并没有遵循电视台一周更新一集的传统习惯，而是一口气将一季13集全部播放出来。在新媒体技术的不断更新与发展下，影视资讯的传播速度越来越快，传播范围也越来越广。美国作为信息产业大国，传统的周播电视剧使年轻的美国观众心生疲倦，等待漫长的一周后，很多观众失去了耐心。而Netflix在该剧播放期间，开辟了电视剧播出的全新方式，满足了全媒体时代下观众连续观看影视剧的心理需求，成为该剧在世界范围内受到大众欢迎的重要原因。在中国，网络与影视剧之间是传播与被传播的关系，受资金与技术的影响，网络自制剧在中国还没有进入成熟阶段。总体来看，受文化转型期的影响，目前中国影视产业结构还不足以被称为整体链条，与国外的影视运营模式还有一定差距。

新媒体技术的快速发展，使电视行业的运作模式呈现出新的态势。2005年，上海卫视首先实行电视制播分离。电视台将大部分制作电视节目

---

① 杜永明.全媒体时代的电影转型[J].现代传播，2012(3)：21.

的权利分配给民营影视机构，由它们制作电视节目，电视台进行择优购买和播放。这种制播分离的运作模式从本质上提升了电视节目的质量，为电视行业的发展提供了更大的空间。这种模式使电视节目出现了新的变化，其中婚恋交友类节目和音乐选秀类节目最为典型。它们或与电视台、网络强强联手，或对国外节目模式进行本土化改造，创造了一个又一个收视高潮。2010 年江苏卫视播出婚恋交友类节目《非诚勿扰》，在开通短信平台的同时，与百合网、世纪佳缘等婚恋交友网站联合，取得了较高的收视率。2012 年浙江卫视借鉴《美国之声》和《荷兰之声》等国外节目，经由东方卫视《中国达人秀》原班人马的包装，以及上海文广集团和星空传媒的精心制作，在制播分离的电视运营模式下，播出了一档别出心裁的音乐选秀类节目——《中国好声音》。这些节目改变了传统媒体时代"你播我看"的模式，加强了观众与媒体的互动性，创造了"电视相亲"和"音乐选秀"的收视神话。随着视频网站的增多，各大电视台纷纷"放下身段"，与网站进行积极合作。2011 年，搜狐公司独家出品首部网络门户剧《钱多多嫁人记》，它的制作丝毫不亚于资金雄厚的电视台。湖南卫视慧眼识珠，积极与搜狐网合作，该剧最终在电视台和视频网站上都取得了较高的收视率。近年来，视频网站凭借雄厚的资金实力，制作了越来越多的精品电视剧，在电视荧屏和网络上，出现了同步更新的现象。这不仅为大众提供了更多观看节目的渠道，也促进了影视文化的传播。

总之，在全媒体时代，由于新媒体技术的不断更新与进步，影视艺术形态发生了许多变化。电影、电视这两种艺术形态的创作主体不再局限于某个专业群体，创作者和消费者的界线逐渐模糊，更多人成为影视艺术作品的创作者或新闻信息发布的主体。创作主体的多样化带来信息来源的多元化，有力地促进了流行文化传播。另外，影视作为流行文化传播的重要载体，其运营模式的拓宽和延展吸引了更多人才加入该行业。一方面，人才的增加可以促进影视行业的运营、管理与策划；另一方面，更多的流行文化被巧妙糅合进影视制作中，借助影视作品的广泛传播而得以迅速传播。

三、音乐表现形式的变化与流行文化的发展传播

随着新媒体技术的更新发展，音乐在各种媒介交融下出现了全新的景象，其传播方式、销售渠道以及节目制作方式都发生了重大变化，对人们的生活、学习、工作产生了重大影响。

（一）传播方式不断更新

20 世纪八九十年代，唱片公司是主要的音乐制作方，人们主要通过磁带或收音机听音乐。随着 90 年代末 MP3 的兴起，中国的音乐传播有了一个质的飞越。21 世纪以来，随着科技的不断发展，新媒体使音乐的共享性、便捷性、互动性特质得到凸显，音乐的传播途径增多、范围扩大。新浪网娱乐频道原主编雷振剑说："门户网站、搜索引擎、电驴等下载工具、各种客户端都成了音乐宣传的新途径，人们最直观的感受是获取音乐的时间和成本都极大地降低了。"各大门户网站互动性设置的增强，一方面使大众更加便捷地听到不同类型的音乐；另一方面，也使大众成为音乐的创作者和传播者。大众可以把自制的音乐上传至音乐网站，通过互动使音乐得到更广泛的传播。

詹尼·西比拉说："艺术家的唱片通过网络发行，不经过唱片公司而直接抵达听众，这个通常被称为新媒体的'去中介环节化'过程，已经产生出很多创新性的结果。"①这种创新性表现结果之一是在中国出现了许多网络歌手和网络歌曲，如杨臣刚的《老鼠爱大米》、香香的《猪之歌》、庞龙的《两只蝴蝶》等。这些红极一时的歌曲流行于大街小巷。"在网络上，每个人都可以是一个没有执照的电视台。"②开放的网络环境让一些草根歌手成为网络秀场的主角，他们戴着自己的狂欢面具，借助歌唱的形式，毫无顾忌地表达着对人生、社会的观点看法。创新性表现结果之二是音乐的全球化。根据麦克卢汉的"地球村"理论，如今的地球已经被浓缩成一个村落。随着信息

---

① 张又丹，刘洋.新媒体环境下的中国流行音乐现状及发展趋势[J].人民音乐，2012(3)：93.

② 尼葛洛庞帝.数字化生存[M].胡泳，范海燕，译.海口：海南出版社，1997：205.

高速公路以及互联网的普及,人们可以接收来自世界各地的信息。著名视频网站 YouTube 在世界上影响力巨大,只要上传的视频点击量足够高,该视频马上就会成为某种文化现象。2012 年韩国人气歌手鸟叔 SPY 的《江南style》就是从 YouTube 网站传出的。该歌曲视频在此网站上的点击率已突破 10 亿人次,打破了流行歌曲在视频网站点击率的吉尼斯世界纪录。贾斯汀·比伯、Lady Gaga 等全球性音乐明星的走红都得益于以互联网为主体的音乐传播。在新媒体技术的参与下,音乐打破了地域的限制,流行音乐的全球共享正在成为新的趋势。

(二)销售模式大幅调整

新媒体技术的不断更新给传统唱片公司带来了巨大挑战,很少再有人通过唱片来听音乐,越来越多的人借助互联网来分享音乐。随着 MP3、MP4 等便携性存储设备相继问世,数字音频文件取代了实物唱片,唱片行业的传统销售渠道发生了重大改变。因此音乐的运营销售模式也适时作出了调整。虽然唱片批发商、零售商仍零星存在,但更多的是由音乐运营商、SP(无线增值服务商)、唱片公司、音乐人以及内容供应商组成的音乐产业链条。袁川晔指出:“2004 年中国唱片产业的正版唱片收入仅为 2 亿元,而按照彩铃业务内容提供商(唱片公司)与 SP 五五分成后的收益,唱片公司分到了 16.7 亿元的版权收入。”①在新媒体的不断发展中,手机被冠以“第五媒体”的美誉。手机以其便携性与日益强大的娱乐功能成为人们生活中必不可少的通信工具,也成为音乐走向产业化的重要媒介。“北京奥运会主题歌《我和你》在开幕式演唱后 1 小时内就通过中国移动无线音乐平台首发,26 小时内下载次数就达到 573 万。”②随着 4G、5G 技术的不断成熟,手机上网速度越来越快,手机作为音乐传播平台的作用也将得到进一步的发挥。

在全媒体时代,在以广播、电视等为主的传统媒体和以手机为代表的新媒体共同作用下,音乐逐渐走上产业化的道路。2013 年,为规范音乐产业化

---

① 袁川晔.新媒体对中国流行音乐产业发展的影响[J].群文天地,2012(23):172.

② 杨加猛,蔡志坚.中国数字音乐产业发展思路探析[J].当代经济,2008(1):64.

运营，许多音乐改变了过去免费下载的模式，成为付费下载音乐。总之，音乐在产业化的道路上以越来越多样化的表现形态和发展模式呈现在大众面前，其改变也潜移默化地影响着社会成员的思想与行为。

（三）音乐节目推陈出新

在全媒体时代，音乐传播范围的扩大化与营销形式的多元化使大众对各种形式的音乐都有所接触，审美水平得以大幅提升，音乐的消费习惯也发生了许多变化。大众可任意选择自己喜爱的歌曲试听和下载，在一定程度上满足了大众的自主选择需求。此外，随着歌曲 MV 的出现，音乐由“听”转到“视听”，大众更加看重音乐带来的视听盛宴。比如《超级女声》《花儿朵朵》等，通过电视台录播、网络转载等方式，将音乐视听盛宴全盘呈现给观众。大众对音乐的欣赏习惯随着时代的变迁发生了重要的变化。

新媒体技术的运用，使音乐在传播方式和销售模式上也发生了很大变化，与之相应的是音乐节目的推陈出新。较具代表性的是湖南卫视 2004 年播出的《超级女声》、浙江卫视 2012 年播出的《中国好声音》。《超级女声》的出现颠覆了传统的音乐比赛形式，比赛的最终结果不再由评委决定，而是出现了现场大众评审团以及场外投票，使比赛结果更加公平。这种新形式的音乐选秀类节目趁热打铁，推出了许多大陆歌手，改变了港台歌手占据大陆音乐市场的局面，因此有人称之为“电视的奇迹、音乐的奇迹”。依靠这档音乐选秀类节目，湖南卫视赚取了较高的社会效益和经济效益。这档节目大获成功后，其他电视台纷纷效仿，一时间从央视到省市级卫视，各种音乐选秀类节目陆续登场。虽然随着大众的审美疲劳及国家相关政策的颁布实施，音乐选秀类节目有所降温，但在众多的娱乐节目中依然可以嗅到音乐选秀的味道。2012 年，《中国好声音》以新颖独到的形式、各具特色的评委、颇具实力的唱将和精良的制作水平将音乐选秀类节目重新推上了一个高峰。随后，《中国梦之声》《中国好歌曲》《我是歌手》《梦想合唱团》《梦想星搭档》等各种类型的音乐节目层出不穷。这些节目一方面，有力地推动了音乐文化的发展，丰富了大众的精神生活；另一方面，节目的同质化也造成了人力、物力、财力资源的浪费。

网络流行歌曲以及各种音乐流行文化在全媒体时代得到了极大发展,但与此同时,我们也应看到音乐领域存在着音乐质量低、音乐产业链条不完善、法律法规政策不够健全等问题,这些都是音乐流行文化在全媒体时代急需解决的问题。总而言之,由于新媒体的广泛应用,音乐的传播范围变得更加广泛,出现了许多大众喜闻乐见的音乐节目。在全媒体时代,音乐是传递民众心声、丰富民众生活的重要艺术形式,音乐制作方应理性对待音乐的消费功能,注重社会效益与经济效益的双丰收。

四、动漫视觉的媒介变化与流行文化的发展传播

随着新媒体技术的不断更新,传统媒体与新媒体之间日益融合共生,逐渐覆盖了人们生活的方方面面,全媒体时代的序幕迅速拉开。2012 年 7 月 12 日,文化部发布了《“十二五”时期国家动漫产业发展规划》,提出在“十二五”规划期间,要提高对精品动漫的扶持,重点培育新媒体动漫的发展。国家政策的出台为动漫产业发展提供了有力的政策保障。数字电视、数字电影以及触摸媒体的出现,为新媒体动漫提供了得力的载体。在全媒体时代,动漫视觉文化在内容、传播方式以及营销模式上都发生了许多变化,不但极大地丰富着动漫艺术形态,也不断推动动漫艺术向前发展。

(一)动漫消费主体与营销模式

动漫包括动画和漫画两大部分。在传统动漫时期,由于技术的限制和创作人才的稀缺,大部分动画片的主题简单易懂,消费人群主要为 15 岁以下的青少年。改革开放以来,随着物质水平的提高,人们的精神生活也越来越丰富,适合成人观看的动漫作品相继出现。动漫作为中国后起的艺术形态,随着传播范围与受众规模的不断扩大,得到了迅速发展。动漫的消费者不仅是儿童群体,还扩大到了青年群体,看动漫成为不少青年人追求的一种新的文化潮流。随着文化全球化的来袭,越来越多的优秀动漫作品出现在网络上,青年群体日益成为动漫的消费主体。国外的动漫作品诸如《火影忍者》《名侦探柯南》《海贼王》等都得到了国内青年动漫爱好者的追捧。在科

技日趋发达的今天，动漫人物和场景越来越逼真，动漫主题和思想越来越深刻。如斯皮尔博格带领电影团队制作的《丁丁历险记》，讲述了主人公丁丁以坚强不屈的意志和永不退缩的精神完成了一段神奇之旅。新媒体技术的运用、真人秀的演绎风格，使这部3D动画片获得了巨大成功。日本动画大师宫崎骏创作《千与千寻》《龙猫》《风之谷》等作品，用温和、清新的画面与叙事方式，留给我们关于人与人、人与社会以及人与自然等终极问题的思考。

在全媒体时代，除了动漫视觉产业的消费主体和传播渠道有所扩大之外，传统的盈利模式也有所改变。过去，中国传统动漫的营销模式主要以纸媒、电视、电影为主，如今，动漫营销模式更趋于多元化和复杂化，大致围绕这样的产业链条：以创意为核心，以动画、漫画为表现形式，以电影、电视传播为拉动效应，带动系列产品的开发——生产——出版——演出——播出——销售。因此，我们不仅要关注传统动漫产业的营销模式，更要对新媒体营销模式加以关注。以动漫在手机媒体中的营销为例，天津神界漫画公司与中国移动合作，将其拥有自主知识产权的漫画作品《三国演义》在手机上运营，上线仅3个月，收益就达11万元。[①] 动漫作为中国后起的艺术形态，为扩大传播范围和传播人群，需要以新旧媒体的互补作为内容的传播平台。全媒体时代下的媒介形式复杂多元，同样需要优秀的动漫作品作为媒体运营的基本支撑点，因此可以看出，全媒体和动漫两者之间是密不可分、相互共生的关系。在各种媒介共生融合的全媒体时代，动漫视觉产业的消费主体、营销模式发生了许多变化，而包裹于动漫之中的流行文化也得以快速传播和发展。

（二）动漫传播方式

在传统动漫时代，电影院、电视机是主要传播载体。在播映过程中，发行方和播映方是必不可少的组成部分。发行方将动画公司制作的动漫作品与动漫播放平台联系在一起，播映方将动漫播放平台与消费者联系在一起，观众只能在电视机、电影院或漫画书中观赏动漫。而随着全媒体时代的到

① 张诗婷.新媒体语境下中国动漫产业的发展策略[J].现代视听，2010(10)：65.

来，以广播、电视、电影为主的传统媒体与以互联网和手机为代表的新媒体相互融合，打破了传统动漫相对封闭的传播方式。电脑走进千家万户，几乎成为每个家庭必备的“生活用品”。随着电脑的普及和互联网速度的提升，越来越多的人选择在电脑上观看各种视频节目。动漫视觉产品能够更便捷地与消费者接触，消费者甚至成了动漫视觉的制造者。新媒体技术下，各种数字终端以及触摸媒体的出现也使得动漫视觉作品可以更加便捷地与消费者接触。动漫原创网站，如“优酷动漫”“土豆动漫”“腾讯原创动漫”等的开发运营，不仅为动漫爱好者提供了观赏动漫作品的平台，也为动漫创作者提供了上传作品的途径，有效地扩大了动漫视觉传播途径。

随着信息技术的快速发展与移动传播方式的不断演进，手机逐渐成为继报刊、广播、影视和互联网后的“第五媒体”。手机动漫为人们提供了各种具有个性的服务，以短小精悍的优势赢得了大众喜爱。手机动漫的出现为动漫产业带来了巨大的经济收益。张震鹏总结：“手机动漫是中国移动 2006 年推出的一项新业务，其信息容量大、表现形式丰富。到 2007 年底全国手机动漫用户达到 1 亿户，手机动漫用户年通信消费 2000 元，其中 30%用以观看、制作、转发动漫，整个手机动漫年收益将达到 600 亿元。”①手机动漫的出现，使手机供应商、通信运营商以及动漫生产制作者实现了共赢。动漫和手机联合创新的方式开辟了动漫产业新的发展空间，有效地促进了动漫视觉产业的发展。原创动漫网站的兴起和手机动漫业务的创新极大地促进了传统动漫视觉产业与新媒体技术的结合，打破了传统动漫的封闭性传播，形成了新的动漫产业链条，进一步扩大了动漫的传播方式。因此，在动漫视觉艺术发展良好的势头下，我们要紧跟时代发展，增强中国动漫视觉产业的实力，充分挖掘中国民族素材，增强中国动漫的自主创新能力，凝聚社会共识，从文化自觉、文化自信最终走向文化自强，为中国社会主义核心价值体系建设贡献自己的力量。

总之，随着全媒体时代的到来，新媒体形态不断涌现，媒体之间的混融交叉以及围绕媒体出现的广泛产业化，对流行文化形式如文学、影视、音乐、动漫的文本形态、创作主体、接受群体、文化价值等产生了广泛而深刻的影

---

① 张震鹏，张宝珠.动漫产业与新媒体结合发展之路[J].当代传播，2007(1)：113.

响。随着文学形式、影视形态、音乐文化、动漫视觉文化以及大众消费形式的改变,各种媒体也为流行文化的生产传播适时作出了调整。由此可见,全媒体时代中的新媒体与流行文化有着互动共生的关系。因此,从全媒体时代的视角出发,对流行文化的发展趋势、现代传媒与流行文化的互动共生关系等问题进行全面综合研究,对传媒业和流行文化的发展有着非常重要的现实意义。

第三节　流行文化的审美、消费与价值取向

一、流行文化审美形式之变化

全媒体语境是在全球化和数字化时代背景下,借助新技术和新媒介,结合以互联网为主体的交互技术和数字技术,以及传统媒介优势,实现更有效的信息传播的特定媒体形态。在数字化复制技术、数字化仿真技术和数字化交互传播技术的冲击下,流行文化的声色感受、流行文化的直观刺激、流行文化的绚丽形式层出不穷,相对以往表现出别样的审美特征。

流行文化一般指普遍可得的人工制品,如影视、音像、时装、流行歌曲、动漫等,是现代社会文化的重要组成部分。它不仅与公众的生活息息相关,而且通过大众媒介的传播深刻地影响着社会发展。在新媒体与传统媒体融合共生的全媒体时代,流行文化进一步发生着与之相应的嬗变。全媒体的复制性普及了审美活动,加强了审美的日常化和大众化等特征,其多向传播的互动性还使流行文化呈现出更为多元的交融特性。流行文化也随之表现出新的审美特征:流行文化在日常生活审美化中将美学影响带入更为广阔的时空;受众在数字虚拟的真实中获得“超真实”的审美体验;流行文化在新旧媒体的不断交融中呈现出多元的审美效果。

(一)审美多元化

在全媒体时代,新旧媒体的更新与发展带来了艺术上的创新,艺术形式也变得更加多样与繁荣。人民群众作为艺术的检验者,在流行文化的引导

下也呈现出多元化的审美观念。

在媒介融合时代,新媒体的出现并没有使传统媒体望而却步,而是随着时代的发展而发展,共同服务于人民大众。随着新媒体技术的不断更新以及人们精神的不断解放,大众在传统的审美观念上呈现出某些新的样态,加速了传统审美观念的瓦解。如湖南卫视《丑女无敌》打造了“林无敌”的形象。林无敌是一个长相奇丑,但心地善良、勇敢无畏、浑身充满正能量的女子。此剧的出现打破了多数影视剧女主角集所有优点于一身的形象。之后,又陆续出现了《无敌珊宝妹》《海派甜心》等女主角并不完美的热播电视剧。时尚文化圈同样也体现出人们审美观念的变迁。比如现代国际名模吕燕,从中国传统审美标准来看,她并不属于长相出众的模特。人们看惯了大同小异的美女面庞,出现了审美疲劳,而吕燕则唤醒了人们对个性模特的审美需求。

新旧媒介之间的相互共生与融合,使信息得到更加广泛的传播。传统媒体艺术并不因新媒体的不断出现而有所褪色,它与新媒体艺术形式相互融合,在审美轨道上随着时代的进步而发展,在传统的审美范式上产生新的亮点。因此,在全媒体时代,大众的审美观念更新不仅不会停止,反而将呈现出更加多元化的态势。

(二)审美生活化

随着新媒体技术的不断发展,流行文化的广泛传播给人们的生活带来了翻天覆地的变化。很多艺术创作者不再是科班出身,他们借助新媒体技术,以艺术爱好者的身份挑起创作的大梁。艺术创作内容不再单纯地追求高深的美学意义与价值,更多的是与生活融合在一起。例如网络文学和手机文学的作者就是来自各个行业的文学爱好者。网络写作与网络阅读成为人们新的娱乐休闲方式。在传统媒体时代,电影、电视都是由权威机构制作并发布的,随着新媒体技术的创新以及各大网站互动性的增强,更多的视频来自民间,来自民众的日常生活。在电影银幕和电视荧屏上,越来越多反映日常生活的“接地气儿”的艺术作品呈现在观众面前。与悬疑、武侠类作品不同,审美生活化的作品时常受到观众的好评。观众在获得审美享受的同时,也在作品中反思自己的人生。

在全媒体时代，无论是影视还是网络文学、手机文学，都彰显了审美生活化的理念，因为贴近生活真实的作品是艺术创作的不二法宝。只有充分理解大众审美观念的变迁并时刻秉承艺术来源于生活的文化工作者，才能在艺术创作的道路上越走越远。

（三）审美视觉化

口语媒介作为人类原始的交流方式，是基于人类本能的一种传播方式。口耳相传虽然使每个人都能平等地传播信息，但受到时空的严格限制。文字的出现虽然打破了这种局限，但在使书面媒介与印刷媒介得到迅速发展的同时，也造成了不同文化阶层的分化。在20世纪六七十年代，听广播是一种时髦的文化活动。到了20世纪八九十年代，影视视觉图像逐渐代替了纯听觉性的广播形式。贝尔指出：科技和信息的迅速发展改变了全人类对世界的认识，电视这一新型的传播媒介的出现，使千姿百态、由各种不同影像组成的世界一下子闯入了每个普通家庭。随着电视的出现，广告得到了爆炸性的发展，特别是电视广告以其特有的迅捷和高效率完全突破了过去的广告形式，电视广告也成了现代人生活的一部分。到了全媒体时代，随着科技的发展、商品的丰富、市场的繁荣，消费社会来临，以网络动漫、影视等为代表的电子媒介发展得如火如荼，图像逐渐取代文字成为主导人类日常生活的主要方式。随着移动终端、数字技术的更新以及大众生活节奏的加快，人们逐渐进入了视觉生存时代。对此，德国著名思想家海德格尔就曾预言性地指出"世界将成为图像"。

文化被纳入产业化运作与高科技电子传媒时代的来临，必然导致视觉符号取代语言符号，成为占据统治文化的符号。贝尔认为，大众文化的主要娱乐方式是视觉的，声音和影像，尤其是后者，组织了美学，统率了大众。视觉文化的出现给人们的日常生活带来了许多新奇的元素，充分调动了受众的审美兴趣。读图时代的到来，改变了人们的思维方式甚至是生活习惯。电影、电视、杂志、图片、摄影等在带给人们视觉大餐的同时，建构了一种新的认知制度甚至是价值体系。许多文学作品原本少有人知晓，但一旦改编为电影或者电视剧，就立即会引起大家的广泛关注，这就是审美视觉化的结果。流行文化带给大众的审美视觉化倾向，在一定程度上有利于文化的传播与发展。比如,通过电子媒介解读历史是这个时代对历史的一种解读方式,它可以实现历史内容的历时性和形式的共时性之间的张力之美,增加观众和历史的沟通,对加强民族精神的爱国主义教育,具有重大的现实意义和历史意义。大众传媒在为受众重新建构一个“虚拟现实世界”的同时,也在源源不断地传输着社会价值观念和行为模式,在政治、经济、历史、文化等各个领域尽其所能地对受众产生潜移默化的影响。

在全媒体时代,各种音频、视频等新媒体技术的发展,使承载流行文化的媒介之间的竞争愈演愈烈。诚如王泽庆所言:“尽管传媒文化方式多样,但从当代发展来看,有一个明显的‘视觉文化转向’——视觉性成为传媒最有力的手段,以至于视觉性压倒了其他因素或形态成为当代中国传媒文化的‘主因’。”“当代传媒相互竞争愈演愈烈,这种竞争在相当程度上就是视觉性或视觉资源的竞争。”①流行文化作为社会文化系统中容易被大众接受、传播速度快、覆盖范围广的文化类型在各种媒介的共同参与下,影响范围不断扩大。流行文化的消费性和娱乐性使中国社会出现了审美多元化、审美生活化、审美视觉化等审美观念的变迁,并对中国大众的日常生活产生了重要的影响。毋庸置疑,流行文化在中国社会发展中起着越来越重要的作用,如何充分利用好流行文化的消费性和娱乐性,有效引导民众的消费行为以及思想观念,成为全媒体时代下文化事业能否健康发展非常关键的一步。由于全媒体时代的审美视觉化,如何维护好审美视觉感性和理性之间的平衡,还需要艺术创作者和受众的共同努力,提高自身的媒介素养。

二、流行文化消费形式之变化

随着科技的发展和时代的进步,不同媒介之间相互融合。在各种媒介的相互作用下,中国流行文化的传播方式和内容发生了巨大变化。改革开放四十多年来,具有商业属性的流行文化以迅雷不及掩耳之势覆盖了人们日常生活的方方面面,极大地改变了大众的消费观念和生活方式。就像尼葛洛庞帝预言的数字化高速公路那样:“人类踏入网络时代,便走入了一个

① 王泽庆.全媒体时代的审美理想变迁[J].北方论丛,2011(1):45.

艺术表现方式更生动和更具参与性的新时代。”①在这种新形势下，媒介融合不但拓宽了大众的消费渠道，而且对大众消费心理和消费习惯都产生了重要影响。

（一）消费渠道

在全媒体时代，消费形式的最大变化就是消费渠道的多元化。民众可以借助各种便捷的媒介进行消费，比如网购的兴起。较具代表性的购物网站有淘宝、京东、唯品会、拼多多，以及各大品牌的官方网站等。在传统消费时代，民众为了满足购物需求，只能去各种实体店消费。随着新媒体技术的不断更新，人们足不出户就可以买到自己所需的产品或服务。由于物流行业的蓬勃发展、网上商品的极大丰富，网购成为广大民众最喜欢的购物方式之一。因为网上开店成本比实体店低，所以产品的价格比实体店便宜，这也是网络购物吸引消费者的重要因素。

在全媒体时代，网络购物成为一种难以抵挡的文化时尚潮流。可以说，是网络购物的方便快捷以及低廉价格成就了网上销售行业的神话，比如“双11”“双12”“6·18”等活动，为购物网站带来了巨额利润。手机如今已是民众生活中不可缺少的通信工具。随着手机银行的蓬勃发展，手机购物变得越来越方便。随着网络商城的不断精细化、专业化、网上支付的便捷化以及各种实体店销售模式的特色化，人们会根据自己不同的需求和习惯来选择不同的购物渠道。

在流行文化引领大众消费行为、改变大众消费观念的过程中，影视剧以逼真的生活情境和人物关系将流行文化的消费属性演绎得淋漓尽致。在影视流行文化盛行的当下，特殊人群生活的部分公开化引发了人们对影视剧的热捧。比如，随着《士兵突击》《我是特种兵》《第五空间》等军旅题材电视剧的热播，社会上形成了一股军需品消费的热潮。许多人由于对电视剧中出现的军用武装设备很感兴趣，不惜花上万元来武装自己的“军需库存”，并由此引发了一股军需品消费的时尚热潮。

在影视制作成本大幅增加的当下，影视剧广告招商成为聚揽制作资金

---

① 尼葛洛庞帝.数字化生存[M].胡泳，范海燕，译.海口：海南出版社，1997：261-262.

的法宝。在影视剧拍摄过程中,广告商与影视剧制作方联手,将商品适时包装裹挟于影视剧中,竭力勾起大众的消费欲望。如在湖南卫视的青春偶像剧《一起来看流星雨》中,音乐老师于馨给楚雨荨洗头发时,导演给了舒蕾洗发露一个大大的特写。于馨老师一边倒洗发露一边说:“这洗发水中含有蚕丝蛋白,对你的头发好。”类似的影视剧广告植入还有很多,而这种广告宣传模式正潜移默化地影响着观众的消费。在全媒体时代,广告商与媒介充分利用影视流行文化的消费属性最大化地实现了双赢。

总之,流行文化在商品生产和消费过程中不断得以传播。无论是网络购物还是影视剧“带货”,都引起了人们消费行为和消费观念的变化,是大众媒介与商家充分利用流行文化的消费性特点不断影响消费者的结果。各种媒介资源的共享使商家在充分挖掘商品象征价值的同时,还利用流行文化的各种传播手段努力挖掘大众对该商品的需求点,充分利用流行文化与商业消费不可分割的特性,竭尽全力调动大众的购买欲望,以期获取最大的经济利益。

(二)消费心理

随着改革开放的不断深入,中国在政治、经济、文化等方面得到了快速发展。尤其是经济体制改革,使中国的经济水平快速提升,消费社会逐渐形成。根据后现代主义专家让·鲍德里亚的观点,消费社会形成的最主要原因是经济的大发展带来物品的极大满足。人们处于被物品包围的世界,心理在一定程度上也会发生变化。让·鲍德里亚在《消费社会》中指出:“消费是一种积极的关系方式,是一种系统的行为和总体反应的方式,我们的整个文化体系就是建立在这个基础之上的。”①伴随着物质的极大丰富,人们的消费目的已经从注重实用价值转变为注重物品的象征价值。

随着经济全球化和文化全球化,国家之间的文化通过网络跨越国界相互交融,对各国人民的消费心理产生了重要的影响。在消费社会中,追求新鲜事物是人们的本能,而西方流行文化追求娱乐和想象的特性与大众的求异心理相契合,在一定程度上影响了中国民众的消费心理。西方快速、高效

① 波德里亚.消费社会[M].刘成富,全志钢,译.南京:南京大学出版社,2000:10-18.

率的生活节奏渐渐地成为中国民众效仿的内容。尤其是以青少年为主的消费群体,他们从小受到西方流行文化的影响,消费心理倾向于西式。以餐饮文化为例,我们可以看到不少青少年流连于肯德基、麦当劳等西方快餐店,而去中国餐饮店者却寥寥无几。显然,去肯德基、麦当劳已成为青少年当中一种流行的消费文化。

随着国外广告在中国的广泛传播,人们对时装的选择,也显示了他们消费心理上的变化。耐克、阿迪达斯等国际品牌受到了中国大众的欢迎,相比之下,国产的安踏、特步等就逊色许多。受流行文化的影响,越来越多的青少年通过消费各种品牌符号来标榜自己的个性。这种流行文化的消费模式在促进中国经济发展的同时,也给青少年带来了不小的负面影响,需要引起我们的高度重视。近年来,西方社会的奢侈文化消费也逐渐进入中国。西方奢侈品牌如 GUCCI、LV、CHANNEL 以及各种昂贵车系,早些年在中国是很少见的。随着流行文化的全球性消费,这些奢侈品牌日渐成为大众所接受。

(三)消费习惯

在全媒体时代,传统媒体与新媒体共同作用于人们的日常生活。新媒体信息具有简单化与碎片化的特征,由于人们面对海量信息时并没有足够的时间和精力全部阅读,只会选择自己最感兴趣或最有用的段落,因此微博和论坛吸引了大众的目光。在微博上,一句话、一个标题或一个片段新闻,已成为大众喜闻乐见的信息接收方式;在论坛上,每个人的"灌水"或"盖楼"成为一种信息交流模式。快节奏、浅阅读成为最常见的信息消费方式。流行文化作为具有商业特性的世俗文化,毋庸置疑,在现代社会消费中起着非常重要的作用。由于大众的消费渠道、消费心理以及消费习惯发生了许多新的变化,因此流行文化为适应现代消费形式的变化,也产生了新的特点,如更加大众化、平民化等。

改革开放以来,中国在政治、经济、文化等方面发生了翻天覆地的变化,人民群众的精神生活和物质生活也迈上了一个新台阶。互联网作为一种新鲜事物,在改革开放的环境下得到了迅速发展。传统媒体与新媒体之间的相互融合使得媒体间的界线逐渐模糊。流行文化作为社会文化体系中容易被大众接受、传播速度快、覆盖范围广的文化类型,在全媒体时代各种媒介的共同参与下,其商业性和市场性愈加明显。

三、流行文化价值取向之变化

消费社会的流行文化带有强烈的娱乐性,正如美国学者丹尼尔·贝尔总结的那样:“大众流行文化是一种享乐主义、消费主义的文化,它不再和如何工作、如何取得成就相关,而只关心享乐和消费。”①“跟着感觉走”“玩的就是心跳”已经成为当下社会的一道文化景观。

(一)流行文化的娱乐性与消解性

流行文化作为以娱乐为目的世俗性文化,最显著的特点便是娱乐性。随着人们生活节奏的加快、工作压力的增大,消费充满娱乐性的流行文化成为人们缓解压力的有效方式。在新旧媒体的共同作用下,流行文化的生产与消费形式极大程度上契合了大众的娱乐之道,它强调以轻松幽默的方式带给人们更多的感官愉悦。

首先,流行文化的特点之一是内容的娱乐性。流行文化的娱乐性最明显表现在影视娱乐节目的制作上。如今,在各种媒介激烈竞争的大背景下,各类广播电视台纷纷打破过去说教式的节目制作模式,朝着丰富多彩、创新开放的模式发展。娱乐节目已经成为广播电视台节目制作中不可或缺的一部分。娱乐节目的表现内容主要为当今的流行文化,因此娱乐节目的增多成为流行文化快速传播的重要途径。比如,湖南卫视的《快乐大本营》和《天天向上》以轻松活泼、幽默诙谐的节目形态吸引了众多观众。以《天天向上》为例,每一期节目都会选择不同的流行热点话题作为节目主题,比如高校学生会主席才艺大比拼、大学餐厅的对比、医生技巧的考核、IT 精英的生活追踪等。这些看似枯燥的选题经过主持团幽默生动的解说和编导的精心策划,变得极具吸引力。

其次,流行文化的另一个特点是消解性。传统文化中存在着高雅文化与低俗文化之别,而在流行文化中,这种层级之间的差别甚微,有时甚至为

① 贝尔.资本主义文化矛盾[M].赵一凡,蒲隆,任晓晋,译.北京:生活·读书·新知三联书店,1989:91.

了增强娱乐效果,还会颠覆传统文化的本来含义。流行文化的消解性使得其完成了从娱乐大众到大众娱乐的形式转变。比如《康熙微服私访》《铁齿铜牙纪晓岚》《宰相刘罗锅》等戏说剧,以及《宫》《步步惊心》《神话》《寻秦记》《穿越时空的爱恋》等穿越剧。这些作品借用某一时代的历史背景,加上编剧天马行空的想象力,为观众演绎了一幕幕戏剧性极强的故事。如果以真实历史去分析这些电视剧,没有太大价值。但它们以别出心裁、丰富大胆的想象力将电视剧的娱乐属性演绎得淋漓尽致,满足了观众放松愉悦的审美心态。

(二)消费语境下的文化乱象与价值失范

自从中国进入消费型社会后,从物质消费到精神消费,中国人的人生观、价值观发生了一些变化。各大城市休闲娱乐场所常年灯红酒绿,彰显着这个时代的浮华和喧嚣。流行文化的缔造者与生产者采用不同方法和手段尽可能地满足民众的文化娱乐需求,人们感受到了娱乐消费带来的快感。有研究者指出:“大众媒介事实上开始调用人们的感官、本能作为赢得收视率、换取商业利润的资源,将商业逻辑运作深入到了人的本能、欲望的层次……并凭借这种以时尚、消费、欲望为标志的‘影像’符号,在一定程度上实现了对大众日常欲望的控制;而大众将日常生活之梦,酣畅淋漓地投射到媒介制作的一个个‘影像’中,获得了一次次虚拟的满足。”①

改革开放以来,影视传媒在经济建设、社会发展以及民众精神生活提升方面起到了巨大的推动作用。斯大林说:“电影具有从精神上影响群众的特别巨大的可能性,它帮助工人阶级及其政党以社会主义精神教育劳动者,组织群众为社会主义而斗争,提高群众的文化水平和政治战斗力。”②的确,影视传媒在弘扬中国传统文化、传播社会主义思想、促进世界文化交流等方面功不可没。但随着消费社会的到来,在全民娱乐的狂欢中,作为流行文化代表的影视传媒正在悄悄地发生变化。一些裹挟着众多娱乐元素的影视流行文化在给人们带来视觉盛宴的同时,也带来了诸多负面效应。比如有人看

① 董爱华.传媒消费主义对中国电视娱乐节目的影响[J].北京印刷学院学报,2007(6):29.

② 中共中央马克思恩格斯列宁斯大林著作编译局.斯大林文集(1934—1952)[M].北京:人民出版社,1985:38.

了《少林寺》争相去少林学武，却被拉去打群架，险些酿成社会问题。

另外，依托网络媒体发展壮大的“恶搞”文化，杂糅了戏仿、拼贴、反讽、挪用、反串、置换、变形、混搭等手法，故意歪曲、颠覆原作，试图制造娱乐狂欢。比如，自电影《大话西游》上映后，网络上接连出现了《大话红楼》《大话水浒》《大话三国》等一系列恶搞的“大话浪潮”。2007 年，网友把周杰伦演唱的《千里之外》改编成《欠你十块》，并在网络中迅速走红。从此，“恶搞电影”“恶搞音乐”的风气愈演愈烈。

受经济利益的驱使，一些传媒人对于收视率的盲目追求，使很多电视节目也出现了低俗、媚俗的倾向。2006 年的《超级女声》把“选秀风”推向了高潮。随后，无论是中央台还是地方台，纷纷举办选秀节目。如中央电视台的《梦想中国》、北京电视台的《红楼梦中人》、江苏卫视的《绝对唱响》、东方卫视的《加油！好男儿》《舞林大会》《我型我秀》、山东卫视的《天使任务》、重庆卫视的《第一次心动》等。在这场残酷的“观众争夺战”中，为达到吸引眼球的目的，有的节目不惜恶意造谣，以引起关注。面对这种情况，国家广电总局下发通报，批评低俗的选秀节目。之后，相关部门对电影、电视、网络、广告的“选秀风”进行了一系列的清理和整顿。

每一档电视节目的走红，无疑与当时的社会现状和人们的精神状态密切相关，婚恋是社会文化中经久不衰的热门话题。因此，电视相亲节目迅速走红。1988 年山西电视台推出的《电视红娘》是中国首档电视相亲节目。1998 年湖南卫视推出《玫瑰之约》，首次掀起国内婚恋交友类节目的热潮。在话题度、收视率飙升的诱惑下，其他卫视纷纷走上“相亲路线”，出现了《非诚勿扰》《我们约会吧》《缘来是你》《爱情来敲门》《选择》《为爱向前冲》《相亲才会赢》《凡人有喜》《爱情连连看》《百里挑一》《恋恋超姻速》《精诚所至》等一大批相亲节目。与其说是电视工作者创作了电视节目，不如说是某种特定的社会文化借助电视这个平台得以集中展示。电视相亲节目从某种意义上来说是社会问题的减压阀和社会矛盾的缓冲带。它为年轻人提供了表达情感诉求、展示生活态度的舞台。事实上，在相亲节目中，争议最多的就是人与人之间的价值观差异。从目前的相亲节目来看，它要的是鲜明的话题性和较高的讨论度，以容纳那些困扰着人们的现实问题。它是夸张的社会漫画。“话题效应”在给观众带来看点的同时，也揭露了当下一些不正确的婚恋观。如过分强调物质条件,过分重视人的外表,等等。从社会影响的角度看,这对年轻人的影响弊大于利。正如日本传播学者藤竹晓所说:“被媒体作为信息传递的‘拟态事件’,包括语言、观念、价值、生活或行为方式等,最初并不见得有代表性或普遍性,但一旦进入了大众传播渠道,很快就会演化为社会流行现象,变成随处可见的事实。”①电视相亲节目中呈现出的五花八门的婚恋观可能会加剧社会伦理道德困境。2010 年 6 月,国家广电总局下发了《关于进一步规范婚恋交友类电视节目的管理通知》(简称《通知》),加强对婚恋交友类和情感类节目的管理。《通知》强调:“不得以婚恋的名义对参与者进行羞辱或人身攻击,甚至讨论低俗涉性内容;不得展示和炒作拜金主义等不健康、不正确的婚恋观……切实办好婚恋交友类电视节目,引导广大青年树立正确的人生观和婚恋观。”不管什么时候,大众传媒都应该以传播积极主流价值观为基本导向,以主动承担新闻媒介的社会使命与道德责任为己任。近年来,出于各种原因,很多卫视停播了婚恋交友类节目。

默克多认为,传媒消费主义最直接的体现就是新闻娱乐化,即“新闻事件戏剧化和激情化的呈现”“娱乐性题材乔装成新闻”,意图追求社会轰动效应。报道失实的情况在媒体上偶有发生,比如《上海要建 300 米容纳 10 万人的摩天大楼》与“纸包子”事件。它们公然报道虚假消息,造成了恶劣的社会影响,损害了媒体的公信力。因为电视文化对社会意识和人们的行为方式具有潜在的强大的制约和规范作用。观众一旦发现自己受了欺骗,很难再对该媒体产生信任感。

总之,虽然流行文化在某种程度上对社会民主化进程起到了一定的推动作用,但由于缺乏引导机制,无形中也显示出低俗的一面。丹尼尔·贝尔认为,西方后现代文化试图以破碎的艺术应对破碎的世界,注定无法弥合心灵的破碎。颠覆经典、改写传统、歪曲主流的作品作为视听媒介表达和张扬个性的一种方式,如果不能留下喧哗纷乱背后的深刻思考,没有值得咀嚼的回味,这样的重构、颠覆只能沦落为一种低俗和恶俗。这时,“民族国家的许多价值观将会改变,让位于大大小小的电子社区的价值观”②。这样的流行

---

① 藤竹晓.现代大众传播理论[M].东京:日本放送出版社,1968:34.

② 费瑟斯通.消费文化与后现代主义[M].刘精明,译.南京:译林出版社,2000:11.

文化由于抛弃“文以载道”的传统,回避逻辑推理与深度反思,过于注重感官刺激,使文化失去了应有的内蕴深度,使艺术失去了启人心智的魅力。它在解构以政治为中心的意识形态的同时,也消解了人们对国家、民族、社会的责任感。无疑,这种流行文化已经深深打上了后现代文化的烙印。蔡骐说:“当蔓延世界的商品经济把恶搞的文化符号转化为利润丰厚的商品时,我们原来追寻的意义在哪里?当反抗褪下了自己的外衣而成为纯粹的娱乐时,文化在商业的收编下溃不成军。”①中国提出的精神文明建设和践行社会主义核心价值观等,正是主流文化对流行文化的一种矫正。

(三)“众神狂欢”的适度性与主流意识形态的守望

俄国学者巴赫金提出的“狂欢化”理论,是20世纪最具影响力的文学理论之一,该理论源于欧洲中世纪和文艺复兴时期的狂欢节文化。巴赫金认为,中世纪的人们面对着两个世界,过着两种生活:“一种是常规的、十分严肃而眉头紧蹙的生活,服从于严格的等级秩序,充满了恐惧、教条、崇敬、虔诚的生活;另一种是狂欢广场式的自由自在的生活,充满了两重性的笑,充满了对一切神圣物的亵渎和歪曲,充满了不敬和戏谑,充满了同一切人、一切事的随意不拘的交往。”②值得强调的是,由于“第二种生活”发生在特定的时空内,所以使人们摆脱了正常日常生活的限制,进入到一个无拘无束、自由自在的带有一定幻想色彩的现实世界中。这个特定的时间指的是狂欢节、复活节、愚人节、农神节等,而特定的空间则指的是集市、广场等大众聚集的公共场所,这些地方以开阔、无限制等特点召唤着所有人的参与。正是在这样狂欢的舞台上,人们才可以享受与现实生活相隔离的“第二种生活”。在巴赫金看来,狂欢节给人们提供了一种实现集体思想的现实方式,这种方式以颠覆官方和教会的根本观念为宗旨,将神圣化的现行制度、宗教、政治、道德价值、规范等一一消解。公众可以摆脱所有的清规戒律,嬉笑怒骂,随性而为,在感官上获得极度愉悦。在这个层面上,狂欢节可以说是一种“实现了的乌托邦”。

---

① 蔡骐.对网络恶搞的文化反思[J].国际新闻界,2007(1):11.

② 巴赫金.陀思妥耶夫斯基诗学问题[M].白春仁,顾亚铃,译.北京:生活·读书·新知三联书店,1988:184.

巴赫金还认为,在狂欢节期间,没有表演者和观赏者的区分,人人都是演员。“人们在狂欢节上通过脱冕、加冕、化装、戴上面具等各种仪式暂时地、象征性地实现自己改变地位和命运,拥有财富、权力和自由的美梦。这是狂欢节乌托邦理想的一个组成部分。”①“狂欢节不知道何为舞台,换言之,它根本不承认演员与观众之间有什么区别,狂欢节不是供人观看的奇观:人们就生活在其中,而且每个人都参与,因为狂欢节的观念本身就是将所有人拥抱在一起。”②

娱乐已经成为传媒的超意识形态,而新媒体的出现和发展,对于人们娱乐欲望的满足起到了推波助澜的作用。广播电视、计算机、互联网的出现,使人们步入了互动式传媒时代,使娱乐变得如影随形。诚如尼尔·波兹曼所说,娱乐已经占据了我们这个时代“元媒介”的地位:“我们的问题不在于电视为我们展示具有娱乐性的内容,而在于所有的内容都以娱乐的方式表现出来……我们可以换种说法:娱乐是电视上所有话语的超意识形态。”③随着2005年《超级女声》的火爆登场,李宇春、周笔畅等女孩的名字风靡全国。一夜成名、一炮走红,好像不再是一个遥不可及的梦想。“超女”为年轻观众提供了某些想象性满足,成就了一场普通百姓直接参与的造星运动。该节目已经成为“电视文化奇观”的一个标志性样本。尹鸿说:“人们情不自禁地走进了一个集体的梦幻之中,一个对自己的人生经验进行理想化的幻景之中,共享一种被文化产品制造出来的欢乐。”④传媒借助流行音乐构筑了一个大众狂欢的舞台。在这里,前台是偶像制造的娱乐盛宴,背后是财富狂欢的奇迹。大众传媒俨然已经成为消费社会和娱乐主义的制造者和推动者。据统计,《超级女声》每场的广告收入和短信收入为1280万元,总决赛共有7场,一共为8960万元,加上2800万元的冠名费,总收入过亿。可见,娱乐的背后是财富的狂欢。⑤ 因此有人认为,《超级女声》是一场煽情至极的大众娱乐秀、一个空前火爆的流行文化现象,更是一次精心设计的顶尖商业运作。⑥

---

① 陆道夫.狂欢理论与约翰·菲斯克的大众文化研究[J].外国文学研究,2002(4):23.
② 费斯克.理解大众文化[M].王晓珏,宋伟杰,译.北京:中央编译出版社,2001:104.
③ 波兹曼.娱乐至死[M].章艳,吴燕莛,译.桂林:广西师范大学出版社,2009:76-77.
④ 尹鸿.霸权与多元:新世纪电视文化随想[J].电视研究,2000(1):17.
⑤ 天海翔.中国文化产业[M].北京:中央编译出版社,2006:51.
⑥ 天海翔.中国文化产业[M].北京:中央编译出版社,2006:56-57.

“超女奇迹”是电视、广播、纸媒、互联网、手机等传统媒体与新媒体互动的结果,也是现代音乐传媒技术与商业运作的产物。

在新媒体与传统媒体融合共生的全媒体时代,新媒体的发展为流行文化提供了一个自由、开放的文化语境。新媒体是流行文化生产与消费的重要载体,也是流行文化蔓延、扩张的助推器。各种新媒体裹挟着不同的流行文化,给传统体制与观念带来很强的冲击。斯诺认为:“在当代社会,公众往往接受媒体所呈现的社会现实,因此当代文化实际上就成了‘媒体文化’。”① 文化产品是特殊的商品,除了具备商业价值外,它还承担着传播人类精神文明、彰显社会进步价值的责任。在经济全球化、文化多元化的当下,如何在汲取世界进步文化的基础上,引导流行文化朝着更加健康的方向发展,弘扬文化的民族性,构建社会主义核心价值体系,是我们必须面对的现实文化课题。阿多尔诺认为,流行文化是一种文化产业,是一种市场导向的大众文化。约翰·菲斯克认为:“大众文化始终是一种关于冲突的文化,它总是涉及生产社会意义的斗争,这些意义是有利于从属者的,并非主流意识形态所喜欢的那种。这场斗争的胜利,不论如何转瞬即逝或受到限制,总能创造出大众的快乐,因为大众的快乐始终具有社会性和政治性。”②流行文化作为意识形态的一种表现形式,其自由度应该是有限的,它必须在意识形态允许的范围内,凝聚社会发展正能量,满足社会对文化的需求。流行文化无疑对丰富当前中国文化形态具有一定的积极意义,但它在发展、传播过程中也存在一些不可忽视的问题。因此,主流文化要积极引导流行文化。

尼尔·波兹曼认为:“虽然文化是语言的产物,但是每一种媒介都会对它进行再创造——从绘画到象形符号,从字母到电视。和语言一样,每一种媒介都为思考、表达思想和书写情感的方式提供了新的定位,从而创造出独特的话语符号。这就是麦克卢汉所说的‘媒介即信息’。”③有的作品以破碎的艺术去警示、整合破碎的世界,甚至还抱有“济世”的初衷。比如《疯狂的石头》中大盗作案时发现自己买的绳子竟然是伪劣商品,大大嘲讽了假货横行的社会现象。《大电影之数百亿》折射了当下拆房、买房、炒房等社会热点

① 克兰.文化生产:媒体与都市艺术[M].赵国新,译.南京:译林出版社,2001:4.
② 菲斯克.解读大众文化[M].杨全强,译.南京:南京大学出版社,2001:2.
③ 波兹曼.娱乐至死[M].章艳,吴燕莛,译.桂林:广西师范大学出版社,2009:11.

问题。媒介的独特之处在于它引导着受众看待和了解事物的方式,而这种方式却常常不被人们所察觉。

媒体是社会公器,理应承担起弘扬真善美与传播社会主流价值的责任。有研究者认为:"在全民狂欢的时代,电视节目的内容影响着千百万人的心理,是唤起社会的广泛认同、扩大影响的根本要素。从表面上看,受众看电视追求的是娱乐性、趣味性和强烈的刺激性,但更深层次的原因是受众能在节目中追寻对主流价值观的认同……随着社会的不断进步和自我需求的不断提高,人们从追求'娱乐热'中冷静下来之后,面对媒介,追求的是更深层次的美感,是对主流价值观的认同感。节目应该注重对价值观的引导,营造出和谐的节目氛围,才能获得真正的生命力。"①怀特认为:"电视存在一个有限意识形态的多元性——它包容很多观点,同时又注意不走极端或坚持少数派的观点""维护社会文化的主流意识形态,同时又允许主流意识形态带动一系列价值观念和态度"。② 这表明,在价值多元化的今天,电视媒体要加强服务与引导功能,注重从价值观、婚恋观等方面引导年轻人厘清是非,抑丑扬美,树立积极向上的价值观、爱情观,培养受众健康、高雅的审美情趣,使节目朝着更加契合社会主义主流价值观的方向发展。因为媒体的价值观一旦失序,就会导致节目内容的价值观混乱,非主流价值观甚嚣尘上,误导观众,对社会道德和风气造成损害。社会主义核心价值体系是社会主义意识形态的本质体现,主流价值观在这个体系中居于内核位置,直接反映一个国家的意识形态和社会道德基本取向,是增强民族凝聚力与维系社会稳定、团结、和谐的精神纽带。媒体要弘扬正义公平、诚信友爱,抵制消费主义、拜金主义、享乐主义、极端个人主义,坚持正确舆论导向,加强自律,传播爱国主义、集体主义,引导受众树立正确的价值观、人生观、世界观。

麦克卢汉在《理解媒介》里提出了"媒介是人的延伸"的观点。媒介承担着传递信息、舆论监督、文化交流、休闲娱乐等话语职能。根据美国学者赖特的观点,大众传媒具有四项功能:(1)环境监督——帮助人们了解、把握自己生存的自然与社会环境;(2)解释与规定——对所传达的信息进行解释,并提示人们应该采取什么样的行为反应;(3)社会化功能——传播知识、文

① 鲍海波,闫静静.婚恋交友类节目现实困境及其人性化推进[J].东南传播,2010(7):153.

② 艾伦.重组话语频道:电视与当代批评理论[M].牟岭,译.北京:北京大学出版社,2008:174.

化、价值与行为规范；(4)提供娱乐——满足人们的精神生活需要。① 在网络尤为发达的全媒体时代，国家形象的塑造、核心价值的传播、社会主流意识形态的表达都要与时俱进，以不断适应时代瞬息万变的特点。当代大众传媒则“可以作为一个话语和价值观的对话场地”②。

文化是深深熔铸在民族里的生命力、创造力和凝聚力。可以说，文化兴，则民族兴；文化衰，则民族衰；文化存，则民族存；文化亡，则民族亡。赫胥黎在《美丽新世界》中曾作出一个预言：“我们的文化将成为充满刺激、欲望和无规则游戏的庸俗文化，人们因为娱乐而失去自由，那将会是一个娱乐至死的‘美丽新世界’。”对此，尼尔·波兹曼一针见血地指出：“如果一个民族分心于繁杂琐事，如果文化生活被重新定义为娱乐的周而复始，如果严肃的公众对话变成了幼稚的婴儿语言，总而言之，如果人民蜕化为被动的受众，一切公共事务形同杂耍，那么这个民族就会发现自己危在旦夕，文化灭亡的命运就在劫难逃。”③拯救文化的希望在人类不断的自我反省当中，波兹曼的深刻预见无疑是对当下过度娱乐的当头一棒。据报道，阿富汗人民在自己的国家博物馆大门上高悬着一条横幅，上面写着：“只有一个国家的文化和历史活着，这个国家才活着。”这说明，保卫民族国家的文化安全其实就是保卫这种民族文化生存发展的权利不受侵犯。马克斯·韦伯在《新教伦理与资本主义精神》中阐述了这样一个理论，即任何一个国家的现代化，都必须有一种“核心精神”作为经济发展的“动源”，也作为一种“利益驱动”的节制或平衡。“韦伯学”之所以在西方引起巨大反响，是因为文化越来越被当代人所重视。文化不仅是促进经济发展的重要动因，也是国家现代化的重要因素。一个民族要自信地生存，必须有自己的底气，必须尊重自己的历史、自己的祖先、自己的传统。一个国家的现代化，绝不仅仅是物质上的进步，更重要的是精神上的富足。

---

① 王凤仙.关于《非诚勿扰》热播的冷思考——兼论媒体社会责任[J].今传媒，2010(11)：67.

② 郝建.类型电影教程[M].上海：复旦大学出版社，2011：11.

③ 波兹曼.娱乐至死[M].章艳，吴燕莛，译.桂林：广西师范大学出版社，2009：133.

第四节　流行文化发展的挑战及应对策略

在全媒体时代，流行文化得到了迅速传播发展。受文化全球化影响，流行文化的传播打破了地域和民族的界限，成为最容易被大众接受的文化形态，受到了人们的喜爱。但目前，流行文化的发展还存在很多问题。比如，传播媒体良莠不齐、文化核心竞争力不强、专业人才匮乏、法律机制尚不健全等。因此，流行文化作为中国文化建设中的重要组成部分，如何朝着中国文化复兴大业的道路发展，如何更契合大众的精神需求，如何引领时代潮流与凝聚社会共识，这些都是我们必须面对的新课题与新挑战。

一、融合新旧媒体

在全媒体时代，流行文化在发展过程中遇到的首要问题就是传播媒体的选取。20 世纪 90 年代，互联网作为新鲜事物进入中国，并以速度快、容量大的优势，在众多媒体中占得先机。

进入 21 世纪，以互联网为基础的新媒体力量不断发展壮大。流行文化在丰富人们精神生活的同时，也推动了社会文化发展。新媒体的迅速发展主要得益于各种媒介之间信息资源的共享与合作，但有学者指出："网络媒体在中国的发展主要是依靠其他媒体的信息资源完成的，有不少人将其定义为'寄生式发展'。[①]"网络媒体对所获信息照搬照抄，导致一些错误或虚假的信息在网络上传播，给人们的生活带来了许多困扰。

与新媒体的新闻编排不同，传统媒体拥有一批专业水平较高的新闻采编人员，这就使其新闻节目具有较高的权威性与可信度。可见，新媒体所具有的创新精神以及节目的编排效率是传统媒体所欠缺的，而传统媒体对信息的真实性、权威性以及客观性的准确把握是新媒体所不具备的，新旧媒体

---

① 贾磊磊.流行文化是提升国家文化软实力的战略力量[J].西北大学学报(哲学社会科学版)，2010(5)：85.

各有优势和劣势。在新旧媒体的交融中,传统媒体在坚持真实性和媒介公信力的同时,要向新媒体学习,提高创新能力与传播效率。新媒体在发扬创新优势的同时,也要不断提高自身专业性与可信度。总之,在全媒体时代,新旧媒体要互相取长补短,一起承担为大众传播先进文化的职责。

二、增强文化核心竞争力

从某种意义来说,中国流行文化的核心竞争力其实并不强大。有学者指出:“我们的文化产品更多的是体现一个时期社会的现实需要,并没有彰显出国家文化软实力的重要作用。我们几乎没有一种流行文化产品被国际普遍接受,这意味着我们的文化核心价值观失去了一个有利的传播载体。”① 中国地大物博,有着五千年文明历史,但在世界文化软实力竞争上还有很多不足之处。在影视和音乐行业方面,美国凭借雄厚的资金、成熟的商业运作模式,在文化输出中占尽先机;在动漫行业,韩国和日本俨然已经成为视觉艺术的引领者;在时装行业,法国和意大利独领风骚。流行文化传播的并不仅仅是内容,在内容的背后,反映的是一个国家的文化价值和意识形态。因此,在全媒体时代,如何处理外来流行文化和本土流行文化之间的关系成为我国文化工作者必须面对的问题。

有研究者认为:“流行文化不仅是对一个国家日常文化场景的细致描绘,而且暗含着一个国家民众共同理想的文化愿景。”②为提升中国文化软实力,促进社会主义核心价值体系的建设,政府应重视和扶持流行文化传播,使中国优秀流行文化走向国际。我们可以与外国联合举办一些文化活动,比如中法文化年等。中国流行文化应积极与外国流行文化相互切磋,使优秀的流行文化交融共生。另外,在全媒体时代,媒介应充分发挥强大的宣传作用,自觉提高媒介素养,拍摄一些符合主流价值观的精美的中国流行文化作品,如纪录片《美丽中国》《舌尖上的中国》等。“天下兴亡,匹夫有责”,每一个中国公民在流行文化的生产与传播中应充分发挥自己的长处,为社会

---

① 贾磊磊.流行文化是提升国家文化软实力的战略力量[J].西北大学学报(哲学社会科学版),2010(5):81.

② 孙卫华,刘卫东.流行文化中的文化软实力较量[J].新闻知识,2012(2):6.

主义核心价值体系的建设添砖加瓦。

三、培养专业人才

人才匮乏,是阻碍当今中国流行文化大力发展的关键因素之一。首先,流行文化领域缺乏复合型人才。在全媒体时代,流行文化已经有一条从生产、传播到营销的完整的产业链条,文化产业化成为流行文化在社会主义市场经济条件下发展的必然趋势。虽然文化产业化的发展进程迅速加快,但既懂艺术又懂经营管理的复合型人才的培养却跟不上发展的节奏,复合型人才的缺失成为流行文化在全媒体时代发展过程中的瓶颈。其次,创作型人才缺乏。中国文学、影视、音乐、动漫等流行文化之所以无法与国外的流行文化相媲美,主要原因之一就是艺术创作人才的缺乏。在繁重的学习压力下,中国青少年所处的尴尬境地以及各种基础设施的缺乏使想象力丰富的青年一代无法大展身手,造成了中国青年一代文化创新的缺失,大部分流行文化都是外来文化的本土化改造。种种原因使得中国流行文化的创新人才十分匮乏。

人才是先进流行文化得以迅速发展的根本。流行文化出现媚俗化倾向的主要原因,就是真正懂艺术、懂文化、懂管理的人才稀缺。思想家帕斯卡尔曾经说过:“纯粹的娱乐是对现实的逃避,纯粹娱乐下的流行文化缺少了一种深刻意义的存在,使公众只沉迷于形式本身,而无法得到情感理性的升华。”[①]流行文化的浅薄化、媚俗化是流行文化人才素养不高的表现。因此,根据中国流行文化发展的现状和需求,开设相关专业,革新传统的授课模式,加大培养既懂艺术又懂管理的复合型人才和创新型人才的力度,成为全媒体时代流行文化发展的必然要求。只有重视人才培养,中国流行文化才能长期健康地发展。

四、健全法律机制

在流行文化的传播过程中,法律机制的不健全严重影响了流行文化的

---

① 王晓青.当下中国流行文化分析[J].淮阴师范学院学报(哲学社会科学版),2004(6):21.

发展。2008年中国两会期间,有委员就提出:“我国的文化立法还处于初级阶段,文化法律法规也尚未形成一个完整合理的法律体系,还不能适应当前和今后我国的文化事业快速发展的需要。”在全媒体时代,流行文化在媒介融合的背景下快速发展,而文化在立法实施方面变得更加艰难。流行文化法律机制的不健全,使更多人借由网络实施犯罪行为而逍遥法外。比如微博的隐匿性为微博诈骗和造谣提供了空间。再如,由于法律法规不健全,影视行业成了盗版的重灾区。在电影上映初期,就有人利用新媒体技术进行拷贝,并将其投放于网络以赚取巨额利润。另外,随着影视剧拍摄成本的增加,影视投融资、票房的分成等成为影视行业的热点话题。而在法律条文中,相关细则并没有及时更新与补充。因此,各种各样的纠纷浮出水面,合作多年的导演与制片人决裂,歌手起诉签约唱片公司等现象层出不穷。

党的十八届三中全会指出,要大力推动文化体制改革。因此,文化法律机制的建设被提上日程。首先,我们要充分做好调研工作,对流行文化发展过程中出现的法律问题进行及时整理,并对可能出现的情况进行备案。其次,政府要加大宣传力度,使公民在文化利益受到损害时学会利用法律的武器保护自己的权益。最后,要培养一批懂文化、高素质的法律精英,在人们发生法律纠纷时能够及时果断地进行处理。全媒体时代的流行文化纷繁复杂,只有在法律机制的保障下,中国流行文化才能在社会主义核心价值体系建设中发挥重要的作用。

历史的车轮滚滚向前,新鲜事物总会有一段适应社会时代发展的过程。历史告诉我们,流行文化的发展道路不可能是一帆风顺的,但其受到的阻碍只是暂时的。随着时代的发展以及人们素质的提高,这些阻碍先进流行文化发展的问题都会迎刃而解。流行文化也会以蓬勃的朝气在中华文化复兴的道路上越走越远,在社会主义核心价值体系建设中发挥越来越大的作用。

第五节　流行文化背景下的艺术审美教育

审美教育是我们当下面临的一项重要课题,审美教育的成功与否直接影响个体的审美发展,而个体人格的完善必须依靠审美教育来实现。席勒说:“人从自然人走向理性人,中间必须架起一座桥梁,这桥梁是审美教育,让艺术充当使人恢复健康、具有美的心灵和人性的教师。”①这句话既透露了审美教育对人的感性与理性和谐发展的重要性,也强调了艺术充当审美教育手段的重要意义。在这个感性缺失、机械复制的大众文化泛滥的时代,我们应该更加重视审美教育,更加注重培养审美主体的审美能力,净化作为审美客体的当代艺术。

一、流行文化的发展与审美主体感性的缺失

自20世纪末以来,全球经济的发展和科学技术的进步给人们带来了巨大的物质财富和经济利益,但同时也带来了精神的贫乏和灵魂的空虚。工业的发展使一切都变得模式化、符号化,把人塑造成“单向度的人”。人在工业社会中似乎也成了批量复制下的“产品”,冰冷理性而缺乏感性。在机械复制的今天,我们面临的问题是:人们的物质生活在不断地丰富,情感却愈加衰颓。蔡元培很早就意识到这种情感缺失危机,他在一次与《时代画报》记者的谈话中提道:“人类制造了机器,自己却变为机器的奴隶,受到机器的指挥,不惜仇视同类。我提倡美育,便是使人类能在音乐、雕刻、图画、文学里又找见他们遗失了的情感。”②情感的缺失会使整个社会麻木不仁,审美教育承担着塑造感性的人的重任。席勒说:“有健康的教育,有审视力的教育,有道德的教育,也有趣味和美的教育。后一种教育的意图是,在尽可能的和谐之中培养我们的感性力和精神力的整体。”③这后一种教育便是审美教育,审美教育能使人摆脱片面的理性化,成为感性与理性和谐发展的人。当我们建立了足够坚强的理性壁垒之后,不要忘记打造同样重要的感性家园。

当前审美教育面临的更加棘手的问题是,本来工业社会就造成了人们情感的缺失,偏偏又遇到流行文化,审美教育要完成解放感性的历史重任变得更加困难重重。20世纪80年代,中国社会进入了全面而深刻的转型期,伴随着工业社会而来的还有大众文化。新的经济体制使大众文化获得了生

---

① 席勒.审美教育书简[M].冯至,范大灿,译.北京:北京大学出版社,1985:6.

② 蔡元培.蔡元培美学文选[M].北京:北京大学出版社,1983:215.

③ 席勒.审美教育书简[M].冯至,范大灿,译.北京:北京大学出版社,1985:105.

存的土壤，迅速在中国生根、发芽，并发展壮大。仅仅十几年的功夫，流行文化就与中国的主流文化和精英文化并驾齐驱，并大有超越之势。通过现代传媒传播的大众文化，一方面打破了精英文化垄断的传统，推进了中国文化平民化的进程；另一方面却也暴露出更大的弊端。不同于西方的大众文化，中国大众文化的兴起是以对民族文化和精英文化的解构为代价的。它的速食化、娱乐化、肤浅化乃至色情化的发展趋势，使民族文化与精英文化越来越被边缘化，而这势必造成社会思想、精神和文化的严重缺失。

审美教育是规避大众文化缺点的重要手段，可以帮助审美主体树立正确的审美观，培养审美主体的审美能力，使其能够在大众文化泛滥的今天去发现美、感受美，从而完善自我。而“进行审美教育最重要的方式和最凝练的形式”①则是艺术。艺术是人类文明的果实，是人类精神的创造，具有表现生活本质特征和规律的功能，并且能够揭示人类的生存状态与精神世界。通过艺术手段进行审美教育，是人类审美意识的集中体现，是真善美的结晶。可是，在流行文化背景下产生的各种门类的当代艺术形式，如流行音乐、现代绘画、现代舞蹈、商业电影、网络文学等，也都具有消费性、通俗性、娱乐性等特点，更有甚者，还暴露出低俗化、色情化的倾向。大众文化背景下的当代艺术，很难像古希腊的艺术一样给人带来心灵的震撼与净化，很难唤起人们情感与精神的超越。那么，在大众文化背景下，我们的艺术审美教育该如何进行呢？

二、培养审美主体的艺术审美感知力

席卷全世界的流行文化正在潜移默化地影响着人们，塑造着人们的思想和情感，改变着人们的思维方式。要使人们在流行文化背景下依然保持一份纯粹的审美情感，依然能够深切地感受美，我们的审美教育就要培养审美主体的审美感知力。审美感知力，即审美主体对审美客体（或审美对象）的外在形式和内在情感的感知能力，它是审美活动中各种审美能力发展的前提和基础。审美感知力分为“感”和“知”两个层次，“感”是对审美对象外

① 胡经之.文艺美学[M].北京：北京大学出版社，1999：387.

在形式的感受,“知”是对审美对象内在情感的领悟。审美主体只有完成了从“感”到“知”的过程,才算真正具备了审美感知力。艺术审美感知力就是以艺术为审美客体,通过对艺术的鉴赏培养和提高审美主体的审美感知力。艺术是实施审美教育最有效的手段,特别是在流行文化背景下,面对审美主体的情感淡漠与心灵空虚,艺术的审美教育作用显得更加重要。艺术是人类智慧的结晶,它不仅能够丰富我们的情感,还能净化我们的心灵,所以借助艺术这一手段来培养和提高审美主体的审美感知力是必要且明智之举。

审美感知力中的“感”是对艺术的外在形式的一种感受力,是一种鉴赏美的能力。例如,我们欣赏一幅画作、阅读一首诗、听一段音乐的时候,我们能够感受到这些艺术品的色彩、语言、旋律等外在形式。这便是审美过程中审美主体应具备的最基本的感受美的能力,是通过感官对审美客体的一种最直接、最具体的审美把握。但是,只达到“感”这一层次,还并不是“审美”,审美主体只有从“感”上升到“知”,才算是真正的“审美”。审美感知力中的“知”是对审美客体的理解和领悟,是通过对审美客体外在形式的感受进而把握艺术美中所蕴含的情感和意义,是一种间接的、抽象的审美把握。例如,我们欣赏一幅画的时候,不仅要能够从感官上感受到画的颜色、线条等,还要透过这些颜色、线条感知到画作所蕴含的情感和意义。总之,对审美客体的理解和领悟离不开对审美客体外在形式的感受,但仅仅停留在“感”的层面,不能深入体味艺术作品所具有的“弦外之音”,则不能称为“审美”。

我们应加倍重视对审美主体的审美感知力的培养。因为当代审美主体面对的是流行文化影响下的当代艺术,这种艺术具有通俗性、消费性和模式化等特征,但也存在良莠不齐、鱼龙混杂等问题。成熟的审美感知力能让我们在良莠不齐的当代艺术中感知到真的、善的和美的事物。利用审美感知力中的“感”能力可以感受艺术外在形式的美丑,利用“知”能力则能够进一步分析出美丑背后的艺术本质。集合了审美态度、审美判断力、审美兴趣等各种审美因素的审美感知力,是审美主体的审美能力发展的前提和基础,更是关键。

而当下的艺术审美教育在对审美主体的审美感知力的培养上,只停留在传授艺术理论知识和抽象分析艺术形象的肤浅层面,也就是只停留在“感”能力的教育,而忽视了对“知”能力的培养。这是在工业社会和大众文化背景下,审美教育者与审美主体集体沦陷的表现。现代的审美教育用理性的解构代替了感性的建构,艺术美对人的情感教育作用被完全忽略了。苏珊·朗格认为:“艺术教育就是情感教育,一个忽视艺术教育的社会就等于使自己的情感陷于无形式的混乱状态。”①在当下,我们比任何时候都更需要情感教育,需要用艺术来提高审美主体的审美感知能力,并反过来运用这种审美感知力去欣赏美、领悟美,获得更高层次的审美体验。

那么,我们应从哪些方面来培养审美主体的审美感知力呢?笔者认为,可以从自然美、现实美和艺术美三个方面着手。

自然美是大自然带给我们的美,旖旎的蓝天白云、壮丽的山川湖海等作用于我们的视觉、听觉、嗅觉和触觉器官,陶冶我们的情操,培养我们对自然美的感受力。现实美是现实生活中人的生产、生活等社会活动所呈现出的美,包括伟大的思想、高尚的情操等。现实美的审美教育可以帮助审美主体树立正确的审美观,培养健康的审美情操。自然美和现实美的审美教育对审美感知力的生成无疑具有十分重要的基础性作用。通过艺术美来培养审美主体的审美感知力是最有效的一个途径。艺术美是艺术所展现的美,是艺术家的审美目标、审美实践和审美理想的集中体现。艺术美相对于自然美和现实美来说,带给审美主体的审美感受更深刻,更有助于审美主体从“感”到“知”的审美感知能力的培养。艺术作品或美或丑的外在形式,带给我们更深层次的体验与领悟。

例如,当蜀道的艰险恐怖出现在李白的诗中时,我们不只欣赏到险要的蜀道和沿途的景色,更被李白对祖国大好河山的热爱之情和对国事的关切与焦虑之感所感染。雨果的《巴黎圣母院》用强烈的美丑对比给我们带来强烈的心灵震撼,使我们对“美”有了更深层次的认识。丑恶可能躲藏在美的外表下,而崇高可能隐藏在丑陋的外表背后。贝多芬的音乐之所以能感动世界,是因为他的作品不只有激荡人心的旋律,更是灵魂的交响,是其对苦难命运的不屈与超越。伟大而优秀的艺术作品给审美主体带来的不仅是感官上的享受,更是内在情感的涌动与心灵的震撼。审美主体只有透过艺术的表象看到其意义与本质,才算是真正的审美感知。当然,对艺术的审美感

① 朗格.艺术问题[M].滕守尧,朱疆源,译.北京:中国社会科学出版社,1983:69.

知还需要审美主体具有一定的专业知识、文化背景、生活阅历及情感经验，它们是审美感知力得以形成的保证。

对审美主体的审美感知力的培养是审美教育过程中最重要的一环，特别是在当下，只有具有由“感”到“知”的审美感知力，才能在面对各式各样的艺术作品时保持清醒与审慎的审美态度。

三、对审美客体——艺术的净化与优化

既然对艺术的审美教育是培养和提高审美主体审美感知力的最主要的途径和最有效的手段，那么，艺术的优劣便直接影响审美教育的效果。如今，流行文化充斥在社会生活的各个领域，冲击着原有的文化价值体系，精英文化和民族文化被边缘化。当代艺术也被卷入大众文化的洪流中，显示出大众文化所具有的优点和弊端。

一方面，艺术从高高的殿堂走了下来，变得更加大众化、通俗化。艺术借助现代传媒走近大众，让更多受众更方便地进行艺术欣赏。另一方面，在西方流行文化的冲击下，中国当代艺术走上了一条颠覆传统的“革命”之路。创作者为了最大可能地实现艺术作品的商业价值，为了一举扬名，不惜将艺术作品变得通俗、庸俗甚至低俗。美已不再是艺术创作追求的目标，艺术积极健康的审美教育功能也在渐渐消逝。虽然艺术不分高低，但有优劣。优秀的艺术作品无论是形式还是内容，都会带给人美的享受、情感的满足和心灵的触动，在审美教育中发挥出重要的作用。优秀的艺术作品不仅能培养审美主体辨别美丑的能力，而且能提高审美主体对“美”更深层次的理解和领悟能力。低劣的艺术作品则恰恰相反，不仅外在形式缺乏美感，也不具有直达审美主体心灵的功能。

艺术作品可以表现丑，可以是审“丑”的，但审“丑”是以揭露丑、教育审美主体看到丑背后的艺术本质为目的，是把表现丑作为传播美的一种手段，是“以丑引美”，并非宣扬丑，“以丑为美”。艺术本应是表现真善美的一种文化形式，其最大的价值就是能够丰富和发展审美主体的精神生活，提高审美主体的认知能力、情感能力和意志水平。丑的艺术则违背了艺术的宗旨，会混淆审美主体对美和丑的理解，导致审美主体的情感缺失。所以，净化与优

化通过大众传媒传播的流行文化背景下的当代艺术,是审美教育所面临的艰巨而紧迫的任务。

那么,我们该如何对其进行净化与优化呢?

首先是从艺术作品的生产过程入手,通过强调艺术家的社会责任感与道德意识来净化与优化当代艺术。艺术作品是艺术家主观意识下的产物,是对艺术家个人情感与欲望的宣泄,更是艺术家与审美主体进行交流的中介。审美教育主要通过艺术对审美客体实施教育,而艺术的优劣则直接取决于艺术家的社会责任感与道德意识。伟大的艺术创作源自伟大的思想,一个不关心社会、缺乏道德意识的艺术家何来伟大的思想,又谈何创作出伟大的艺术作品?

当代艺术家应该清醒地认识到自己的身份,意识到当下最要紧的是“修养自己的情感,极力往高洁纯挚的方面,向上提挈,向里体验。自己腔子里那一团优美的情感养足了,再用美妙的技术把它表现出来,这才不辱没了艺术的价值”①。当代艺术家应该承担起审美教育的重要责任,树立正确的世界观与人生观,善于从经典的艺术作品中总结艺术理论与创作经验,努力创作出优秀的艺术作品,为审美教育与审美主体的全面发展作出贡献。

其次是从艺术作品的传播过程入手,通过加强艺术管理部门的监管力度来净化与优化当代艺术。艺术作品通过一定的物质媒介和传播方式传播给大众,而将什么样的艺术作品放送给大众则需要艺术管理部门根据一定标准来加以净化和优化。相关部门应过滤掉无聊的、低俗的、丑恶的艺术作品,保证传播给大众的当代艺术都是健康的、积极的、美的,是能够提高大众的审美能力,带给大众更深层次的精神享受的艺术。

四、结语

流行文化背景下的艺术审美教育是促进审美主体全面发展和社会和谐发展的重要手段。流行文化在科学技术飞速进步的中国迅速传播,影响广泛而深刻,它的发展既为中国文化的发展带来了新契机,也不可避免地暴露

---

① 梁启超.梁启超讲国学[M].北京:金城出版社,2008:203.

出种种弊端。大众文化肤浅化、模式化、庸俗化及色情化等缺点正在腐蚀着当代审美主体的思想，造成审美主体情感的淡漠与心灵的空虚。要规避大众文化的消极影响，净化审美主体的心灵，丰富审美主体的情感，提高审美主体的审美能力，最有效的手段就是对审美主体实施审美教育，特别是艺术审美教育。

艺术审美教育是通过表现真善美的艺术来提高审美主体的审美感知力，使审美主体在认识美、感受美的基础上得到思想与精神的提升。艺术在审美教育过程中起着十分重要的作用，而不同品质的艺术作品会带来不同的审美教育效果。所以，对作为审美客体的艺术作品进行净化与优化也是审美教育中极为关键的一环。我们可以通过自检与他检两种方式对艺术作品进行过滤：一方面，艺术家应提高自己的社会责任感与道德意识；另一方面，艺术监管部门应加强审查。双方共同努力，确保大众接触到的艺术作品都是积极、健康和高雅的。

后　记

当下,我们处于一个全媒体时代。它以新媒体技术作为核心,以产业化为终极指归,依托个人通信终端、虚拟社群等参与了全新个体存在与交往模式的构建。在全媒体时代,文艺形态也出现了巨大变化,并催生了其他相关现象。这些文艺形态突破了传统文艺学的框架体系,迫使学科对此做出概念界定和研究范围等方面的改变。可以说,从狭义的文艺到今日的“泛文艺”理论框架,这种理论的变化一方面应对了文艺的当代发展,另一方面则要重视媒介因素对于文艺概念的革命性意义。

对此,目前学术界已经取得一部分具有启发意义的成果,但在文艺学和传播学交叉领域的探讨方面,尚缺乏直接针对与基于网络实时通信技术的传播形式密切相关的艺术性的探讨。媒介如何参与网络空间的文艺实践,并在交互性和产业化过程中发挥功能,又体现为什么文化意义,这方面的研究尚处在起步阶段。

本书的写作缘起,是我主持的教育部人文社会科学重点研究基地重大项目“全媒体时代的文艺形态研究”。该基地依托中国传媒大学的国家传播创新中心,是国内文化传播的重要阵地。项目涉及研究方面较多。不仅有较为公认的文艺形态,如电影、电视、文学,也有近来大热的数字媒体艺术,等等。当时,我组织了一个较为庞大的团队,其中成员都是中国传媒大学文艺研究方面的卓有成就的专家,他们在各自研究领域都较著名。经过多次论证,确立研究思想,并做分工。过了数年,汇聚各自成果,辑而成书。现在,奉持于读者面前。

本书由张鸿声负责整体构思，包括全书的撰写安排、各章节的拟定，审稿、统稿、定稿，以及其他出版事项。肖锋教授也负责了项目的一些组织工作，参与了全书最后的统稿、定稿。全书的撰写分工是：

张一玮：第一章第三节、第三章第五节、第四章；杜彩：第一章第一、四节，第二章第四节；杜莹杰：第一章第五节，第二章第二、三节，第六章第一、二、三、四节；姚皓韵：第二章第一节；耿波：第二章第五节；肖锋：第三章第二节、第五章第三节；谢筠、王刘佳、赵雅琦：第一章第二节、第三章第三节；张鸿声、刘宏志、郭兴、李晓滨：第三章第一节，第五章第一、二节；王晓云：第六章第五节。另外，硕士生韩雨露参与了图书出版的联络工作。

当然，还得感谢中国传媒大学出版社，特别是责任编辑张笛，为此书的出版做出的贡献。

事实上，本书的研究仅仅是一个开端。因为面前的媒介仍然经历着巨大发展，而文艺形态也处于变化之中。也就是说，本书的话题永远是在进行中的。当然，我们也会继续研究，将话题持续进行下去。

张鸿声

2021 年 9 月 28 日 北京

图书在版编目(CIP)数据

当代文艺形态的媒介与文化研究 / 张鸿声主编. -- 北京：中国传媒大学出版社，2021.10
ISBN 978-7-5657-2952-2

Ⅰ. ①当…　Ⅱ. ①张…　Ⅲ. ①文艺评论—中国—当代—文集　Ⅳ. ①I206.7-53

中国版本图书馆 CIP 数据核字(2021)第 105859 号

当代文艺形态的媒介与文化研究

DANGDAI WENYI XINGTAI DE MEIJIE YU WENHUA YANJIU

主　　编	张鸿声
策划编辑	张　笛
责任编辑	张　笛　赵　欣
特约编辑	周　蕊
责任印制	阳金洲
封面设计	拓美设计

出版发行	中国传媒大学出版社		
社　　址	北京市朝阳区定福庄东街 1 号	**邮　　编**	100024
电　　话	86-10-65450528　65450532	**传　　真**	65779405
网　　址	http://cucp.cuc.edu.cn		
经　　销	全国新华书店		

印　　刷	唐山玺诚印务有限公司
开　　本	710mm×1000mm　1/16
印　　张	14
字　　数	250 千字
版　　次	2021 年 10 月第 1 版
印　　次	2021 年 10 月第 1 次印刷

书　　号	ISBN 978-7-5657-2952-2/I · 2952	**定　　价**	68.00 元

本社法律顾问：北京李伟斌律师事务所　郭建平